紅炎竜と密約の執事
～ドラゴンギルド～

鴇　六連

18949

角川ルビー文庫

目次

口絵・本文イラスト／沖　麻実也

太陽が真紅《しんく》の衣《ころも》を身に纏《まと》い、西の森へ沈《しず》んでゆく。

その姿が見えなくなってもなお夕陽《ゆうひ》は鮮烈《せんれつ》な赤い光を放ち、まるで森全体が炎《ほのお》に包まれているようだ。

城の裏庭で薪割《まきわ》りをしていたアナベルは手を止め、美しく燃える森を見つめた。

「っ、……」

顔を上げた拍子《ひょうし》に気管が圧迫《あっぱく》されて息苦しくなる。首に巻かれた黄金の首飾《くびかざ》り——正しくは鍵付《かぎつ》きの首輪だが——そこに細い指を添《そ》えて、アナベルはひとつ咳《せき》をした。

アルカナ・グランデ帝国《ていこく》に興《おこ》った産業革命以降、帝都はもちろんのこと、この城内にもガス灯が煌々《こうこう》と輝《かがや》いている。厨房《ちゅうぼう》や風呂《ふろ》に使う薪は他《ほか》の使用人によって大量に生産され、薪小屋は常にいっぱいだった。それでも薪割りなどという肉体労働を強《し》いられているのは、アナベルの主《あるじ》——ギュスターの質《たち》の悪い趣味《しゅみ》でしかなかった。

与《あた》えられる食事は少なく、多種多様の労働は夜明けから陽が落ちるまで続く。ギュスター好みの細く小柄《こがら》な身体《からだ》を維持《いじ》する、それだけのために。

「ふ……、苦し——」

鍵付きの首飾りは十一年前、アナベルが政府の要人であるギュスターの城に連れてこられたその日のうちに用意された。ギュスターは自身の手でアナベルに首飾りをつけ、鍵をかけた。錠《じょう》がおりたときの絶望的な音は今も耳に残っていて、その音が蘇《よみがえ》るたび、父親の悲愴《ひそう》に満ちた顔を思い出して胸が苦しくなる。

幼いころ、アナベルは父親と二人で暮らしていた。母親は若いうちにアナベルを産み、すぐに亡《な》くなったという。そう教えてくれた父親もたいそう若く、そして儚《はかな》げに見えた。アナベルが幼心にも綺麗《きれい》な人だと思うほどに。血の通わぬような白い肌《はだ》と、柔《やわ》らかな癖《くせ》のある黒髪《くろかみ》に黒曜石みたいな瞳《ひとみ》。髪《かみ》の色も瞳の色もアナベルとはまるで違《ちが》っていたけれど、肌の白さと細い体つきはよく似ていた。

父子が暮らす村は僻地《へきち》にあり土地はひどく痩《や》せていて、小さな硬《かた》い芋《いも》しか穫《と》れなかった。ガス灯も機械で織られた上質の生地《きじ》も届くことはなく、蒸気機関車の線路も延びてこない。アルカナ・グランデ帝国の貴族や富裕《ふゆう》層が産業革命とその恩恵《おんけい》に酔《よ》い痴《し》れる一方、僻地の村は時代に置き去りにされ廃退《はいたい》してゆく。

そんな場所に父親はあえて移り住んだのだ。そして懸命《けんめい》に働きアナベルを育ててくれた。

硬い芋が甘く柔らかくなる料理は魔《ま》法《ほう》のようだったし、夜にアナベルの手を握《にぎ》って聞かせてくれる御伽話《おとぎばなし》はとても幻想《げんそう》的で、竜《りゅう》や人魚や言葉を操《あやつ》る黒猫《くろねこ》が登場する。

父親は彼らのことを『古い友人』と呼んでいたが、それが嘘《うそ》なのか真実なのかは、当時の幼いアナベルにはわからなかった。でも父親が懐《なつ》かしそうに目を細めて話すので、アナベルは思わず訊《き》いたことがある。『ともだちって、ほんと？　ぼくもいつか会える？』

父親は少し困ったように微笑《ほほえ》んで、その後に言ってくれた。『いつかきっとね』何もない僻地でも幸せに暮らしていた。しかし父親の暮らしぶりは何かから逃《に》げるようでもあり、アナベルを隠《かく》すようでもあった。

『特別な力なんて僕はもう要《い》らないんだ。アナベル、おまえさえいてくれたら……。こうやって二人で静かに暮らしていきたい』──細い指で息子《むすこ》の金髪《きんぱつ》を梳《す》きながら微笑む父親の、そのささやかな望みが絶たれたのは、アナベルが八歳のときだった。

聞き慣れない騒音《そうおん》を立てて黒塗《くろぬ》りの蒸気自動車が数台やってきた。村人たちは自動車に乗ってあらわれた男たちの目的を知っている。──人買いだ。彼らは若者を労働力として工場に引き渡《わた》し、綺麗な子供は跡継《あとつ》ぎに恵《めぐ》まれなかった貴族や富裕層へ密《ひそ》かに斡旋《あっせん》する。

貧困に負けて我が子を売る親もいる中、父親はアナベルを納屋《なや》に隠し『うちに子供はいない』と言いきってくれた。

しかし男たちは執拗《しつよう》に家じゅうを探《さぐ》り、アナベルは見つかってしまう。絹糸のように細くさらさらとした金髪と、色鮮《いろあざ》やかな碧眼《へきがん》が却《かえ》って仇《あだ》となった。『極上《ごくじょう》ものが出たな』。満足気に笑う男たちの手によって、数人の子供とともに自動車に押し込められた。

父親はアナベルの名を何度も叫《さけ》んで自動車に食《く》らいつき、男たちに袋叩《ふくろだた》きにされる。そして動かなくなった父親の痩せた背中に千七百ペルラー（約三十万円）の札束を投げつけ、男たちは村を出た。

虚《うつ》ろな目をする子供、自分が売られたことすら理解できない幼子がいる中で、アナベルは喉《のど》から血が出るほどに父親を呼び泣き叫んだが、自動車が巨大《きょだい》な鋼鉄《こうてつ》の城門を潜《くぐ》り抜《ぬ》けるころには、涙《なみだ》も声も涸《か》れ果てていた。

子供たちはそこにいた城主・ギュスターの品評を受け、首飾りをつけられる。

『可愛《かわい》い私のアナベル。おまえのために、美しいその瞳に合わせて作らせた』——粘《ねば》つく笑《え》みを浮《う》かべるギュスターが手にした、大粒《おおつぶ》のサファイアが埋《う》め込まれた煌《きら》びやかな黄金の首飾りは、命の枷《かせ》でしかなかった。

可愛らしい子供ばかりを集め、高価な装飾品《そうしょくひん》を与えるギュスター。彼は、子供のように細く小柄な身体をした成人を嬲《なぶ》ることに興奮を覚えるという性的嗜好《しこう》を持っていた。その指標として、ギュスターは子供たちに首飾りをつける。

子供たちの身体は年々成長するが、首飾りの大きさは変わらない。身体が大きくなればなるほどその縛《いまし》めはきつくなる。立派な体軀《たいく》に成長してしまった者は首飾りに気管を塞《ふさ》がれ命を落としていった。たとえ首飾りに命を取られず成人できたとしても、待っているのはギュスターとの性交だ。逆らえば淫薬漬《いんやくづ》けにされる。どちらにせよ地獄《じごく》だった。

八歳の痩せた身体にぶら下がる首飾りはひどく重かったのに、十九歳になった今ではそれが成長した首にぴったりと嵌《は》まり、もはや指一本入れる隙間《すきま》もない。最近は息苦しくて目が覚める夜もある。寿命《じゅみょう》すら支配された奴隷《どれい》のような生活はいったいいつまで続くのだろう。

首飾りを外す方法はたったひとつ。ギュスター好みに成長した身体を差し出し、彼の寵《ちょう》を得る以外にない。行為《こうい》の最中に激しく乱れ、息ができないと媚《こび》を売るように甘く訴《うった》えれば、そこで初めて外されるという。

そんなことをするぐらいならこの首輪に気管を縛められて死んだ方がましだ。アナベルは本気でそう思っていた。

「真っ赤だな。綺麗だ……」

世界中が炎の色に染まる、この時間が好きだった。ギュスターの城から眺《なが》める赤い空も、父親と手を繋《つな》いで見つめた、乾《かわ》いた土に沈む大きな夕陽も、その美しさは変わらない。

とても優《やさ》しくて儚げだった父親。彼は何から逃げていたのだろう。なぜアナベルを隠すように暮らしていたのだろう。ともすればギュスターのような非道な者から逃《のが》れるためであったかもしれないが、今となってはその真実を知る術《すべ》もない。

アナベルが連れ去られた後、父親は失意のうちに亡くなり、村も数年前に消滅《しょうめつ》したという。それをギュスターから聞かされたとき、今すぐこの首輪に絞《し》められて死にたいと思った。城を出て父親に再会することだけが、アナベルを生へと繋ぐ唯一《ゆいいつ》の希望だったのに。

それでも真っ赤に燃え盛る西の空と森は、塞ぎ込むアナベルを慰《なぐさ》め励《はげ》ましてくれる。また明日《あした》も生きて、美しい夕陽を見ることができますように。そう思わせてくれる。

薪割りはあとわずかで、これが済めば今日の仕事は終わりだ。早くやってしまおうと刃物《はもの》の柄《え》を握り直すアナベルの視界に、きらりと光る何かが飛び込んできた。

「何……？」

それは鮮《あざ》やかに燃える空にあって、なおもひときわ赤く輝いている。

──一番星?……違う、あれは──。

赤い光を放つ塊《かたまり》は轟音《ごうおん》とともにどんどん近づいてくる。一度だけまばたきをしたその一瞬《いっしゅん》の間に、すぐそこに迫《せま》っていた。

「ドラゴン──」

それはアナベルが初めて見る本物の竜だった。

広大な土地と揺《ゆ》るぎない国力を保持するアルカナ・グランデ帝国。この国に竜や人魚といった〝魔物《まもの》〟が実在するとアナベルが知ったのは、この城で暮らすようになってからだった。執事《しつじ》から「処分しておけ」と手渡《てわた》された新聞に、遠方に竜の姿をとらえたモノクローム写真が載《の》っていたのである。父親から『竜たち魔物はもう姿を消してしまった。でも御伽話の中で生きている』と繰《く》り返し聞かされていたアナベルはその写真に強い衝撃《しょうげき》を受けた。

執事に新聞に載る竜のことを訊いたその答え──数十年前、魔物を一掃《いっそう》する〝魔物狩《が》り〟が行われた。しかし現在、竜はそれを免《まぬか》れる組織に属している──そう聞いたアナベルは果てしなく広がる現実世界を知り、いかに自分が狭《せま》い檻《おり》の中で生きているかを思い知らされた。

──凄《すご》い……。とても綺麗だ。

父親が聞かせてくれた御伽話から抜け出してきたような、否《いな》、目の前にあらわれた赤い竜は、想像していたよりも遥《はる》かに巨大で恐《おそ》ろしく、そして美しい。

見た者の瞳が灼《や》けつくかと思うほどの、強く烈《はげ》しい炎の色をした鱗《うろこ》。裂《さ》けた口からのぞく鋭《するど》い牙《きば》。翼《つばさ》は自動車三台分を優に覆《おお》う大きさがあり、太く長い尾《お》には鱗が進化したような刺《とげ》が光る。黒く艶《つや》めく鉤爪《かぎづめ》と、中天で輝く太陽をそのまま嵌め込んだような、強烈《きょうれつ》な黄金色《こがねいろ》の瞳。

大きな翼が生み出した旋風《せんぷう》が木々を揺らし草花を薙《な》いで、アナベルの髪をかすめてゆく。

竜は先ほどまで轟音を立てていたというのに、今は音もなく城の周囲を旋回《せんかい》している。

何かを捜《さが》すように視線を巡《めぐ》らす竜がアナベルの存在に気づいた。

金色の瞳と紺碧《こんぺき》の瞳が深くからみ合う。——キィ、ン……と強い耳鳴りがした。

「あ、っ……？」

アナベルは自分の両腕《りょううで》で己《おのれ》を抱《だ》いた。身体《からだ》が震《ふる》えている。初めて間近で竜を見た昂揚感《こうようかん》もあるだろうが、それだけではない。なんだろう、全身の血がざわめくような——。

ふいに、ドンッ、ドン！　という爆音《ばくおん》が響《ひび》いた。何ごとかと驚《おどろ》くアナベルの視界に巨大な砲《ほう》弾《だん》が飛び込んでくる。それはまっすぐ竜に向かっていた。はっとなって城を見上げると、そこからまた砲弾が飛び出してきた。竜に気づいたギュスターの傭兵《ようへい》が威嚇砲《いかくほう》を放っている。

——どうして人が竜を攻撃《こうげき》するんだ？

目の前の光景がアナベルには理解できなかった。

何度も聞いた御伽話の中で竜や人魚といった不思議なものたちと父親は友人であったし、現在、帝都《ていと》には〝ドラゴンギルド〟という組織が作られ、そこで竜たちはアルカナ・グランデ帝国の民《たみ》を守るために働いていると聞く。それなのに、なぜ——。

「逃げて！　早くっ」

赤い竜に向かって懸命に叫ぶアナベルの声は、ふたたび放たれた威嚇砲の爆音に掻《か》き消されてしまう。けれど声が届いたのか、竜《りゅう》は高速で飛び去った。まるで一瞬のうちに空間を移動したかのように、その姿はもうどこにもない。

静けさを取り戻《もど》した夕暮れに、竜を追い払《はら》った傭兵たちの歓声《かんせい》だけが響き渡る。

——まさか、落ちた？

竜は高速で去ったように見えたが、違《ちが》う。なぜかアナベルにはそうわかった。夕陽《ゆうひ》が完全に沈《しず》み、黒くなった森の一部が不自然に揺れた。

みずからの意思で降下したのか、墜落《ついらく》したのかはわからない。でもおそらく、竜は森にいる。

城に設置された砲台は非常に高い位置にあり、傭兵たちの声は聞こえても姿は見えない。

薪割《まきわ》りをしているこの裏庭にも人影《ひとかげ》はなく、深い垣根《かきね》と鉄柵《てっさく》を抜けることさえできれば、西の森へ続く小道に出ることができるはずだ。

ギュスターの許可なく城外へ出るなどアナベルにとっては自殺行為でしかない。見つかって怒《いか》りを買えば成人する前に嬲り殺される恐れがある。

それでも確かめずにはいられなかった。見えない力に導かれるように、アナベルは垣根を抜け鉄柵を飛び越《こ》えて、西の森へ駆《か》けていった。

西の森には日中におとずれることがある——城外での労働のため、ギュスターの執事による監視《かんし》つきではあるが。陽が落ちた後の薄暗《うすぐら》い森に一人で入ることはこれまで一度もなかった。

宵《よい》の森はアナベルに白昼とは別の表情を見せる。

ねぐらのある樹《き》に近づきすぎたのか、カラスに不気味な啼《な》き声で威嚇された。足元の草がかさかさと音を立てる。アナベルの履《は》く薄《うす》い革靴《かわぐつ》の上を蛇《へび》が這《は》ったようだ。

人間一人など容易に呑《の》み込める暗い森が、なぜか少しも怖《こわ》くなかった。それだけではない。暗闇《くらやみ》の中、カンテラもないのに不思議と小道がはっきり視《み》える。

「は、っ……、どこ……？」

全力で駆けると首飾《くびかざ》りに気管が圧迫《あっぱく》されてひどく苦しい。肩《かた》で大きく呼吸をする。道は視えるが捜しているものはなかなか見つけられなかった。

竜が落ちたように見えたのは錯覚《さっかく》だったのだろうか。長い不在は危険だ。さすがに執事たちも気づく。あと数分捜して見つからなければ戻った方がいい――そう自分に警告しながら、それでも諦《あきら》めたくなくて、祈《いの》るような思いで茂《しげ》みを掻き分けた。

「……！」

すると見たことのない光景が目の前にあらわれて、思わず息を呑む。

茂みに身を隠《かく》すように、そこに巨大《きょだい》な塊があった。塊が蠢《うごめ》くたび赤い鱗が闇《やみ》に浮かんでは消える。間違《まちが》いない、さっきの竜だ。その動きは痛みに身悶《みもだ》えているようにも見える。

茂みの中で巨体《きょたい》を丸める竜の顔をここから窺《うかが》い知ることはできなかった。本当に砲弾が当たってしまったのだろうか。それならどこに怪我《けが》を――アナベルがもう一歩近づいた途端《とたん》、伏せられていた竜の首が伸《の》び、まぶたがかっと開いた。強烈な金色の瞳《ひとみ》が光る。

「うわっ」

シャーッ、という声とともに熱い息が勢いよく放たれて、アナベルは尻餅《しりもち》をついた。

竜は人間の姿を認めるなり激しく威嚇しはじめた。キシキシという聞き慣れない音は逆立った鱗が触《ふ》れ合う音だろうか。アナベルのことを大砲《たいほう》を放った人間と思っているのかもしれない。

「大丈夫《だいじょうぶ》？　もしかして弾《たま》が当たったの？」

できるだけ落ち着いた声でそう問いかけても、竜は威嚇を繰り返すばかりだった。これ以上近づけば大きく開かれた口から炎《ほのお》を吐《は》かれるかもしれない。けれど竜が本当に怪我を負っているのなら、それをなんとかしてやりたかった。

尻餅をついたアナベルは立ち上がらずに、屈《かが》んだまままそろそろと竜へ近づく。

「怖がらないで。僕、あなたを助けたいんだ」

「近づくな!!　人間の助けなんていらねえ！」

その声は森の空気をびりびりと震わせ、アナベルの細い金髪《きんぱつ》を揺らした。咆哮《ほうこう》にも近い竜の声に、普通《ふつう》の人間なら恐怖《きょうふ》のあまり気を失っているかもしれない。

けれどアナベルは怖くなかった。心に増すものは昂揚感ばかりだ。『竜や人魚たちは人間の言葉をとても簡単に操《あやつ》るんだよ』という父親の話は、嘘《うそ》ではなかった。

「凄い……！　本当に人間の言葉が話せるんだ！　僕、竜と喋《しゃべ》ってる……」

父親の御伽話《おとぎばなし》を聞くたびに自分もいつかはと、何度も夢に見てきた風景がここにある。

竜や魔物、人ならざる不思議な存在。父親が語る古い友人たち――彼らとの親交に強い憧《あこが》れを抱《いだ》いていたアナベルの胸はこれ以上ないほどに高鳴った。

牢獄《ろうごく》のようなギュスターの城で長く過ごし、竜や人魚に会うことはおろか生きることとさえ諦めていた。でも今たしかに奇跡《きせき》が起きている。アナベルはこの竜を絶対に助けると心に決めた。

「怪我をしたんでしょう？　どこ？　見せて」

「触《さわ》んなって言ってんだろ！　帝都に使いを……バトラーを呼べ」

「バトラー？」

ここから帝都まではかなりの距離《きょり》があり、蒸気自動車か馬車を使わなければならない。悔《くや》しいがそれ以前に、アナベルは自由に外を歩ける身分ではなかった。

「ごめん、僕には帝都へ行く手立てがないんだ」

そうつぶやきながら怪我を探《さぐ》るアナベルの目に黒光りする何かが映った。それは竜の鱗でも鉤爪でもない、ひどく不自然なもの――竜の右前脚《まえあし》の付け根と翼の間に、空中で破裂《はれつ》した砲弾の金属片《へん》が深く突《つ》き刺《さ》さっている。アナベルは目を瞠《みは》った。

これではまともに飛ぶことはできまい。傭兵たちに気づかれず森に降下できたのはこの竜が強いからだろう。アナベルと言葉を交《か》わす今も耐《た》えがたい激痛に苛《さいな》まれているはずだ。

「酷《ひど》い。今すぐ手当てを……破片を抜《ぬ》かないと駄目《だめ》だ」

「放《ほう》っておけ。おれの血に触れたら死ぬぞ」

「そうだけど、でも――」

人間にとって竜の血は猛毒《もうどく》、涙《なみだ》は薬、精液は永遠の若さの源──アルカナ・グランデ帝国に生きる者でこの伝承を知らぬ者はいない。後者ひとつはただの噂《うわさ》に過ぎないが、前者ふたつは複数の実例が認められていると聞いた。

「でも、僕は平気だよ。痛いだろうけど少しだけ我慢《がまん》して」

父親の死を知らされてから何度も捨てようと思った命だ。今さら惜《お》しいとも思わない。竜を助けるために使えるのなら、なおのこと──アナベルは金属片に手をかけた。

「おい待て、何を、──ッ！」

痛みに耐える竜の声よりも大きく、びしゃっ、と激しい音がした。金属片を抜いた途端に傷口から大量の血液が噴《ふ》き出て、アナベルは真っ赤になった。

「熱っ──！　何、これ……」

竜の血はアナベルが想像していたものと違っていた。人間と同じ赤い体液ではあるが、粘性《ねんせい》も濃度《のうど》も恐《おそ》ろしく高く、まるで泥濘《でいねい》のようだ。身体をどろりと伝う血液には砂金のような粒《つぶ》が交ざっている。そして驚くべきはその温度だ。沸《わ》き立った湯のように熱い。

こんなものを浴びれば人間はひとたまりもない。強い毒性と熱さで即死《そくし》だろう。

だが不思議なことにアナベルは生きている。たしかに物凄《ものすご》く熱いが、猛毒に苦しむこともなければ火傷《やけど》をして皮膚《ひふ》が爛《ただ》れるようなこともない。

「おまえ、なんで……」

理解しがたいこの状況《じょうきょう》にアナベルも驚いたが、それ以上に竜はひどく驚愕《きょうがく》し狼狽《うろた》えた。

「わ、わからない。それよりも早く止血しないと。でもこんな大きな傷口、どうやって塞《ふさ》いだらいいんだろう」

　竜は驚《おどろ》くのと血液がこれ以上流れ出ないように傷口を舐《な》めるのとで精一杯《せいいっぱい》の様子をしている。そうしながらアナベルを見つめてくる金色の眼《め》は、ひどく怪訝《けげん》そうだった。猛毒を浴びたことを放って自分を助けようとする人間が不思議でしかたないと言いたげに、縦長の瞳孔《どうこう》が太くなったり細くなったりを繰《く》り返す。

　しかしその驚愕が警戒心《けいかいしん》を少しだけ弱めてくれたようだ。竜がぼそりとつぶやく。

「……樹脂《じゅし》を。松脂《まつやに》でも何でもいい」

「樹脂で塞げるんだね？　わかった、すぐ採るよ。川で水も汲《く》んでくる」

「待て、川には行くな！」

　ここからすぐ近くのところに小さな清流がある。激痛に耐える竜に綺麗《きれい》な水を飲ませてやりたいし、このどろどろとした血も洗い流したい。ずっと屈んでいたアナベルがようやく立ち上がって茂みに手をかけたとき、竜にきつく止められた。

「どうして？　水を飲むでしょう？　僕も顔を洗いたい」

「水なんかいらねえ。川におれの血を流すな。川の水を飲んだ人間が死ぬ」

「そんな……。この血、どうしたらいい？」

「チッ。——こっちに来い」

　今までさんざんアナベルを威嚇し追いやろうとしていた竜が、初めて近寄ることを許してくれた。ひどく不本意そうな竜《りゅう》とは対照的にアナベルは躊躇《ちゅうちょ》なく近づく。

「えっ……」

すると竜の前脚で身体《からだ》をつかまれた。驚いた拍子《ひょうし》によろめいてしまったアナベルの背は大きな掌《てのひら》に支えられ、真っ黒に艶《つや》めく鉤爪《かぎづめ》が身体に巻きついてくる。

「う、わっ」

そのまま服と顔に付いた血を舐め取られた。アナベルの脚《あし》よりも長く太い竜の舌が、身体を上下に這う。血は一滴《いってき》も残さず掬《すく》い取られ、最後に顔をべろりと舐められた。

「ん、っ」

「これでいい。服は洗っても無駄《むだ》だ。後から燃やせ」

「わかっ、た……」

血まみれの次は唾液《だえき》まみれになったが、これはすぐに乾《かわ》いてくれた。アナベルは近くに生える樹木の幹を確認《かくにん》し、樹脂が分泌《ぶんぴつ》されている樹を見つけた。樹皮を剥《は》ぐと琥珀色《こはくいろ》の液体が滲《にじ》み出てくる。それを手で掬い、竜の傷口に塗《ぬ》った。

これを何度も繰り返して大きな傷口のすべてを塞いだころには、竜はずいぶんとおとなしくなり、アナベルの治療《ちりょう》に身を任せるようになっていた。

「出血さえ治まれば飛べるはずだ」

やはり激痛に耐えていたのだろう。そう言って竜は深く息をつき、まぶたを閉じる。

抜き取った金属片はひどく鋭利《えいり》で長いものだった。それでもわずかの時間で飛べるまでに回

復できる竜の強さに、アナベルはまた胸を高鳴らせた。

頭を下げて休む竜のすぐそばに座り、首のあたりの赤い鱗《うろこ》にそっと触れる。

松の葉みたいな太く長いまつげがぴくりと動く。しかしそれ以上、竜は何も言わず嫌《いや》がりもしなかったので、アナベルはゆっくりと鱗を撫《な》でながら言った。

「赤い鱗、とても綺麗だね。名前を訊《き》いてもいい？　僕はアナベル」

「……………。ナインヘル。サラマンダーだ」

「サラマンダーって……、火の竜？　だから炎みたいな鱗をしているの？」

「そうだ」

「ナインヘル。──ナイン」

父親は古い友人たちのことを、親愛を籠《こ》めて渾名《あだな》で呼んでいた。年老いた竜ギルバートのことはギル、人語を操る黒猫《くろねこ》マリエラのことはマリーというように。

「ナイン」

アナベルは父親を真似《まね》てそう口にした。自分だけが感じたのかもしれないが、妙《みょう》にしっくりと聞こえる。

そんな呼び方をされたことがないのか、ナインヘルは少し戸惑《とまど》うようにまぶたを開いた。

そして金色の瞳《ひとみ》を一度だけ左右に巡《めぐ》らせると、ふたたび目を伏《ふ》せる。

茂《しげ》みの中に見つけたときは物凄い勢いで逆立っていた鱗も、今はアナベルの撫でる手に沿うように平たくなっていた。

間近で見つめると知らなかった色々なことに気づく。竜の耳は小さいこと、耳よりも角の方が立派で大きいこと、ささやかではあるがちゃんと眉毛《まゆげ》もあり――そして右の頬《ほお》に傷を見つけた。灼《や》けて爛れたようなその傷も、威嚇砲《いかくほう》によるものだろうか。

「ナイン？　顔も怪我《けが》してる。手当てしようか」

「余計なことをするなっ」

何気なく言ったアナベルの言葉に、じっとしていたナインヘルが急に目を見開き頭をもたげる。拒否《きょひ》反応を示すように赤い鱗が波打った。強い静電気が起きたときみたいに、鱗を撫でていた手がばちんと弾《はじ》かれる。

「どうしたの」

なぜナインヘルがそんな反応をするのかわからなかった。少し距離が縮まったと感じたのに、勝手な思い込みだったのだろうか――困惑《こんわく》に揺《ゆ》れる青い瞳を見たナインヘルが低い声で言う。

「これは生まれつきだ。何をしても治らねえし、手当てもいらねえ」

「そうなのか……。知らずに触ろうとしてごめん」

「………」

その不治の傷を持つ顔をぶるっと振《ふ》り、ナインヘルは起き上がった。身体の回復を確かめるように、広げた翼《つばさ》を一度たたみ、また広げる。そして首を伸《の》ばし天を仰《あお》いだ。

ナインヘルが呼び起こした風に金髪《きんぱつ》を揺らされたアナベルは、竜が空へ帰れることを知る。

「もう飛べる？」

「ああ。巣に戻《もど》る」

「そう、か……」

自分の直感を信じて森に来てよかった。そうでなければ、きっと生涯《しょうがい》竜と言葉を交《か》わすことなどできていない。美しい鱗に触《ふ》れることも。

ナインヘルが攻撃《こうげき》されたその理由まで知ることはできなかったが、竜を傷つけるなどあってはならないことだ。怪我が治り、飛べるようになって本当によかった。そう思っているのに。

竜との別れが、ひどく名残惜《なごりお》しい。

飛べるようになったナインヘルが森に留《とど》まる理由はない。なによりアナベルがこれ以上城外にいることは許されなかった。森に入ってかなりの時間が経《た》っている。執事《しつじ》たちはアナベルの不在に気づいているかもしれない。

「気をつけて……」

もう少しそばにいたい。叶《かな》わないとわかっていても願わずにはいられなかった。せっかく出会えたのに、別れるのはひどく寂《さび》しい——そんな思いが声と表情に出てしまった。

ナインヘルがそれを察知したのかはわからない。でも、そのまま飛び去ってもいいはずのサラマンダーが、振り向いてアナベルの顔をのぞき込んできた。

綺麗な金色の瞳をぱちぱちと瞬《またた》かせる。

「おまえ。アナベル、だったな?」

「うん」

血液はもう付いていないだろうに、ナインヘルは舌先だけを器用に使ってアナベルの頰をぺろりと舐めた。それに驚く間もなくナインヘルがつぶやく。

「助かった」

きっと言い慣れていないのだろう。その短い言葉はとてもぎこちなくて、だからこそ微笑《ほほえ》ましくもあって、アナベルは柔《やわ》らかく笑い、今度こそ別れの挨拶《あいさつ》をした。

「あまり無茶《むちゃ》をしないようにね。どうか気をつけて」

宵《よい》の終わりに差しかかる群青《ぐんじょう》の空には金銀の星が輝《かがや》きはじめていて、青金石《ラピスラズリ》を溶《と》かしたみたいに綺麗だった。

その空に向かって飛び立つナインヘルに、アナベルは強い命と自由を見出《みいだ》した。

あんなふうに、ナインみたいになれたら——枯渇《こかつ》したと思っていた、自由と生への切望が、アナベルの身のうちに俄《にわ》かに湧《わ》き起こる。抑《おさ》えきれない思いを抱《いだ》きながら、飛び去るナインヘルを見送った。

そしてアナベルはその足でみずからの牢獄《ろうごく》へと戻っていった。

炎《ほのお》の竜——ナインヘルを助けた翌日も、二日目も、一週間が経った今日も、アナベルは薪割《まきわ》りをしていた。時間帯も場所も同じ、夕暮れの裏庭である。

ナインヘルと視線がからみ合ったときの血のざわめきや、介抱《かいほう》したときに触れた赤い鱗の美しさが忘れられなかった。遥《はる》か遠くを飛ぶ姿でもいい、またあらわれてくれないだろうかと、薪割りの手を止めては西の空を見つめる。鮮烈《せんれつ》な炎の色に染まる空と森は変わらないのに、アナベルの心を震《ふる》わせたあの赤い輝きだけは、探しても見つからなかった。

また少しきつくなった黄金の首飾《くびかざ》りに手を添《そ》えて、燃え盛る森を眺《なが》めていると、裏庭から城内に通じる扉《とびら》が開いた。立っているのは細身の男――ギュスターの執事・クリスだ。

「アナベル。薪割りはもういい。御《ご》主人さまの御部屋にワインを運べ」

「僕がですか……？」

城の主《あるじ》であるギュスターにはクリス以下、数人の執事がいる。酒の管理と提供は彼らの仕事のはずだ。他《ほか》にも使用人やメイドは多くいて、そのさらに下級に位置するアナベルがギュスターの私室にワインを運ぶなど、どう見ても不自然だった。

アナベルの考えを知ったうえでクリスはそれを完全に無視した。口答えをするな。御主人さまの玩具《がんぐ》風情《ふぜい》が要らぬ思案を巡らせるな――温度のないガラス玉みたいな瞳がそう言っていた。

「早く行け。決して失礼のないように。勧《すす》められたワインはすべて飲みほせ。わかったな」

「はい」

持たされたのは幾何学《きかがく》模様が刻まれたガラスのデキャンタとワイングラスがふたつ。それを黄金色《こがねいろ》のトレイに載《の》せてギュスターの私室の前に立った。

私室に入るのはこれが初めてではない。首飾りをつけられた子供たちは半年に一度、この部屋でギュスターの定期品評を受ける。

好み通りの身体を維持《いじ》できているか——身長と体重の確認《かくにん》、首飾りの隙間《すきま》の空き具合、体毛の有無《うむ》、精通はきたのか、逃亡《とうぼう》の企《くわだ》てはないかなど——長い時間をかけた下劣《げれつ》な尋問《じんもん》に、たとえ逃亡の意志を持っていてもそれを失う者がほとんどだった。

アナベルも数か月前に定期品評を受けた。そのときのことを思い出して気分が悪くなる。

定期品評でもない日に、ギュスターの私室に呼ばれることに何の意味があるのか。思い当たることはひとつ。一週間前の無断外出——しかしあれは誰《だれ》にも気づかれていないはずだ。

何ごともなく退室できる気がせず、入るのが恐《おそ》ろしかった。

震える手でドアをノックする。名を告げると「入れ」と低い声がした。緊張《きんちょう》を悟《さと》られたくなくて、短く「失礼します」と言いながら入室する。厚い扉は何もしなくても勝手に閉まった。

部屋の中央にある立派な革張《かわば》りの肘掛椅子《ひじかけいす》に、城主はゆったりと座っている。

「おまえも飲むだろう？」

その声にはとてつもない重圧感があって、アナベルは答えられなかった。

問いかけの形をとってはいるが、ただの命令だ。この男は誰に対しても何においても、このスタンスを変えない。何もかもを抑圧《よくあつ》する男、ギュスター——彼は、アルカナ・グランデ帝国《ていこく》を統治する政府の要人である。

元々父親が政府の人間だったことから、ギュスターは二十代のうちに政界入りを果たす。

若い彼がどのようにして政府内で躍進《やくしん》を遂《と》げたのか、その決定打は〝魔物狩《まものが》り〟にあった。

数十年前に興《おこ》った産業革命と時を同じくして開始された〝魔物狩り〟――それは魔女《まじょ》、竜《りゅう》、人魚など、人ならざる存在に世界の統治者の座を奪《うば》われることを恐れた、人間の身勝手さが生み出した法令だった。

魔物たちを次々と制圧するこの活動は、政府が発令した当時さかんに行われた。しかし魔物相手に命を落とす者も多く、徐々《じょじょ》にその担《にな》い手を減らしてゆく。

廃《すた》れかけた〝魔物狩り〟を復活させたのがギュスターだった。魔物の統率《とうそつ》者的存在である竜さえ抑圧すれば、他の魔物など狩《か》るに容易《たやす》い。そう考えたギュスターは竜の力を封《ふう》じる鉱石を発掘《はっくつ》し、それを科学者に研究させ、魔石《ませき》としてその力を増強させた。魔石を装着した大砲《たいほう》を撃《う》ち込めば巨大《きょだい》な竜さえも崩《くず》れ落ちる。魔石と科学と軍事力を駆使《くし》して竜を捕《と》らえ、魔物の生き残りを徹底《てってい》的に追いやり消滅《しょうめつ》させたギュスターは、政府内でその地位を不動たるものにした。

王室御用達《ごようたし》の仕立屋で作らせた高級な三つ揃《ぞろ》いの下には、四十代後半とは思えない鍛《きた》え上げられた肉体がある。染めているのだろうか、不自然なほど黒い髪《かみ》には整髪剤《せいはつざい》が塗《ぬ》りたくられて、いつも濡《ぬ》れ光っていた。髪だけではない。肉厚な手も威圧《いあつ》的な顔も脂《あぶら》ぎっている。

その指でギュスターがコツコツとテーブルを鳴らす。アナベルはできるだけ落ち着いてデキャンタを傾《かたむ》けた。ふたつのグラスにワインを注ぎ、そのひとつをギュスターに手渡《てわた》す。

「っ……」

ギュスターがグラスをアナベルの手ごとつかんでくる。もう片方の手でグラスが抜《ぬ》き取られ、アナベルの手だけがべたつく男の手中に置き去りにされた。

そのままギュスターがワインを飲む。──脂が、アナベルの白い手を侵蝕《しんしょく》してくる。

「飲め」

「はい」

逆らうことはできない。手も放してほしいが拒否《きょひ》できない。少しでも反意を見せてしまえば、この部屋から出られなくなる可能性がさらに高くなる。

アナベルはワインを飲みほした。その姿を舐《な》めるように見ていたギュスターが満足気に笑う。

「いくつになった」

なぜ今さらそれを訊《き》くのだろう。数か月前、その脂ぎった手で定期品評を行ったではないか。そのときギュスターが言ったのだ。『一年後が待ち遠しい』と。

アナベルはいつもしている通り感情を殺し、静かな声で答えた。

「十九です」

「ここにきたときは、たしか八歳だったな。そのころからおまえだけは格別の美しさだった」

「あ、っ……」

手を強く引かれ、よろめいたアナベルはそのままギュスターの硬《かた》い腿《もも》の上に座らされた。さらりと揺《ゆ》れた金髪《きんぱつ》に、脂分の高い指がからみついてくる。

「十九なのにずいぶんと軽い。いいな……この細い身体《からだ》に似合うドレスを用意させようか」

吐《は》き気がする。胃の中でワインが暴れまわる。

己《おのれ》の欲望《よくぼう》を満たすためだけに綺麗《きれい》な子供を養うギュスター。政府の要人が少年を囲うなど、失脚《しっきゃく》を伴《ともな》う醜聞《スキャンダル》でしかない。だから気に入った子供が成人するまで待っている——そうではなかった。もっとおぞましい理由があった。

首飾りをつけられた子供たちはいずれ、死か慰《なぐさ》み者になるか、二者択一《にしゃたくいつ》を迫《せま》られる。アナベルのように死を選ぶと心に決める者がほとんどだが、そんな彼らを長い年月をかけてじわじわと追いつめてゆくことにギュスターは満悦《まんえつ》を覚える。

どれだけ死を選んだつもりでも、命の灯《ともしび》が消えようとするその間際《まぎわ》、人は必ず本能的に生に食《く》らいつく。そうやって自分だけに命乞《いのちご》いをする若者を滅茶苦茶《めちゃくちゃ》に凌辱《りょうじょく》し、ギュスターはえも言われぬ興奮に酔《よ》い痴《し》れるのだ。

——人間じゃない。

否《いな》、ギュスターを見ていると、人間と悪《あ》しき存在だとされる魔物、いったいどちらが真《まこと》の悪なのかアナベルはわからなくなる。

髪を撫《な》でていた手が下がってきた。首飾りに嵌《は》められた大粒《おおつぶ》のサファイアを妙《みょう》にいやらしい手つきでいじくりまわす。グラスは空なのにワインを注げとも言ってこない。

いったい何が目的なんだ——男の思惑《おもわく》をつかみあぐねるアナベルの、その綺麗な金髪に口づけながらギュスターが問うてくる。

「アナベルが退屈《たいくつ》そうにしていると、クリスが言っていたぞ？　どうなんだ？」

「……？　いいえ……僕は退屈などしていません」

「そうか。では一週間前に森へ遊びに行ったのはなぜだ？　退屈しのぎではなかったのか？」

「——!!」

がたん、と派手な音をさせて反射的に立ち上がる。それをギュスターが笑いながら制止してくる。つかまれた手首が折れそうなほどに力を入れられた。

「答えろアナベル。森に行った理由を」

「あ……あ……」

やはり気づかれていた！　密告されていたんだ——アナベルは油断していた。もし本当に無断外出が知られていたなら、その夜のうちに罰則《ばっそく》やあるいはそれ以上の何かが科せられていたはずだ。だからあの夜は一睡《いっすい》もできなかった。皆《みな》が寝静《ねしず》まる深夜に、ナインヘルに言われた通り服を燃やして、そのまま眠《ねむ》らずに朝を迎《むか》えた。

一週間経《た》っても状況《じょうきょう》に変化はなかった。ナインヘルの姿は一度も見ていないし、ギュスターも何も言ってこない。だからアナベルは完全に油断していた。後悔《こうかい》しても遅《おそ》い——。

「何を企《たくら》んでいる？　逃亡の計画でも？　その経路の確認か？」

「……っ、何も……。逃亡なんて——」

逃《に》げきれるはずがないのは、ギュスター本人が一番よくわかっているはずだ。だからここに戻《もど》ってきた。そう言いたいのに首飾りに気管を圧迫《あっぱく》されてうまく話せない。

「可愛《かわい》い私のアナベル。いつもおとなしいおまえだからこそ、多少の遊びは大目に見てやるつもりでいたが——度が過ぎた悪戯《いたずら》には仕置きがつきものだろう？」

「何、をっ」

つかまれていた手首を大きく振《ふ》られて、アナベルの細い身体が放《ほう》り投げられる。背を打った先は派手な天蓋《てんがい》のついた寝台《しんだい》だった。放られた拍子《ひょうし》に手から離《はな》れたグラスが粉々に砕《くだ》け散る。

あれだけ派手な音がすれば、普通《ふつう》は執事《しつじ》やメイドが飛んでくる。それなのに誰一人あらわれないのは、ギュスターが完全に人払《ひとばら》いをしているからだろう。

この男は今からアナベルを犯《おか》すつもりでいる。

「やめて、くださっ――」

ギュスターが寝台の端《はし》に倒《たお》れたアナベルの脚《あし》の間に割って入ってくる。アナベルの腕《うで》を押さえながら、もう片方の手で自分のネクタイのノットを緩《ゆる》めた。細い手足を必死にばたつかせる姿を笑って見おろしてくる。

この状況を楽しむギュスターが、ふと思い出したように言った。

「一週間前の夕方か。ちょうど〝蠅《はえ》〟が飛んできた日だな」

「蠅……？」

「おまえ……ナインヘルに会っていないだろうな？」

「――!!」

思いもよらぬ言葉が出てきて、驚愕《きょうがく》したアナベルの気管がひゅっと音を立てた。

この男は本当に恐ろしい。止めようのないほどに身体がぶるぶると震《ふる》えだす。

ナインヘルとの邂逅《かいこう》を知られたら何もかも終わりだ。あの美しい炎《ほのお》の竜がギュスターに捕らえられ、魔物狩りと称《しょう》して殺されることになれば、それこそアナベルはもう生きていられない。

　ギュスターに通じるかはわからないが、知らぬふりを突《つ》き通すと決めた。

「ナインヘル、って……？　何ですか」

「忌々《いまいま》しいサラマンダーだ。我が城の周りを蠅のようにちょろちょろと飛びまわっている」

「サラマンダー？　知り、ません……」

　ひゅうひゅうと鳴る気管がうるさい。しかしその音を聞いたギュスターの興味はナインヘルからアナベルへと完全に移行した。

「苦しそうだな。少し早いが今夜外してやろう。――うんと啼《な》いて私に命乞いをして見せろ」

「嫌《いや》だっ！」

　荒々《あらあら》しくシャツの合わせ目を開かれた。あらわになった胸にギュスターの舌が這《は》う。

「う、ああっ」

「美しい。すばらしいよアナベル。白く細いこの肢体《したい》。まさに神の造形芸術だ」

　べたべたの黒髪《くろかみ》が顔にかかる。噎《む》せ返るような整髪剤の臭《にお》いでさらに息ができなくなる。

　顔を背《そむ》けるアナベルの目にサイドテーブルが映った。その上に何かが置かれている。

　翳《かす》んだ目でははっきりと見えない、太めの鉄でできた輪のようなもの――何かわからないが、つかめそうな距離《きょり》にあるそれにアナベルは懸命《けんめい》に腕を伸《の》ばした。

「あ、……う！」

「陶器《とうき》人形のようなおまえでもここを赤く硬くするのか？　いやらしい子だ」

　ギュスターが股座《またぐら》に顔を寄せてくる。恐怖《きょうふ》に縮こまるそこを衣服越《ご》しに食《は》まれて、ひどい嫌《けん》悪感《おかん》に吐きそうになる。

長年手ずから世話をして大事に育ててきた身体を前に、ギュスターは尋常《じんじょう》ではないほど興奮していた。夢中で股間《こかん》に食らいついてくる。サイドテーブルに置かれた鉄の輪にアナベルの手が届いたことにも気づかずに。

それはずっしりと重かった。アナベルは有り丈《たけ》の力を出してそれを持ち上げる。すると鉄の輪はガチャリと音を立てた。

「くぅ……う……」

「なんだ？　何を――」

ギュスターが音に気づく。その頭蓋骨《ずがいこつ》を叩《たた》き割るつもりで鉄の輪を力いっぱい振りおろした。

「ぐぁっ！」

ごつ、と鈍《にぶ》い音がした。アナベルは歯を食いしばり、激痛に呻《うめ》くギュスターの後頭部をもう一度殴《なぐ》りつける。鉄の輪はまたガチャガチャと大きな音を立て、男は動かなくなった。

「はあっ、は、ぁっ！」

寝台からずり落ちるようにしてギュスターから逃《のが》れ、床《ゆか》に座り込む。全身から大量の汗《あせ》がどっと噴《ふ》き出てくる。幾《いく》つもの汗が顎《あご》を伝い落ちて床を濡《ぬ》らした。

まだ呼吸の整わないアナベルがようやく見ることができた、掌《てのひら》に爪《つめ》が食い込むほど力強く握《にぎ》りしめたその鉄の輪は――。

――鍵《かぎ》の束……!?

アナベルは驚愕のあまり手を滅茶苦茶に振ってそれを放そうとした。しかし持てる以上の力を込めたばかりに指は硬く折れ曲がり、鉄の輪から外れなかった。

ギュスターには巨万《きょまん》の私財があり、それを幾つもの部屋や箱に分けて保管している。アナベルが握っているのは、その鍵たちだ。

大量の紙幣《しへい》はもちろんのこと、骨董品《こっとう》や東洋の珍《めずら》しい宝、魔物《まもの》狩りで得た竜《りゅう》の鱗《うろこ》や人魚の骨、果ては密輸用に捕《と》らえた小悪魔《こあくま》の檻《おり》、そしてアナベルの首を絞《し》めつける首輪──そのすべての鍵がここにある。

鍵の束を常に肌身《はだみ》離《はな》さず所持しているギュスターがそれを手放すのは、性行為《せいこうい》を行うときだけだという。やはりアナベルを部屋に呼んだ目的は最初から決まっていた。

「う……、アナ、ベル。きさま──」

ギュスターが後頭部を押さえながらゆっくりと身体《からだ》を起こす。脂《あぶら》ぎった手が伸びてくる。

「あ、あ……！」

もうここにはいたくない、死んでもいいからこの男から解放されたい──アナベルは鍵の束を手にしたままギュスターの部屋を飛び出した。

人払いがなされた広い廊下《ろうか》をよろめきながら駆《か》ける。身体じゅうの震えは少しも治まってくれなかった。脚がもつれてうまく走れない。気持ちばかりが前へ前へと先に行き、それについていけない身体が悲鳴をあげる。

「うぅっ」

廊下の角を曲がりきれず硬《かた》い壁《かべ》に身体を打ちつけた。その拍子に鍵の束を落としてしまう。鉄の輪が外れ、がしゃあん、と派手な音を立てて鍵が廊下一面に飛び散った。

身体を強打して蹲《うずくま》るアナベルの耳に男たちの声が届く。怒《ど》鳴《な》り声も交ざっていた。ギュスターが執事たちにアナベルの捕《ほ》獲《かく》を命じたのだろう。今の大きな音は彼らに聞かれたはずだ。

「ど、どれっ⁉」

鍵が要《い》る。この忌々しい首輪を外すための鍵が。それがなければ、たとえ逃げおおせたとしても長くは生きられない。

散らばった鍵を集めようとするが、ひどく焦《あせ》る手は廊下の大理石を掻いてばかりになる。やっと手にできても、首飾《くびかざ》りの錠《じょう》とは大きさも色も明らかに違《ちが》うものだった。

「……っ、頼《たの》む、から！」

もう数秒もここにはいられない。今すぐ逃げなければ確実に城内で捕《つか》まる。祈《いの》るような思いでアナベルが最後に手にした鍵は、やはり首飾りの錠とは大きさが違っていた。

――もう駄《だ》目《め》だ。

鍵は諦《あきら》めるしかない。そう思ったとき、手にしていた大きな鍵が淡《あわ》く光りだした。

「何……？」

見たことのない鉱石でできたその大きな鍵は、アナベルの指が触《ふ》れるところだけ光を帯びている。まるで鍵そのものが生きているみたいに、光は淡くなったり濃《こ》くなったりを繰《く》り返した。

――持って、出よう。

首飾りの鍵ではないのなら捨てて逃げてもよかった。でも光る鍵がアナベルに訴《うった》えてくるように感じたのだ。連れて逃げてほしい、と。

見えない力に導かれるように、柔《やわ》らかな光を放つ鍵だけを握りしめて、アナベルは西の森を目指して駆けた。


「はっ……、はぁ、っ……！」

気管は限界だとばかりに悲鳴をあげ続けていた。

黄金の首輪がぎりぎりと嚙《か》みついてくる。ギュスターに首を絞められているような錯覚《さっかく》に陥《おちい》る。充分《じゅうぶん》な呼吸ができず視界も翳んだが、アナベルは全力で駆けることをやめなかった。

こんなにも森の奥深くまで入ったことはない。見慣れた小道も清流もとうに過ぎた。

今や道もなくなって、どんどん高く深くなる茂《しげ》みを搔《か》き分けて進むしかなかった。湿《しめ》った土を登ることに不向きな革靴《かわぐつ》は脱《ぬ》ぎ捨てた。茂みを分ける指先には血が滲《にじ》んでいる。

森を抜《ぬ》けるのが先か首輪に気管を塞《ふさ》がれるのが先か、もうわからなくなっていた。

「あぁ——」

悪寒《おかん》がして振《ふ》り向くと、夥《おびただ》しい数のカンテラや松明《たいまつ》がこちらに向かって進んできているのが見えた。その動きに躊躇《ちゅうちょ》はない。まさか居場所をつかまれているのだろうか。まだ淡い光を放つ鍵を急いでポケットにしまう絶対に嫌だ、捕まりたくない！　捕まればもう死ぬことすら叶《かな》わず淫薬《いんやく》漬けにされる。そうなるくらいなら今ここで——残りわずかな力を振り絞《しぼ》り、茂みを抜けきると渓谷《けいこく》が見えた。

底の見えない深い谷には夜と死の闇《やみ》だけが重く澱《よど》んでいる。ここに飛び込みさえすればギュスターから解放されるのだ。そう思うだけで恐怖の色をした暗闇が甘美なものに見えてくる。

目の前に広がる深淵《しんえん》に誘《さそ》われるように、アナベルは崖《がけ》のふちに足先をかけた。

「…………」

もういい、もう充分だ。心からそう思った。

長く続いた凄惨《せいさん》な状況《じょうきょう》下で、それでもアナベルなりに懸命に生きた。閉塞感《へいそくかん》に満ちた暮らしの中で、憧《あこが》れ続けた魔物たち——竜に会えたことは最高の奇跡《きせき》だった。

ギュスターになど身体も命も差し出さない。自分は決してこの首輪では死なない——。

アナベルが力いっぱい崖を蹴《け》ったとき、闇から長い腕《うで》が伸びてきた。

「あ、っ……！」

「おい待て、そっちは崖だろうが」

そうぞんざいに言う男に抱《だ》き上げられ、アナベルの泥《どろ》にまみれた両足は宙を掻いた。

まさか別の方向からも追っ手が来ていたなんて——絶望から解放されかけていたのにまた引き戻《もど》された。遠のいていたはずのギュスターの脂ぎった顔が迫《せま》ってくる。

「は、放せ！」

もう身体のどこにも力が入らなかったが、それでも拳《こぶし》を作って男を殴りつけた。その胸板《むないた》は驚《おどろ》くほど厚く頑丈《がんじょう》でびくともしない。ギュスターの執事《しつじ》たちにこんな体格をした者はいなかった。ならば事情を知らず捕獲命令だけを受けた傭兵《ようへい》だろうか。

「暴れんな。静かにしろ」

「放せっ、放してくれ！　ギュスターに捕まるくらいならここで死なせて！」

「なに？　おまえ、ギュスターのところから逃《に》げてきたのか？」

「え……？」

思いもよらない男の反応にアナベルは胸板を殴る手を止めた。拳を緩《ゆる》めた指の先に、皮膚《ひふ》ではない何か硬いものがあたる。この感触《かんしょく》は何だろう、触れたことがあるような――。

男はアナベルを抱き上げたまま、遠くで揺《ゆ》れるカンテラの群れを見ながら問うてくる。

「なら、あの明かりを持ってこっちに来るのはギュスターの手下か」

「そう、だっ……。だから僕はもう――」

「ふうん。まあ、どうでもいいな。どうせおれがもらう」

逼迫《ひっぱく》したこの状況に似合わない相槌《あいづち》を打ち、よくわからないことをつぶやくと、男は一度アナベルを抱き直した。腕を取られ、強引《ごういん》に男の首へとまわされる。

両膝《りょうひざ》の裏と、背中から脇《わき》に通された腕は逞《たくま》しく、人間のものより少し長い。そして所々に赤く煌《きら》めく何かが――初めてしっかりと見た男の、その異形ともいえる姿に目を瞠《みは》る。

癖《くせ》のある黒髪《くろかみ》は、男の首にまわしたアナベルの腕にわずかにかかるくらいの長さだ。

驚くべきはその先で、黒い立派な角が髪に見え隠《かく》れしている。

「あなた……、人間じゃない。――魔物、なの？」

困惑《こんわく》するアナベルの言葉に男はニッと笑うと、崖を勢いよく蹴って谷へ飛び込んだ。

「うわぁぁっ――」

アナベルの絶叫《ぜっきょう》があっという間に遠のく。抱き合う二人はみるみる暗闇に呑《の》まれてゆく。

この角を持った魔物は、深淵の底にある地獄《じごく》へアナベルを引きずり込むためにあらわれたのだろうか。同じ魔物なら、ナインヘルに会いたかった。せめてもう一度、あの美しく燃える炎《ほのお》のような鱗《うろこ》に触れたい。ナインヘルに出会ってたしかに湧《わ》き起こった、自由と生への切望が、アナベルの小さな身のうちに膨《ふく》れ上がって弾《はじ》け飛ぶ。

「いやだっ。死にたくない！」

望んだはずの、死による解放がすぐそこに迫ったとき、アナベルは無意識にそう叫《さけ》んでいた。

猛烈《もうれつ》な速さで落下しながら男はなおも不敵につぶやく。闇に響《ひび》くその声は、笑っていた。

「おれがおまえを死なせるわけねえだろ」

「!?」

ばっ、と空気を引き裂《さ》くような音がする。突然《とつぜん》の強い旋風《せんぷう》に目を開けていられなくなる。

「――っ！」

懸命《けんめい》にまぶたを開くと、角を持った男の姿が消えていた。代わりにアナベルの身体を包むのは、黒く艶《つや》めく大きな鉤爪《かぎづめ》だった。

巨大《きょだい》な翼《つばさ》の羽ばたくような音がする。重力を無視して身体が墜落《ついらく》をやめた。落下する速さを凌駕《りょうが》した凄《すさ》まじい速度で暗闇が急激に引き裂かれてゆく。男が飛び降りたばかりの崖をも瞬《また》く間に抜け、一瞬《いっしゅん》のうちに月と星々の煌めく夜空が目の前に広がった。金髪《きんぱつ》と足がふわりと浮《う》く。

「なに、これっ？　と、飛んでる⁉」

「何を言ってる？　アナベル、おれをよく見ろ」

高い所から名を呼ばれ、はっとなって見上げたそこは夜空ではなかった。瞳《ひとみ》いっぱいに鮮《あざ》やかな赤い竜《りゅう》の鱗が映る。アナベルの心を震《ふる》わせた、あの炎の色だ。もう一度触れたいと願ったばかりのそれを持っているのは──。

「ナイン⁉」

「気づくのが遅《おそ》い」

「うそ！　嘘《うそ》、だ。──だ、だって竜じゃなかったから……！」

何度見つめても信じられなかった。人の姿からサラマンダーに変化するなんて──混乱するアナベルを前脚《まえあし》でつかみ、ナインヘルは空高く飛翔《ひしょう》する。

物凄《ものすご》い速さで地上がどんどん離《はな》れてゆく。つい先ほどまで死《し》にもの狂《ぐる》いで逃げていた西の森が遥《はる》か遠くに見えた。そしてアナベルの瞳に映った、高い城壁《じょうへき》と鋼鉄《こうてつ》の大門を持つ監獄《かんごく》──ギュスター城はとても小さくて、紙で作った玩具《おもちゃ》のように見える。

手を伸《の》ばせば届きそうだった。そのまま くしゃりと潰《つぶ》せてしまいそうなほどちっぽけで──。

「嘘……、信じられない──」

生きてあの監獄を出るなど夢のまた夢だ。死ぬことでしか解放は手にできない。

そう信じきっていたアナベルをからかうみたいに、夜の冷たい風が頬《ほお》を撫《な》でてゆく。

生きた肌《はだ》でたしかに感じるその冷たさが、ナインヘルが疾風《しっぷう》のような速さでアナベルをあの絶望と恐怖《きょうふ》に満ちた城から連れ出してくれたのだと伝えてくる。

「ナイン……？　助けてくれたの？　どうして……」

「おまえもおれを助けただろ。それに――」

ナインヘルは前方を見ながら答えてくる。強い風が吹《ふ》き、大きな風音に阻《はば》まれてその声を聞きとることができなかった。

「ごめん、……もう一度言って」

「いや。なんでもない」

見上げたナインヘルは本当に大きく、赤い鱗が煌めいて美しかった。他《ほか》の誰《だれ》でもない、アナベルがもう一度会いたいと願った紅炎《こうえん》の竜が助けてくれたたなんて――まるで夢を見ているみたいだった。

もしかしたらこれは本当に夢で、また首輪に気管を圧迫《あっぱく》されて目が覚めるかもしれない。

そして目が覚めたその場所はギュスターの城かもしれない。

結局外す手立てを見つけられずに、黄金の首輪はアナベルの首に嚙みついたままだ。また苦しくなってこほこほと咳《せき》をする。

頰や髪を荒々《あらあら》しく撫でてゆく風は本当に冷たくて、身体《からだ》を包む真っ黒な鉤爪に思わずすがりつく。こんな大きな鉤爪でも微動《びどう》を感じるのだろうか、ナインヘルが初めてアナベルの様子を見てくる。そして黄金色《こがねいろ》の瞳をすうっと細めて言った。

「おまえはもう、おれだけのものだ」

「えっ？……ナイン、ちょっと待って。それってどういう意味――」

今度はアナベルの声が風に掻き消される。ナインヘルは翼を一層広げ、高度を上げた。


帝都《ていと》は今夜も煌々《こうこう》とした光に包まれている。

〝母なる大河〟と呼ばれるアーイルス川に沿って等間隔《とうかんかく》に立てられたガス灯が、鉛色《なまりいろ》をした夜の流水にオレンジ色の光を点々と反射させていた。幅《はば》の広い川には異なる時代に架《か》けられたブリッジが八本あり、当時の建築技術と様式美を競《きそ》い合っている。

そしてその先にアルカナ・グランデ帝国が誇《ほこ》る時計塔《とう》が建っていた。

天を衝《つ》くほどに高く伸びた巨大な時計塔は、帝国の技術革新と経済発展の象徴《しょうちょう》だった。

その時計塔を中心に大小の道路が蜘蛛《くも》の巣のように張り巡《めぐ》らされていて、ライトをつけた蒸気自動車やカンテラを吊《つ》り下げた馬車が家路を走っている。

アナベルが初めて見るその風景は、幼いころギュスターに与《あた》えられた小型模型を思い起こさせた。それがどんどん近く大きくなってゆき、模型ではない生き生きとした街のざわめきや警笛《クラクション》、時計塔の鐘《かね》の音が聞こえるようになる。

ナインヘルは帝都の中心地を通り過ぎた。その先に見えてきたのは、息を呑むほどに美しい宮殿群《きゅうでん》だった。

急速な近代化が進む都心とは対照的に、アルカナ大帝の住む宮殿は重厚《じゅうこう》で美麗《びれい》なゴシック様式を保持しており、産業革命の幕開けを導き出した中世の栄華《えいが》と繁栄《はんえい》を今も窺《うかが》い知ることができる。

アルカナ大帝の宮殿群を支えるように立つ岩山が姿をあらわした。ナインヘルはぐるりと旋《せん》回《かい》し、岩山の裏へまわる。そこに広がる風景にアナベルは目を瞠った。

――なに、ここ……？

岩山の裏側は鋭《するど》く切り立っていて、そこに装飾《そうしょく》豊かな部屋が幾《いく》つも埋《う》め込まれている。断崖《だんがい》に巨大な部屋が連なるさまは、有翼《ゆうよく》種の住処《すみか》そのものだった。驚《おど》くべきは部屋の造りで、その壮麗《そうれい》さはアルカナ大帝の宮殿群に引けを取らない。

いったいどのような技術を使ってこんな絶壁《ぜっぺき》に部屋を幾つも埋め込んだのだろう。驚くアナベルの瞳に橙色《だいだいいろ》の明かりが映った。

断崖の下方はガス灯の光で満たされていて、そこにみっつのゲートがあり、そのうちひとつのゲートのライトが点滅《てんめつ》している。それは竜のための誘導灯《ゆうどうとう》のようで、点滅を繰《く》り返すライトに向かってナインヘルは降下を始めた。

「う、わっ！」

ナインヘルが鈍《にぶ》い音を立ててゲートに着陸した途端《とたん》、大量の水が滝《たき》のように落ちてきた。物凄い勢いで水飛沫《みずしぶき》も生まれ、水の壁《かべ》に囲われたみたいに何も見えなくなる。

酸素を確保するために手で顔を覆《おお》っていると、水の壁の向こうから若い男の声がした。

「おい、ナインヘル！　時間外の私用発着があるときは事前申請《しんせい》しろと言ってるだろ」

「忘れてただけだ。オーバーホールは昼に受けてる。今日はもういい」

落ちてくる水の勢いは少しずつ弱くなり、やがて水の壁もなくなった。ナインヘルは気持ちよさそうに巨体《きょたい》をぶるぶると振《ふ》っているが、アナベルは冷風にさらされていたうえに水を浴びていよいよ凍《こご》えそうになる。

「ったく……。勝手なことばかりするな。ただでさえ目をつけられてるのに」

若い男の苦情をナインヘルはあっさり無視したようだった。

状況《じょうきょう》がまったくつかめないまま、濡《ぬ》れて顔に貼《は》りついた金髪を横へやると、ナインヘルと話している男の姿が見えた。ずいぶんと妙《みょう》な格好をしている。

撥水《はっすい》性の高そうなフード付きの防護服とブーツ、厚めのゴム手袋《てぶくろ》に、顔にはマスクと大きなゴーグル。そして手にはデッキブラシを持っていた。

慣れた手つきでマスクとゴーグルを外す男と目が合う。

「ん？——待てナインヘル。前脚に持ってるものはなんだ？　人形ではなさそうだが？」

「あ、僕は……」

「こいつか？　ギュスターのところから逃《に》げてきたのを拾ってきた。おれのものだ」

「ちょっ、と……だからそれどういうこと、って――」

「何を言いだす？」

防護服の男はあからさまな難色を示した。アナベルも同じ気持ちだった。ナインヘルの言葉の最後、その意味が理解できない。助けてくれたことは本当に嬉《うれ》しかったし安心もできたが、それとナインヘルのものになるのと、どう繋《つな》がるというのだろう。

ただならぬ雰囲気《ふんいき》に、近くにいる他の男たちもこちらに視線を寄越《よこ》してきた。ここにいる数人の男たちは皆《みな》、同じ防護服姿をしている。ある種異様な光景だった。

「ギュスター側の人間を連れてくるなど、とうとう気が触《ふ》れたか」

誰かがぼそりとつぶやく。人間の声ではない。アナベルは声の聞こえた方を見た。

隣《となり》のゲートとは高い壁で仕切られている。壁の向こうにいる琥珀色《こはくいろ》の鱗《うろこ》をした竜《りゅう》が、眼《め》から上だけを出してこちらをのぞき込んでいた。

「ギュスター側の人間だなんて誰も言ってねえだろうが」

「でもギュスターのところから連れてきたのだろう？　ああ、恐《おそ》ろしいことをする」

「それがどうした？　こいつはおれの血を浴びても死ななかった。特別な力がある」

仲間であるはずの竜に向かって、なぜかナインヘルは牙《きば》を剥《む》き出しにした。琥珀色の竜は勘《かん》弁《べん》してほしいと言いたげに壁の向こうに姿を隠《かく》す。

それを見ていた防護服の男が竜の代わりに応戦してくる。若いのにひどく腹に響《ひび》く声だった。

「ふざけるな！　これがギュスターに知れたら何もかも終わりだ！　わかってるのか⁉」

「うるせえ。これ以上文句を言うなら今すぐここを燃やすぞ！」

ぶつかり合う怒号《どごう》に、アナベルも含《ふく》め誰も何も言えなかった。

アナベルはひどい混乱に頭痛を覚えはじめる。ここはどこで、彼らは何者なのだろう。歓迎《かんげい》されていないことだけはわかった。アナベルも、そしてどうしてかナインヘルまでも。

「誰もおれの巣に近づくな」

睨《にら》み合いと沈黙《ちんもく》はほんの一瞬《いっしゅん》の出来事だった。ナインヘルは凄《すご》みをきかせた声でそう言い放ち、皆を残してゲートを抜《ぬ》けた。

そこからは天井《てんじょう》が徐々《じょじょ》に低くなり、それに合わせてナインヘルは竜から人型に姿を変える。それでもアナベルの足が地につくことはなかった。

「……っ。ナイン、もうおろして」

アナベルの声を無視してナインヘルはどんどん先へ進む。ゲートと繋がっているらしいその空間は広々としていて、やけに華《はな》やかだった。

色鮮《いろあざ》やかなモザイクタイルが敷き詰《つ》められた床《ゆか》に、壁や柱は焦茶色《こげちゃいろ》のウォールナット材が惜《お》しげもなく用《し》いられている。陶器《とうき》製の大きな洗面台と真鍮《しんちゅう》の蛇口《じゃぐち》が等間隔に設置され、その手前には優美な猫脚《ねこあし》の肘掛椅子《ひじかけいす》があった。

壁と同色の大棚《おおだな》には大小様々のタオル、香油《こうゆ》や香水《こうすい》の瓶《びん》、櫛《くし》や歯ブラシが収められている。その他にも大型の鏡、服を吊るすラック、アイロン台までもが整然と並べられていた。

豪奢《ごうしゃ》な脱衣《だつい》室のようなその大部屋には、黒いスーツに同色のリボンタイをした男が一人いるだけだった。リボンタイの男はゲートの騒《さわ》ぎに気づいていない様子で、人間を抱《かか》えたナインヘルが突然《とつぜん》あらわれたことにたいそう驚いていた。

その男に向かってナインヘルが抑揚《よくよう》のない声で「バスタオル」とだけ言う。

「ナインヘル？　誰《だれ》だそいつは？——お、おいっ……」

バスタオルを差し出しながらアナベルとナインヘルを交互《こうご》に見る男を放《ほう》って、左肩《ひだりかた》にバスタオルをかけ右肩《みぎかた》にアナベルを抱えると、ナインヘルは慣れた様子で扉《とびら》を開き、大部屋を出た。

肩に担《かつ》がれるようになっているアナベルからはナインヘルの背中が見えた。その肌《はだ》は人間と同じ質感をしているが、所々に赤い鱗が浮《う》き出ている。鱗はうなじから背骨にかけて密度を高くしていた。竜の姿のときにはある長い尾《お》が今は見当たらない。

「……！」

ナインヘルが何気なくした動作に、アナベルはひどく驚くことになった。うなじから鱗を一枚取り、それを大きく伸《の》ばして仮面のようにすると、右の頬《ほお》にある爛《ただ》れを覆ったのだ。竜は自分の鱗を自在に変形することができるのだろうか。

顔は鱗で隠すのに、ナインヘルはバスタオルを腰《こし》に巻こうともしなかった。臙脂色《えんじいろ》の絨毯《じゅうたん》が敷かれた廊下《ろうか》も、その先にある広いエントランスホールも全裸《ぜんら》のまま歩いてゆく。

「待っ、て……ナイン、ここ、は——」

「もう巣に着く」

艶《つや》やかな飴色《あめいろ》をした大階段を数段飛ばして上がり、踊《おど》り場から二方向に分かれたところで左側の階段を上がる。長い廊下の奥まで進むと、ナインヘルは大きな扉を開いた。

暗い部屋には所々に光る何かがあったが、明かりと呼ぶには儚《はかな》いものばかりで、その広さまで知ることはできない。室内を歩くナインヘルが何かにぶつかったのか、カラカラと音が鳴る。

「う、わっ」

ようやくおろされた寝台《しんだい》はその端《はし》を暗闇《くらやみ》に溶《と》け込ませていて、全体が見えないほど広く大きい。そしてとても柔《やわ》らかく、水分を多く含んだアナベルの身体《からだ》はそこに沈《しず》むようだった。

「アナベル……」

「な、何……？」

寝台の上で膝《ひざ》を抱えて座るアナベルに覆いかぶさるようにしてナインヘルが腰をおろす。

いつからだったのだろう、その息が妙に乱れていることに気づき不安になった。

寝台が規格外の大きさをしている意味がわかった気がした。あらためて見上げる人型のナインヘルは、恐ろしいほどの巨躯《きょく》をしている。小柄《こがら》なアナベルを容易に呑《の》み込むほどに。

「ナ、ナイン。あの、お願いだから、状況を教えて、ほしい」

ずぶ濡れの服が気持ち悪い。黄金の首飾《くびかざ》りまでも水を含んだように重く感じる。また息がしづらくなって、言葉が切れ切れになった。

歯が鳴るほどに身体が震《ふる》えているのは、冷えきったせいだけではない。何もわからないこの状況は恐怖《きょうふ》でもあった。息をひどく乱しているナインヘルも。

「状況？　今は面倒《めんどう》だ……」

「……それならせめて、ここがどこなのかだけでも教えて」

「だから、さっきおれの巣だって言っただろ」

それだけではアナベルの混乱は治まらない。声を震わせながら懸命《けんめい》に質問を重ねた。

「ナインの、巣？　家ってこと？　そしたら、あの不思議な服を着た人たちは誰《だれ》？」

「おまえは知らなくていい」

「そんな言い方、しないで……教えて。さっきの立派な部屋は何？　どうしてナインはあの人たちと喧嘩《けんか》みたいなことを――」

「うるせえな」

低く短い声で遮《さえぎ》られた。ナインヘルはアナベルの匂《にお》いを確かめるみたいに、髪《かみ》先や耳元で鼻を鳴らしてばかりいる。

「……いい匂いだ。魔女《まじょ》ってこんな匂いだったか……？」

「ま、魔女？」

「この匂い。病《や》みつきになりそうなあの肌の味……。おまえはおれの血を浴びても平気だった。魔女以外考えられねえ」

「だから、魔女って何……、っ！」

舌なめずりをするナインヘルが眼をすっと細めてアナベルを見つめてくる。縦長の瞳孔《どうこう》をした金色の瞳《ひとみ》は妖《あや》しい光を宿していて、その瞳に囚《とら》われたみたいに身体が強張《こわば》った。

後ずさりをしてもその分ナインヘルが詰め寄ってくる。結局二人の間に空間はなくなり、首筋に鼻先を強く押し当てられた。せわしなく鼻を鳴らす竜の息は、ひどく荒《あら》くて熱い。

びくりとして視線を逸《そ》らす。質問を続けなくては何かよからぬ事態に陥《おちい》りそうな気がした。

「た、助けてくれてありがとう。でも、どうしてナインは森にいたの？」

「ギュスターの城を偵察《ていさつ》しようと……そしたらおまえが走ってるのが見えた」

「えっ？　ギュスターの城？　どうしてそんなこと――」

訊《き》き終わらないうちに、ナインヘルを見てしまった。これ以上ないほどの至近距離《きょり》で瞳がからみ合う。人のそれとは形状の異なる瞳孔が、きゅうっと細くなった。

「――もう、話は終わりだ」

「ナイ、ン……？」

「美味《うま》そうな匂いを撒《ま》き散らしやがって。……舐《な》めたい。舐めさせろ」

「!?……あ、ぁっ!?　何、をっ――」

逃《のが》れる間もなく押し倒《たお》され、ずぶ濡《ぬ》れになっていた服のすべてを破られた。ナインヘルがただの襤褸布《ぼろきれ》となったそれを床へ放り投げる。

「や、ぁっ」

首飾りひとつだけを残した、冷えた裸体《らたい》にナインヘルの熱く長い舌が這《は》う。みぞおちから鎖《さ》骨《こつ》までを舐め上げた舌がまた下がっていく。

「く、うぅ……っ」

「ああ、この味だ。あのときと同じ――」

その言葉の意味が理解できず、でもふと思い出す。西の森でアナベルに付いた血をナインヘルはすべて舐め取った。そのときも、別れ際《ぎわ》も、ナインヘルはアナベルの肌に舌で触《ふ》れていた。

重い舌に黄金の首飾りごと攫《さら》われて、圧迫《あっぱく》された喉《のど》がひゅっと鳴る。

「──は、ぁっ、……は、っ」

今夜にも気管を塞《ふさ》がれてしまうかもしれない。この首輪が忌々《いまいま》しくてならなかった。

しかしアナベルがそう思う以上にナインヘルが強い苛立《いらだ》ちを見せる。

アナベルの肌を味わっているのに、それを金属ごときに阻《はば》まれるなど──そう言いたげに、むっとするナインヘルが首飾りに手をかけた。

「邪魔《じゃま》だ」

「え、っ……？」

バキン、と金属が真っ二つに割れる音がした。

ふっと首が軽くなり、気管が正常な量の空気を体内にもたらす。

「嘘《うそ》……」

十一年もの間アナベルの精神を緊縛《きんばく》し命を脅《おびや》かし続けた首輪を、ナインヘルがまるでビスケットを割るかのように易々《やすやす》と壊《こわ》し、床へ放り投げた。

「これでいい」

「うそ、だ。──ナインっ。ちょっと、待っ、……う、ぁ」

ふいにおとずれた解放を喜ぶ隙《すき》は与《あた》えられず、首筋が感じたのは数年ぶりの外気ではなくナインヘルの熱い舌だった。

「ああ……、んっ！」

「は、ぁ……美味い」

長く滑《ぬめ》った舌が白い首筋を余すところなく味わう。冷えた身体が、唾液《だえき》に濡らされたところからじわじわと熱くなっていく。肌のあちこちを伝うナインヘルの舌や指先のせわしなさがどうしても嫌悪《けんお》しきれなかった。

どうして、何が違《ちが》うのだろう――つい先ほどギュスターに同じことをされたときは凄《すさ》まじい不快感と恐怖に死まで覚悟《かくご》したというのに。男からの行為《こうい》など絶対に受け入れられない、そう強く思っているのに、ナインヘルの武骨な愛撫《あいぶ》に身体が疼《うず》くような反応を見せる。

あの男にしたように殴《なぐ》りつけて逃《に》げたくても、身体が少しも言うことを聞いてくれない。頭と心で感じている恐《おそ》ろしさを凌駕《りょうが》して、血や肌《はだ》が竜《りゅう》の感触《かんしょく》を喜ぶみたいに震えだした。

頬を舐める舌が唇《くちびる》に届く。口づけはなく、そこをねっとりと舐められた。

「んぅ……」

「こんな匂いを振《ふ》り撒いて、おまえは今までどうやって生きてきた？　他《ほか》の奴《やつ》にこうされたことはなかったのか」

「な、っ……？」

「アナベル、おまえはおれが見つけた、おれだけのものだ。他の奴らにこの肌を絶対に見せるな。触れさせるなよ。いいな」

西の森できつい威嚇《いかく》をしていた竜の言葉とは思えなかった。それに困惑《こんわく》しているとナインヘルが急に歯を食いしばる。それがあまりにつらそうで、アナベルは竜の大きな身体から抜《ぬ》いた金属片《へん》の鋭利《えいり》さを思い出した。

「ナインっ？　この前の怪我《けが》がまだ痛むの？　大丈夫《だいじょうぶ》？」

「……そうだな。あのときの怪我はもうないが今はここが痛む」

「え――」

痛みに眉《まゆ》をひそめるナインヘルに手を取られ、患部《かんぶ》へと導かれる。

触れた硬《かた》いものが何なのか、すぐにはわからなかった。予想もしていなかったし、なにより人間のものとは大きさが違いすぎた。

「ひ……！」

「おまえのことを考えるとここが腫《は》れてくる。この前は寝《ね》て起きたら治ってたが、今は耐《た》えられないくらい痛くてむず痒《がゆ》い……」

完全に勃起《ぼっき》したナインヘルの陰茎《いんけい》はアナベルの手にひどく余る。つかみきれないそれには掌《てのひら》で感じ取れるほど太い血管が浮《う》き出ていて、どくどくと脈打っていた。

「おまえなら治せる。この前みたいに介抱《かいほう》しろ」

「いやだっ、手を放して！」

「なんで嫌《いや》がる？　あのときはおまえから触《さわ》ってきたくせに」

「か、隠《かく》してよ！　自分でなんとかしたらいいだろっ」

「隠す？　なんでだ？　自分でって、なんだ？」

「え……？」

思いもよらない反応にナインヘルを見ると、アナベルが何を言っているのかわからないと眉をひそめ首をわずかに傾《かし》げている。

「……ほ、本当に知らないの……？」

「何の話だ？　この怪我のことか？　ここが腫れて痛くなるのは初めてだ」

「……」

ナインは何も知らない――竜という種族が皆《みな》そうなのかはわからないが、ナインヘルが嘘をついているようには見えなかった。

ナインヘルは痛みを伴《ともな》うほど熱《いき》り立つそれを怪我だと思い込んでいる。それをアナベルに介抱してほしいというのは純粋《じゅんすい》な願いなのかもしれない。

でも、できない。それをどう説明すればいいのかわからなかった。

「もう、面倒《めんどう》だ。早くおまえがやれ」

「あっ？　ナインっ……。待っ、て……」

細い肢体《したい》に竜の巨軀《きょく》が重なった。長大な陰茎をつかまされた手ごとナインヘルの手に包まれる。早く撫《な》でろと言わんばかりに手を上下に揺《ゆ》すられた。

「アナベル、もっとだ。もっと強くこすれ」

「あっ……、や――」

耳の後ろをぴちゃぴちゃと舐めながらナインヘルが乞《こ》うてくる。躍起《やっき》になって動く竜の手が下腹部にも激しくぶつかってくる。大きな手が触れるたびにそこに疼くような熱が生まれた。

「あ……っ、あぁ……」

疼く下腹にナインヘルの先走りが降ってくる。生温かいシャワーを浴びているようで、それがいちいち細かな刺激《しげき》になる。もどかしい、もっと確かな感触が欲しい──。

「……感染《うつ》ったのか？」

「え……？」

「おまえも同じところが腫れてる」

「──っ」

ナインヘルが状態を確かめるため腰《こし》を浮かせる。アナベルも恐る恐るそこに視線をやった。手がほどかれると竜のペニスはその腹にびたんと貼《は》りついた。アナベルの手もしたたかに濡れ、そして茎《くき》は──大量に分泌《ぶんぴつ》された先走りの溜《た》まりの中に、ぴんと立ち上がっていた。

「あ、あ……、そんな……」

アナベルは自慰《じい》をほとんどしない。したいと思ったこともない。

そういった行為はすべてギュスターとの性交を連想させるため、強い拒否感《きょひかん》を持っていた。男子である以上勃起することはあってもそこに劣情《れつじょう》や性的興奮は皆無《かいむ》だった。あくまで男の生理現象として淡々《たんたん》と処理してきた。それなのに──。

「おまえのここは小せえな。果物みたいだ」

「違《ちが》、うっ。これは……」

　こんなにも赤く充溢《じゅういっ》し、淫《みだ》らに震《ふる》える姿など見たことがない。違う、と首を横に振るそばから、真っ赤になった先端《せんたん》の小さな割れ目が蜜《みつ》液をぷくぷくとあふれさせる。

「あ、あ……。知ら、ない……こんなの——」

「美味《うま》そうな蜜だ。舐めさせろ」

「だ、だめっ！」

　性的な刺激を感受するようになったばかりだというのに、今そんなことをされたら本当にどうにかなってしまう。それなのにナインヘルが頭を下げてゆく。止めようとしたが力の入らない手はその硬い角をかすめただけだった。

「だめ、ナインっ……お願い、だから、やめ——、……あ！　あっ、あぁぁっ」

　首筋や唇にそうしたように、ナインヘルは震える茎にねっとりと舌を這《は》わせる。先端からこぼれる蜜を舐《な》め取ると、性器を丸ごと口に含《ふく》んだ。

「凄《すご》くこりこりで、びくびくしてる」

「あっ、あ、んんっ……！　ナイン……っ」

　アナベルは性行為を知らないナインヘルの不器用な愛撫に確かな快感を知る。

　冷えきっていた肢体はいつからか汗《あせ》を纏《まと》っていた。濡《ぬ》れた熱い口腔《こうこう》に包まれる、その甘美な刺激に追いつけない身体じゅうが泣いているみたいだった。

「おまえの身体《からだ》はどこも甘くて、飽《あ》きない」

「いや……放し、て――あっ、あ!……あぁ、ん、もう――」

もう堪《こら》えられない。透明《とうめい》の蜜液よりも熱く重たいものが身体の奥で沸《わ》き立っている。それが性器を貫《つらぬ》く細い管を勢いよく駆《か》け上がるとき、アナベルは初めて快楽に腰を振った。

「あっ、あっ、あぁっ――!」

腰を揺らしながら誰《だれ》かの口内に吐精するという行為には、恥《は》ずかしさと背徳感、そしてそれを凌駕するたまらない快感があった。その余波に震える脚《あし》の間から、ナインヘルが名残惜《なごりお》しそうに顔を離《はな》す。ふたたび覆《おお》いかぶさってきて、アナベルの目の前でごくんと喉《のど》を鳴らした。

「美味かった」

「………。――んっ」

「アナベルの濡れてこりこりしたやつ……たまらねえな。これでおれのを撫でろ」

まだ芯《しん》を残すアナベルの茎に重く硬いペニスが重なってくる。射精や性交を知らなくてもそこに至る行動は雄《おす》の本能に植えつけられているのか、ナインヘルが腰を使いはじめた。

「んっ、ん……」

「……いいな、これ。変な気分になってくる」

息を荒《あら》くしたナインヘルが二人の屹立《きつりつ》をぐっとつかむ。大きな手の中で茎がこすれ合い、水音を立てていやらしくからみ合う。

「あっ、あっ」

「……おれ、も、なんか……出そうだ、っ」

「だい、じょうぶ……だから、出していい、から──」

早く射精させないとこの状態はいつまで経《た》っても終わらない。思考も身体も限界に近い。

色々な問題が残っているのはわかっているが、今はまぶたを閉じて眠《ねむ》ってしまいたかった。

「ナイン。大丈夫……」

体液を漏《も》らすことに躊躇《ちゅうちょ》するナインヘルに「大丈夫だから」と繰《く》り返し、早々の放出を促《うなが》す。

鱗《うろこ》の浮き出た巨軀をぶるっと震わせて、竜が大量の白濁《はくだく》をびゅるびゅると吐《は》き出した。

「くっ──、……なんだ、これっ？　めちゃくちゃ気持ちいいっ……」

「……っ」

身体の下半分が、自分のものではないみたいに重くなってゆく。

ナインヘルが射精を終えたことに妙《みょう》な安堵感《あんどかん》を覚え、それをきっかけに今日の夕暮れからずっと張りつめていた緊張《きんちょう》が一気に緩《ゆる》んだ。きつい眠気に襲《おそ》われる。頭もまぶたもひどく重くなり、目を開けていられなくなった。

──明日《あした》、話を、ちゃんと……。

そうナインヘルに伝えないといけないのに、それすらままならない。長い金色のまつげを揺らしてまぶたが落ちるとき、ナインヘルがつぶやいた。

「もう一回する」

「いや……」

眠りの淵《ふち》に、完全に落ちていた。起きているときの感覚などとうに放棄《ほうき》したはずなのに、ナインヘルの硬《かた》く重い陰茎を下腹部に感じた。

「アナベル、起きろ。もう一回――」

「あ、あ……、もう、やめ……」

大きな身体がせわしなく動きはじめる。重ねられた腰の間でまた水音が立つ。少しも興奮の治まっていないナインヘルに激しく揺さぶられながら、アナベルは意識を手放した。


「はっ……、はぁ、っ。……苦し、――」

朝の明るさではなく、ひどい息苦しさで目が覚めた。気管が圧迫《あっぱく》されていると思い込み、焦《あせ》って首に手をやる。けれどそこに首輪はもう存在していなかった。

自分の指で首筋の肌《はだ》に触《ふ》れるという当たり前のことが、アナベルにとってはとても不思議な感覚だった。昨夜のことは何ひとつ夢ではなかったことをあらためて知らされる。

首輪はないのに息苦しいのはなぜだろう。そう思うよりも先に答えが――眠るナインヘルの顔がすぐそこにあった。

横臥《おうが》するアナベルにナインヘルの巨体《きょたい》が伸《の》しかかってきている。昨夜舐め尽《つ》くした首筋に深く顔をうずめ、すうすうと寝息《ねいき》を立てていた。アナベルの頭を支えるやけに硬いクッションが、所々に赤い鱗のうっすらと浮《う》き出る逞《たくま》しい腕《うで》であることに気づく。

背中からまわってきている長い腕や脚がアナベルの身体にからみつき、そのおかげであちこちが痺《しび》れて痛い。寝台《しんだい》から抜《ぬ》け出そうとしたが、巨軀はびくともしなかった。

「………」

気持ちよさそうに眠るナインヘルがだんだん腹立たしくなってくる。

助けてくれたことや命を繫《つな》げてくれたことは本当に嬉《うれ》しくて、何度感謝の気持ちを伝えても伝えきれない。しかしその後のことは何ひとつ納得《なっとく》していなかった。

訊《き》きたいことは無視され、妙に興奮したナインヘルの射精を手伝わされた。それだけではない、この竜《りゅう》はアナベルが眠っても行為《こうい》を続けたのだ。

起きろ。そして全部説明して——ナインヘルを叩《たた》き起こそうとしたそのとき、ピーと短い音が鳴り、どこかから機械で作られたような声が聞こえてきた。

『ナインヘル！　今すぐゲートに来い！　出動時間を過ぎてる！』

「……？」

身体の動かせないアナベルからは見えないが、近くに小さなスピーカーがあるようだ。機械がほこりをかぶっているのか、その音声にわずかなノイズが交ざる。

目が覚めるには充分《じゅうぶん》の音量にもかかわらず、ナインヘルはまぶたをぴくりとも動かさない。

『寝《ね》てるのか⁉　何度遅刻《ちこく》すりゃ気が済むんだ？』

ノイズの交ざったスピーカー越《ご》しでもわかった。声の主は昨夜ナインヘルと言い合いをしていた若い男だ。アナベルを抱《だ》きしめて放さない竜は「う……」と声を漏らしながらもまだ起きない。拡声器《スピーカー》から逃《のが》れるように、アナベルの首筋にさらに深く顔をうずめてくる。

スピーカーは痺れを切らしたみたいに音量をひとつ上げて叫《さけ》んだ。

『聞いてるかサラマンダー！　これ以上待たせるなら協約違反《いはん》で査問委員会に突《つ》き出すぞ！』

「うるせぇな……」

ようやくナインヘルが身体を起こした。アナベルの頭の下から逞しい腕が抜けると同時に、伸しかかっていた巨軀《きょく》から解放されて呼吸がすっと軽くなる。

「ぎゃあぎゃあ喚《わめ》くな。五分以内に飛ぶ。ゲート開けとけ」

黒髪《くろかみ》をがしがしと掻《か》くナインヘルがぞんざいにそう言うと、ツッと短い音がして、それきりスピーカーは何も喋《しゃべ》らなくなった。

「う……」

「悪い、起こしたか。まだ寝てろ」

「……」

ナインヘルはそう言うが、二度寝《にどね》など到底《とうてい》できる状態ではない。

意識を手放したその後も、ナインヘルはアナベルの股座《またぐら》を使って二、三度射精したらしい。大量に放出したものはバスタオルで拭《ふ》いたようだが、それでも身体はべっとりとしていた。

それに加え、ナインヘルの体重に圧されてあちこちが痺れている。気だるいなどという言葉では済まされないほどに重くなった身体を動かすのはひどく億劫《おっくう》で、なんとか上体を起こしたアナベルはそのまま寝台の上にぺたりと座り込んだ。

ぼんやりとした瞳《ひとみ》で見上げるナインヘルは、やはり大きい。身長はもちろんのこと、腕や脚の長さや太さも、見たくはないが性器の大きさも、人間の規格とは懸《か》け離れている。

ただでさえ癖《くせ》のある黒髪は先ほど乱暴に掻いたばかりに目も当てられないぼさぼさぶりだった。そんなことなど微塵《みじん》も気にしていないナインヘルが寝台に座り直して言う。

「昨夜のあれ、めちゃくちゃよかった。白い液を出したら腫《は》れも引いた。帰ってきたらまたするから、おまえはここにいろ」

「ふざけたこと言うな」

半分しか開かない青い瞳で睨《にら》みつけ、きつい口調で冷たく言い放った。

この竜はいったい何を考えているのだろう。

あれほど威嚇《いかく》していた人間を巣に連れ帰るだけでも理解しがたいのに、アナベルのことを魔女《じょ》呼ばわりし、勝手に興奮した挙げ句その欲情《よくじょう》をすべてぶつけてきた。

それだけでは飽き足らず、こうやってなおも行為を強《し》いてくる。

死か淫薬漬《いんやくづ》けの慰《なぐさ》み者か——アナベルがどれだけその脅威《きょうい》にさらされてきたのかも知らずに。

「ふざけてなんかねえ」

アナベルの冷淡《れいたん》な態度に、ナインヘルは対抗《たいこう》するようにまぶたを半開きにした。

人型であっても爬虫類《はちゅうるい》のような瞳孔《どうこう》をした金色の瞳は、それだけで威圧《いあつ》的な眼光を放つ。

「おまえのせいで腫れるんだ。おまえが介抱《かいほう》するのが道理だろうが」

「……」

性行為の意味や意義を、この竜は何も知らない、わかってない。そんなナインヘルの愛撫《あいぶ》に性的興奮を感じてしまったなど――それこそ夢だ、気の迷いだ。窮地《きゅうち》から救われて安堵《あんど》し、首輪から解放してくれたことに一瞬《いっしゅん》心を許してしまっただけだ。そう思いたかった。

「風呂《ふろ》はこの部屋にあるから好きに使え」

「………。もうすぐ五分経つけど」

「わかってる」

あのスピーカーとの短い会話から、ナインヘルは今すぐどこかへ行くことが推測できた。ならばその間に逃《に》げ出すことも、状況《じょうきょう》によっては昨日の男たちに助けを求めることもできる。そんなアナベルの思考を見透《みす》かすように、ナインヘルは金色の瞳をすっと細くした。

そしてうなじに手をまわし、鱗《うろこ》をひとつ取る。床《ゆか》に落ちていたリネンの紐《ひも》を拾い上げると、鱗にふっと息を吹《ふ》きかけて小さな穴を開け、そこに紐を通してペンダントのようにした。

やはり竜は自分の鱗を自在に変形させることができる。それを黙《だま》って見ていたアナベルの首に、赤い鱗のペンダントがかけられた。

「え？」

「これで鱗を通しておまえがどこで何をしているのかが視《み》える。逃げても無駄《むだ》だ」

「そんな……！　何をするんだっ」

「ギュスターから逃げてきたんだろ？　今ここを出たら捕《つか》まるぞ。いいのか？」

恐怖《きょうふ》をもたらすその名に身体《からだ》が強張《こわば》る。

今ごろギュスターはアナベル一人すら捕獲《ほかく》できない配下たちを鞭打《むちう》ちにしているに違《ちが》いない。きっと鍵《かぎ》がひとつ足りないことにも気づいている。そうして捜索《そうさく》人数を増やし、城の周囲はもちろんのこと、捜索の手はおそらくこの帝都《ていと》まで――恐《おそ》ろしいあの男は遠く離《はな》れてもなおアナベルの精神を拘束《こうそく》している。

縮こまるアナベルを挟《はさ》むように両手をつき、ナインヘルが顔をのぞき込んでくる。冷えた頬《ほお》を舐《な》め、耳元でささやく。

「おれの巣にいろ。ギュスターはここに絶対入ってくることができねえ。――おまえはおれのものだ。その魔女の力も。誰《だれ》にも手は出させねえ」

「……っ。だから魔女って何⁉」

「自分のことなのに何も知らねえのか？　魔女はおれたち竜とともに魔物《まもの》どもを統率《とうそつ》し守護する一族だ。強い魔力《まりよく》と知恵《ちえ》と、魔物の中で最も長い寿命《じゅみょう》を持ってる。この世界と魔物の歴史を静かに記録してゆく、時と静寂《せいじゃく》の番人だ。竜と魔女は互《たが》いになくてはならない存在……竜は魔女に鱗や涙《なみだ》を与《あた》え、あいつらはそれを使って薬を作る。魔女は竜の力を引き出し、傷を癒《い》やす魔力を持つ。魔女だけが竜の血を浴びても死なねえのは、互いを必要としているその証《あかし》だ」

「血を浴びても平気だったからってそう決めつけるの？　魔女は死に絶えたって教えられたよ。僕が魔女なわけないでしょう？　僕に強い力なんかない……何の力も持ってないのに」

「おまえこそなんで魔女は死に絶えたと決めつける？――まあいい。今夜おまえの身体じゅうを調べる。それで全部はっきりさせてやる」

「そん、な……」

男に身体を探《さぐ》られるなどもうたくさんだ――身をすくませるアナベルを見て薄《うす》く笑うと、ナインヘルは昨夜と同じように全裸《ぜんら》のままどこも隠《かく》すことなく部屋を出て行った。

扉《とびら》が閉まるのを待ち、アナベルは首にかけられた紐を外そうとした。しかし細い紐はびくともせず切ることもできない。ナインヘルの強い魔力が宿っているとしか思えなかった。

「……」

細い肩《かた》をがっくりと落とす。

強くて美しい竜だと思っていたのに。ナインヘルはどこか乱暴で、アナベルの言うことを聞いてくれない。初めて竜に近づき、言葉を交《か》わせたときの昂揚感《こうようかん》が幻《まぼろし》のようだった。

それでもナインヘルの言うことは間違《まちが》っていなくて、今ここを逃げ出したところでアナベルには行くあてもない。彷徨《さまよ》っているうちにギュスターに見つかるのは明らかだった。

それ以前にアナベルには金どころか今着る服すらない。

寝台《しんだい》の上で白い裸体《らたい》をさらしたまま落胆《らくたん》していると、小さなほこりの塊《かたまり》がもぞもぞと近づいてくるのが見えた。部屋の窓はすべて閉まっていて風が入ってきているわけでもない。それなのになぜほこりが動くのだろう。不思議に思っていると、それが口をきいた。

「ねぇ、泣いてるの？　大丈夫《だいじょうぶ》？」

「うわぁっ！」

ひどく驚《おどろ》いて大きな声を出してしまい、その声に驚いたほこりも「きゃっ」と物陰《ものかげ》に隠れてしまう。どくどくと高鳴る心臓を押さえながらアナベルはふと思いついた。

――もしかして、魔物？　とか……。

幼いころ、毎晩父親が話して聞かせてくれた御伽話《おとぎばなし》。幻想《げんそう》的でわくわくするその話には竜《りゅう》や人魚が登場する。その他《ほか》に、言葉を巧《たく》みに操《あやつ》る黒猫《くろねこ》や魔女の仕事を手伝う小さな魔物たちも。

竜に会えたのだから他の魔物に会っても不思議じゃない。そう思うころには動悸《どうき》も治まり、アナベルはよく見る夢の中で彼らにそうしていたように、そっと話しかけた。

「驚かせてごめん……。出てきてよ、もう大きな声出したりしないから」

すると寝台に置いてあるたくさんのクッションの間から「ひゃあ、びっくりした」と言いながらほこりの塊が出てきた。

寝台の上をてくてくと歩いてきて、座っているアナベルの膝頭《ひざがしら》にぴたりとくっつく。

「おはよ。ぼくリピンっていうの。もう泣いてない？」

「おはよう、リピン。僕はアナベル。泣いてないよ、ありがとう」

「ほんと？　あー、よかった」

リピンと名乗ったその小さな生き物は、羊毛に似た丸く弾力《だんりょく》のある身体をしていて、顔の部分だけが人間の肌《はだ》と同じ質感をしている。ちゃんと角も生えていて、ほこりというよりも羊を連想させた。しかし身体から出ている手足は竜のそれに類似《るいじ》しており、しっかりとした鉤爪《かぎづめ》を持っていた。

そしてとても人懐《ひとなつ》こい。にこにことしながらアナベルに問いかけてくる。

「ねぇ、お水を飲む？　ぼく運ぶの上手だよ、お仕事だから」

「あ……。うん、いただくよ」

思えば昨日の夕方から何も口にしてない。食が細いので空腹ではなかったが喉《のど》は渇《かわ》いていた。

アナベルの返事を受けてリピンが部屋の奥へ飛んでゆく。ころころとした身体に生えている翼《つばさ》は、ナインヘルと同じ形状をしていた。リピンはすぐに水のたっぷり入った水差しとコップを持って寝台に戻《もど》ってきた。小さいがなかなか力持ちのようだ。

コップに注いでもらった水を一気に飲みほす。渇いた喉が潤《うるお》ってゆく。その水は清涼感《せいりょうかん》があるだけではなく、とても甘かった。

「凄《すご》く美味《おい》しい。どうもありがとう」

「汲《く》んできたばかりだから、とっても新鮮《しんせん》ー」

おかわりをどうぞ、と言ってまたコップになみなみと注いでくれる。次はゆっくり味わって飲もうとするアナベルのことを、リピンがじっと見つめてくる。

「ナインヘルさまが誰かを部屋に連れてくるなんて初めて。ぼく、とっても嬉《うれ》しいんだー」

「ナインが？　初めてのこと……？」

ウン、とうなずきながらリピンがまた膝頭にくっついてくる。その感触《かんしょく》はふわふわとしていてとても心地《ここち》いい。

「それも、とびきり綺麗《きれい》で可愛《かわい》い子だから、びっくりしちゃった。アナベルは金色の髪《かみ》も青い瞳《ひとみ》もきらきらしてるね」

過去何度も誉《ほ》めそやされてきたこの外見が、アナベルはあまり好きになれない。たった一人の家族である父親とはまるで違っていたし、こんな見かけでなければギュスターに拘束されていなかったはずだ。

でもリピンのように純粋《じゅんすい》な気持ちで言われると嬉しくなる。アナベルは素直《すなお》に礼を言った。

「ありがとう。リピンはもこもこしていて素敵《すてき》だね」

「ウン。ぼく、ほこりの魔物だから」

その弾力を確かめたくなって、アナベルが指先でそっと押すと、リピンは「ひゃー」と可笑《おか》しな声を出す。丸い大きな瞳を糸のように細くして、頬をぽっと赤くした。くすぐったいけどもっとして。そんなふうに見えた。

なんとも言えない愛らしさがあって、魔物と呼ぶには少々気が引ける。しかしリピンは角も翼も鉤爪も持っているれっきとした魔物だから、アナベルよりも長く生きているかもしれない。

「リピンはどれくらいここにいるの？　ナインは？」

「ナインヘルさまは十五年くらいかなー？　ぼくはわからない。この部屋ができてからずーっといる。この部屋はナインヘルさまが来るまで使われていなかったんだ」

「そうか……」

十五年という年数はアナベルが思っていたよりも短いものだった。

立派な成体なのだからもっと長く生きていてもおかしくない。ということは、ナインヘルは長い間別の場所で生きていたのだろうか。

どこでどのような暮らしをしていたのだろう。親や兄弟は？　昨夜の竜とは仲が良くないように見えたのはなぜだろう。鱗の色や竜の種類が違うからだろうか。

赤い鱗で隠しているあの爛《ただ》れた傷は、生まれつきだと言っていた。何をしても治らないとも。あの傷は、どうやってできてしまったのだろう。

気になりはじめたら、次々と浮《う》かんでくる。ここで暮らすようになったきっかけは？　自分の〝巣〟だというのに喧嘩《けんか》めいたことばかりなのはなぜ。ギュスター城の偵察《ていさつ》とは――。

「………」

知らないことばかりだった。知ろうともしないで、ナインヘルのことを分からず屋の乱暴な竜だと決めつけている。

たしかにナインヘルもアナベルのことを知ろうともせずに自分の言い分ばかりを押し通してくる。けれど、死ぬことでしかギュスターから逃《のが》れられないアナベルを救ってくれた。

首輪を割り、自由を与えてくれた。生きていいのだと言ってもらえた気がした。

ギュスターが怖《こわ》いのなら、どこよりも安全なこの巣にいろ――ナインヘルが知っているアナベルのことについては、彼なりに考えてもくれる。

首にかけられた赤い鱗《うろこ》を手に取ってみる。鮮《あざ》やかな赤や金色に煌《きら》めいて、まるで炎《ほのお》の結晶《けっしょう》みたいだった。この烈火《れっか》の色をした竜に、アナベルはたしかに心を震《ふる》わせた。近づきたい、そう思ったことをちゃんと憶《おぼ》えている。

――ナインのこと、もう少し知ってみようか。

そう思うアナベルの手の中で、光を受けた赤い鱗の輝《かがや》きがより一層強くなった。窓から朝陽《あさひ》が差し込んできたことに気づく。昨夜はわからなかった部屋全体が明るく照らし出された。

「凄く広いけど、狭《せま》い……」

アナベルがそう思ったのは、この広すぎる部屋に、足の踏《ふ》み場もないほどのがらくたが散乱しているからだった。

夥《おびただ》しい数の書籍《しょせき》、鍵《かぎ》の壊《こわ》れたトランクに、木箱に入ったまま一度も使われていないティーセット。やりかけのジグソーパズル、欠けのある東洋の磁器。朽《く》ちたハーブと、飴色《あめいろ》の薬瓶《くすりびん》たち。他にもアナベルには何かわからない物で埋《う》まっていて、見えている床《ゆか》部分の方が少ないのではないかと思うほどだった。

見上げた天井《てんじょう》には、からまったモビール、住人のいない蜘蛛《くも》の巣。壁《かべ》には止まった掛《か》け時計の他に、何を書いているかわからないメモや色褪《いろあ》せた地図が短剣《たんけん》で無造作に留められていた。

濃淡《のうたん》の異なる光の帯がそれらを照らす。

塵《ちり》やほこりがちかちかと光を反射させながら、がらくたの間を音もなく浮遊《ふゆう》する。

——今知れたのは、強いのに生活力がないってことくらいかな……。

この水を飲み終えたら風呂《ふろ》を借りよう。そしてすっきりとした頭で次の行動を考える。

そう決めて、コップに口をつけながらリピンを見ると、先ほどと少し様子が違《ちが》っていた。大きな瞳はまぶたが半分まで落ちていて、とろんとしているようにも見える。

眠《ねむ》たいのかと訊《き》くと、ウウンと首を横に振《ふ》る。そうしてうっとりとしながら言った。

「やっぱりナインヘルさまは凄いなぁ。こんなに綺麗な子を花嫁《はなよめ》にできるなんて……。ナインヘルさまは格好いいしアナベルは可愛いし、とってもお似合い－」

「――っ!!」

口に含《ふく》んだ水を吹《ふ》き出してしまいそうになり、慌《あわ》てて飲み込む。少し気管に入ったようでげほげほと咳《せき》が出た。

「あれっ？　アナベル大丈夫？」

「だい、じょうぶ……」

リピンはいったい何をもってそう捉《とら》えているのだろう。まさか昨夜のことを見られていたのだろうか。訊くのが怖くて逡巡《しゅんじゅん》していると、またリピンが「きゃっ」と言ってクッションの中に潜《もぐ》り込んだ。

「リピン？　どうしたの？」

ほこりの魔物《まもの》が隠《かく》れたクッションの方へ向いたとき、突然《とつぜん》ドンドンドンッ、と乱暴なノックが聞こえて心臓が跳《は》ねた。蹴《け》破《やぶ》られる勢いで部屋の扉《とびら》が開かれ、もう一度びくっとする。

「うわ、相変わらずのがらくた部屋だな」

そう言いながら男が上手にがらくたをすり抜《ぬ》けて寝台《しんだい》までつかつかと歩いてきた。

驚《おどろ》きすぎて動けないアナベルに真新しいバスタオルを投げて寄越《よこ》してくる。

「なんだその格好？　一晩中やられちまったのか？　交尾《こうび》のことは知らないはずなんだが」

「えっ！　ち、違いますっ。あの、これは、っ――」

「もう鱗までつけられたのか。あいつ何も知らないくせにこういうことだけは手早いな。知ってるか？　竜《りゅう》の鱗ってのは宝石以上の価値があって、一枚で数億の値がつくんだぜ」

どう返事をすればいいのか困ることを早口で言ってくるのは、昨日ナインヘルと言い合い、先ほどスピーカーから怒鳴《どな》っていた若い男だ。あの奇妙《きみよう》な防護服姿ではなかった。

仕立ての良いテール・コートにアスコットタイを結んでいるその姿は、執事《しつじ》のように見える。眦《まなじり》のぴんとつり上がった猫《ねこ》のような瞳が印象的だった。その瞳には片眼鏡《かためがね》がかけられている。髪を後頭部の高い位置で束ね、両耳には緑色のピアスが光っていた。歳はアナベルとそんなに変わらない二十一、二歳のようだ。

バスタオルを受け取り、頭を下げて礼を述べるアナベルに、男は腕《うで》を軽く組んで言った。

「俺はリーゼ。ドラゴンギルドの筆頭バトラーだ」

「……！　ここはドラゴンギルドなんですか？」

ドラゴンギルド――それは竜と、彼らを補佐《ほさ》する人間による組織である。

組織形態は〝結社〟としているがその位置は帝国《ていこく》軍の末端《まったん》にあり、軍隊の一部も担《にな》っていた。現存するすべての竜が結社に集められ、アルカナ・グランデ帝国の保護・監視《かんし》下で、大規模な人災を鎮静《ちんせい》し、地震《じしん》や火山噴火《ふんか》などの天災から人々を守っている――噂《うわさ》でしか聞いたことのなかった、アナベルにとっては御伽話《おとぎばなし》に近い存在だった。

「そうだ。あいつはそんなことも言ってなかったのか？　鱗はつけたくせに？」

「はい。ナインは本当に何も……。――あっ、鱗！　これどうしても取れなくて……」

細いリネンの紐《ひも》をもう一度引っ張ってみたが結果は先ほどと変わらなかった。鱗について語るリーゼはその外し方を知っているかもしれない。しかし訊く前にあっさりと言われた。

「無駄《むだ》だ、やめとけ。一度つけられたら竜の意思なしで外すことはできない」

「ええっ、そんな……」

「諦《あきら》めろ。――それよりおまえ、アナベル、だな？　ナインヘルから聞いた。あいつの血を浴びても死ななかったそうだが、本当か？『おれの魔女《まじょ》だから手を出すな』と言ってたぞ」

「は、はい、平気でした……。だから魔女だと、ナインはそればかり言ってきます。でも僕は何の力もないただの人間です。竜の血を浴びた人間は本当にみんな死んでしまうのですか？」

「いや。数滴《すうてき》なら後遺症《こういしょう》は残るが命までは取られない。大量に浴びても竜の涙《なみだ》か精液を体内に注入することができれば死なずにすむ。でも竜はほとんど泣かないし条件が揃《そろ》わないと発情もしないからな。助かるケースは少ない。特にサラマンダーの血は毒性が強いと言われている。それを大量に浴びてもけろっとしてるから、ナインヘルはおまえを魔女だと言い張るんだ」

「魔女は、竜の血を浴びても平気だったのですか？」

「そのようだな。俺も実際に現場を見たことがないので言いきれないが」

アナベルが質問を過去形にしたことには理由がある。

過去、相次いで行われた魔物狩《が》り。その最大の標的は、魔物の中で最も知恵《ちえ》と力を持つ魔女だったと聞いた。彼女らは己《おのれ》の危険を顧《かえり》みず他《ほか》の魔物たちを逃《に》がし、絶滅《ぜつめつ》したという。

「だが魔女は死に絶えずどこかに身を隠しているという噂もある。ま、俺が魔女なら確実にそうするね。人間のエゴで狩《か》られるなんて御免《ごめん》だ。——おまえが魔女かどうかはわからん。竜の血を浴びても死なない人間はごく稀《まれ》にいる」

ナインヘルがアナベルを所有したがる一番の理由は『魔女』にある。彼が言う『アナベルのことを考えると腫《は》れる』というのは、その付随《ふずい》に過ぎない。ナインヘルは魔女の力をどうしたいのだろうか。しかしそれ以前に、アナベルにそんな力はない。

「ナインは今どこにいますか？」

「あいつは出動したよ。面倒《めんどう》な案件を二件もぶち込んでやったから、帰還《きかん》予定は夜だ。おまえはどうする？　ここから出て行くなら金と服は工面してやる」

「………」

アナベルは先ほど心を決めたばかりだ。行くあてもない。今、外に出れば必ず捕《つか》まる。そしてなにより、ここにいてナインヘルのことをもっと知りたいと思った。

「おまえに非はないが、例の魔物狩りと……その他にも色々と因縁《いんねん》があって、我が社とギュスターの関係は非常に劣悪《れつあく》でな。一触即発《いっしょくそくはつ》状態が続いている。おまえ、ギュスターから逃げてきたそうだが、奴《やつ》の城で何をしていた？」

「………。一日中、肉体労働を——あいつの好きな細い身体《からだ》を維持《いじ》するために。成人したら……、性行為《せいこうい》を、強《し》いられます。僕は死ぬつもりで逃げて、でもナインが助けてくれました」

「さすがはギュスター、すばらしい下種《げす》っぷりだ」

賞賛の口笛でも吹きそうなリーゼに向かって、アナベルはバスタオルを抱《だ》いたまま寝台からおりると、深く頭を下げて言った。

「リーゼさん。何でもしますから、しばらく匿《かくま》っていただけませんか」

「匿いきれる保証はないぜ。あいつの執念深《しゅうねんぶか》さと強欲《ごうよく》さはおまえの方がよく知ってるだろう？　ここにいることが奴に知れたら終わりだ。俺は責任者として竜とギルドを守る義務がある」

リーゼの言う通りだ。もし、対立するドラゴンギルドがアナベルを匿っていると知れば、ギュスターはここぞとばかりに糾弾《きゅうだん》してくるだろう。それこそギルドを叩《たた》き潰《つぶ》す勢いで。

アナベルとそんなに歳は変わらないだろうに、「竜を守る」と言いきれるリーゼの強さが羨《うらや》ましかった。

弱くて情けない自分は本当に嫌《いや》だ。逃げてばかりなのも。この部屋に閉じ籠《こ》もっているだけでは意味がない。ここで一生懸命《いっしょうけんめい》働いて、少しでも竜たちの力になりたい。そうやって、いつかここを出てもギュスターに捕まらないだけの行動力と心の強さを身につけたいと思った。

「お願いします！　雑用でも、本当に何でもします」

深々と頭を下げるアナベルに、リーゼは困ったようにうなじをぽりぽりと掻《か》く。

「まぁ、うちは常に人手不足だしなぁ。竜の血を浴びて平気なのも、ギルドとしてはかなり欲しい人材だ。おまえ、竜受けする綺麗《きれい》な顔してるし、労働経験もあるんだろ？　ギュスターがからんでなけりゃ、こっちからスカウトしたいくらいだ」

アナベルの顎《あご》に手をやって顔を上げさせ、その美しい金髪碧眼《きんぱつへきがん》を確認《かくにん》するリーゼが「ふむ」と短く言った。

「悪いが正規雇用《こよう》はしてやれない。ギュスターがからむと竜たちも不安がるしな。だが労働の対価はきちっと支払《しはら》う。制服も一式貸与《たいよ》する。見習いってとこだな。それでいいか」

「は、はいっ」

「奴に絶対見つからないようにしろ。状況《じょうきょう》次第《しだい》では俺はおまえを放《ほう》り出すことになる」

「はい！……ありがとうございます！」

「仕事は腐《くさ》るほどある。死《し》にもの狂《ぐる》いで働け。——金、貯《た》まるぞ」

リーゼがアナベルの顎から手を離《はな》し、部屋の奥を指さしてくる。

「そこ、奥に風呂があるから湯を浴びてこい。その間に制服を用意させておく。着たら脱衣室《だつい》に来い。昨日見ただろ？　タイル床《ゆか》の大部屋。わかるか？」

「はい、わかります」

「バスタオルもそこに持ってくるといい。——じゃ、とっとと行動開始」

早く行け、と肩《かた》を叩かれ風呂場《ふろば》へ向かう。熱い湯を浴びていくうちに迷いや鬱屈《うっくつ》とした思いまでもが流れ落ちてゆく。場所は与《あた》えてもらえた。あとは自分がどれだけ頑張《がんば》るかだ。

風呂から出ると寝台の上に制服が準備されていた。今はもう部屋にはいないが、持ってきてくれた人にありがとうございますと心の中でお礼を言い、ひとつひとつ身につけてゆく。

糊《のり》のきいたシャツに真新しい下着と靴下《くつした》。プレスされたスラックスに、仕立ての良いテール・コートとウェスト・コート。綺麗なリボンタイ。良質の黒い革靴《かわぐつ》と、金色の懐中時計《かいちゅう》。

そのすべてを身につけると本当の執事のように見える。リボンタイと懐中時計には同じドラゴンギルドの紋章《もんしょう》があった。

　寝台にちょこんと座り、アナベルの着替《きが》えを見ていたリピンが訊《たず》ねてくる。

「アナベル？　お仕事へ行くの？」

「うん。――リピン、どこかにごみ袋《ぶくろ》はない？　着られなくなった服を捨てたいんだ」

「この袋《ふくろ》はどう？　半年くらいここにあるよ。たぶんいらないとおもう—」

　リピンが色褪《いろあ》せた茶色い紙袋《かみぶくろ》を持ってきてくれた。紙袋の中に襤褸《ぼろ》布《きれ》となった服を入れる。あの大きな鍵《かぎ》だけは忘れずに取り出し、上着の内ポケットにしまった。

　そしてただの金属片《へん》となってしまった首飾《くびかざ》りと、数千万はするであろう大粒《おおつぶ》のサファイアも紙袋に入れる。口をきつく捩《ね》じれば、あとは捨てるだけだ。

　昨夜と今とで使った二枚のバスタオルと、紙袋を手にする。そしてリピンに言った。

「行ってくるね」


　脱衣室は昨夜の静けさが嘘《うそ》のように騒《さわ》がしかった。

　リーゼから説明を受けるアナベルの他にバトラーが三人いて、室内を忙《いそが》しそうに駆《か》けている。

ゲートからはアナウンスが聞こえ、時折轟音《ごうおん》やドスンと腹に響《ひび》く音がした。

「最初に言っておこう。竜《りゅう》とは結社〝ドラゴンギルド〟の従業員であり、アルカナ・グランデ帝国軍の兵士である。我が社では彼らのことを『一匹《いっぴき》』とは言わない。『一機』と数える。この部屋が業務の中枢部《ちゅうすう》だ」

名前の通り、ここは竜たちが脱衣を行う部屋だ。着ている服を脱《ぬ》いで裸《はだか》になり、ここからゲートへ向かう間に竜の姿となって出動する。反対に帰還した竜はゲートからこの部屋に入り、髪《かみ》や服装を整える。ラックには人間より一回り大きなサイズの軍服ばかりが吊《つ》るされていた。

「竜には軍服一式とサーベルが、バトラーにはスーツと懐中時計が支給される。着用厳守だ。あいつらはギルドの従業員だが所属は軍隊だからな。そこが少々ややこしい」

一通り説明が終わると、リーゼは外に出るために扉《とびら》を開く。そこに二十代なかばのバトラーが汗《あせ》だくでやってきた。

「リーゼさんっ、なんで執務室《しつむ》にいないんですか。捜《さが》しましたよ！　シャハトの奴、とんでもない瘴気《しょうき》を連れて帰ってきて……」

「聖水かけたらいいだろ」

「そ、それが、貯水タンクにひびが入ってたみたいで、ストックがほとんどないんです」

「はぁ？　なんで点検してないんだよ。とにかくあるだけ全部ぶっかけろ。絶対に瘴気をギルドの外に出すな。聖水の件は俺からオンディーヌに言っておく。満タンにさせるから今日中にタンク直しとけよ。発生経費は書面で報告な」

「はいっ、すみませんっ」

早口で淀《よど》みなく話すのはリーゼの癖《くせ》のようだ。彼の指示を受けたバトラーがまた駆けていく。

「ちょうどいい、次は飼育小屋に行こう。そこにオンディーヌもいるはずだ」

そう言ってリーゼは次の現場に着くまでに竜についての基本知識を教えてくれた。父親の御《お》伽話《とぎばなし》しか聞いたことのなかったアナベルにとって、それはとても興味深いものだった。

「ドラゴンとは、竜母神ティアマトーの息子《むすこ》たちのことを指す。雄《おす》しか生まれず番《つが》うことも知らずに一代で死ぬ生き物だ。魔物《まもの》の類に分けられがちだけど、それを考えると人間よりよっぽど純潔な奴らだと思わないか？　ま、中には穢《けが》れまくってる竜もいるけどな。寿命《じゅみょう》はまちまちで九十年から三百年ほどだと言われている」

それを聞いて納得《なっとく》した。ナインヘルが生殖《せいしょく》を伴《ともな》う行為について何ひとつ知らないのは、その必要がないからだ。とはいえその器官の機能が皆無《かいむ》というわけでもない。

一匹の竜母神が卵を産み続けることについて、リーゼは「確実に純血を守るための手段だろう。竜と他種族の雌《めす》が交尾《こうび》しても新個体は絶対にできないしな」という持論を披露《ひろう》した。

「生まれてくる雄の竜は四種類に分けられる。竜種を言えるか？」

「ええと……。火竜《サラマンダー》、水竜《オンディーヌ》、土竜《ゲノムス》、風竜《シルフィード》……、ですね」

「そうだ。サラマンダーは赤、オンディーヌは水色、ゲノムスは琥珀色《こはくいろ》、シルフィードは緑の鱗《うろこ》をしている。色で竜種が簡単に見分けられるんだ。ちなみに現存するサラマンダーはナインヘルだけだ」

「えっ？　他《ほか》にいないんですか？」

「そうだ。竜は絶滅《ぜつめつ》寸前なんだよ。彼らは一機残らずこのドラゴンギルドに所属している」

絶滅寸前に追いやられた竜たちはアルカナ・グランデ帝国《ていこく》で保護・監視《かんし》され、人々を守るために働いている。その代償《だいしょう》に与えられるのが〝巣〟と呼ばれる巨大《きょだい》で壮麗《そうれい》な部屋だった。衣食住の他にも、趣味《しゅみ》嗜《し》好《こう》・遊戯《ゆうぎ》・地位・名誉《めいよ》・議会での発言権・金のすべてが保障される。

「そんなもの要《い》らないから自由でいさせてくれっていう竜も多くいたが、それは昔の話だ。政府に逆らう竜は一機残らず魔物として狩《か》られた」

「絶滅なんて……なぜですか？　竜母神さまは？　新しい卵は……」

「竜母神は消えた。帝国は彼女の死を公式に発表している。でも死んでない。消えたんだ」

だから新しい卵は発見されない。

現存する竜は成体十一機と幼生体が三機。彼らが死ぬと竜は絶滅する。

「消えた、とは……捜すことはできないんですか？」

「できない。しかたのないことだ。竜たちは諦《あきら》めている。——サラマンダーを除いてな」

「え……？」

どういうことなのかその続きを聞きたかったが、それは叶《かな》わなかった。「着いたぞ」とリーゼが飼育小屋と呼ばれる建物の扉を開く。

「ここには三機の幼生体がいる。竜が人型をとれるのは成体になってからだ。人型をとれるようになったら〝巣〟が与えられて、晴れてギルド・デビューだ。それまではここで飼育する。チビたちの世話もバトラーの仕事だから、ちゃんと覚えておいてくれ」

「はい」

小屋と呼ぶには大きすぎるそれは磨《す》りガラスで造られていて、陽光が燦々《さんさん》と降り注いでいる。室内の中心には人工の清流があり、木々や草花、岩場などがバランスよく配置されていた。

そこを駆けまわっていた三機の幼生体がぴたりと脚《あし》を止め、「だれかきた」「いいにおい」と鼻を鳴らしたかと思うと、アナベルめがけて全速力で走ってくる。

「ぅ、わぁっ」

幼生体というぐらいだから小さくはあるが、その重量はアナベルと変わらない。倒《たお》れた身体《からだ》にどすっと乗り上がってきて、口々に「かわいー」「おれ、こいつすきー」「あまーい」などと言いながら顔を舐《な》めたり頬《ほお》ずりをしてくる。

「なんだアナベル？　モテモテじゃないか。それも魔女《まじょ》の力か？」

「わ、わから、ないです。――うっ。重たい……」

そのとき、幼生体の後脚《あとあし》に圧迫《あっぱく》されていた腹がふっと軽くなった。「はなせよ、さろめ」と言ってキィキィと鳴く幼生体を抱《だ》き上げてくれたのは、軍服を着た人型の竜だった。

「あ……、ありがとうございます」

そう言って立ち上がり見た竜の姿に、アナベルは目を瞠《みは》る。

厳《いか》めしい軍服には不釣《ふつ》り合《あ》いの、腰《こし》まで届く美しい髪と、女性と見紛《みまが》うほど端麗《たんれい》な顔。軍帽《ぐんぼう》からのぞく白い顔の眦《まなじり》には、水紋《すいもん》を描《えが》くように鱗が美しく浮《う》き上がっている。すらりとした長軀《ちょうく》に手も足も長く、ナインヘルと同じ金色の瞳《ひとみ》をしていた。

――水色の鱗だから、竜種は水竜……。オンディーヌ、だ。

慣れているのだろうか、オンディーヌは幼生体を優《やさ》しく包み込むように抱く。先ほどまで「はなせよ」と文句を言っていた小さな竜が心地《ここち》よさそうに目を細め、軍服に頬をすり寄せる。

幼生体をあやすように撫《な》でる手には、軍人用の手袋《てぶくろ》がきちんと嵌《は》められていた。

まだアナベルの足元にくっつく幼生体たちを剝《は》がしながら、リーゼが紹介《しょうかい》してくれた。

「こいつはサロメ。うちは本当に人手不足でな、サロメはいつもチビたちの世話を手伝ってくれている。——サロメ、こいつはアナベル。今日からうちで働く。色々教えてやってくれ」

「はじめまして、アナベルと言います。よろしくお願いします」

ぺこりと挨拶《あいさつ》すると、水竜は淑《しと》やかに微笑《ほほえ》んで「サロメです」と搔《か》き消えそうな声で言った。

「わぁ……、ナインとまったく違《ちが》う。正反対ですね。同じ竜とは思えないです」

綺麗《きれい》で物静かなその佇《たたず》まいに、思わず口に出してしまった。それを聞いたリーゼが笑う。

「まぁ、竜も性格は色々だからな。オンディーヌは穏《おだ》やかな種だと言われているが、実はこいつ、めちゃくちゃ怖《こわ》いんだ。アナベルは〝バイロンの魔島《まとう》〟伝説を知ってるか？」

「はい。聞いたことがあります」

アナベルの父親が語ってくれた、〝バイロンの魔島〟——その昔、バイロン島を治める王は永遠の若さと命に執着《しゅうちゃく》するあまり、幼い子供を攫《さら》ってはその生き血を啜《すす》っていた。悪魔《あくま》にも似たその行為は、竜や魔女が何度忠告しても止まらなかった。島から子供が消えると、バイロン王は他の土地の子供を攫うようになる。そして九十九人目の子供が死んだとき、竜の怒《いか》りに触《ふ》れたバイロン王は島ごと海底に沈《しず》められた。己《おのれ》の望みが叶えられたバイロン王は深海でも永遠

に死なず、生きたまま人魚たちの餌《えさ》になったという。

しかしこれは寓話《ぐうわ》、つまりは作り話である。聞き分けのない子供は母親に「悪い子はバイロンの魔島に連れていかれるよ！」と怒《おこ》られるのが常だった。

「僕も父親にそう叱《しか》られた記憶《きおく》があります」

「俺もだ。しかしあれはただの寓話ではない。史実に基《もと》づいて作られている。バイロンの魔島を沈めたのは、このサロメだ」

「えぇっ⁉　嘘《うそ》……！」

「こいつ、無類のチビ好きなんだ。大好きな小さい生き物や可愛《かわい》い奴《やつ》の命が奪《うば》われて、とうとう切れたサロメは、当時何千頭といた人魚を引き連れてバイロン島を海の底へ沈めたのさ。聖母みたいに綺麗な顔してるけど、れっきとした雄の竜《りゅう》だ。気をつけろ」

気をつけろだなんて――アナベルはサロメと同時にそう言ってしまい、二人一緒《いっしょ》にはっとなって顔を見合わせてしまった。アナベルはわずかに気まずく思っただけだったが、サロメなど生娘《きむすめ》のように頬を薔薇色《ばらいろ》に染め、悩《なや》ましげに眉《まゆ》をひそめている。

恥《は》ずかしがり屋さんなのかな――あの恐《おそ》ろしい魔島伝説を生み出した竜とは思えなかった。

二人の間に立って異口同音を聞いたリーゼが肩《かた》を一度すくめて言う。

「おまえたち気が合いそうだな。――サロメ。そういえば聖水が空なんだ。貯水タンクが駄目《だめ》みたいで。今日中に修理させるから明日までに満タンにしてくれるか？　悪いけど、頼《たの》む」

「はい……。わかりました……」

　そうリーゼに生返事をするサロメは、なぜかぼうっとアナベルを見つめていた。熱っぽさの含《ふく》まれたその視線は金髪《きんぱつ》から足先まで移動し、また上がってくる。瞳がからみ合った途端《とたん》、サロメは顔を真っ赤にして、幼生体を抱きしめたまま小屋の奥へ姿を消してしまった。

「お、おい、サロメ！……なんだあいつ。ここのことはあいつが一番よく知ってるから説明してもらうつもりだったのに」

「僕、サロメのところへ行って仕事内容を聞いてきます」

「待てっ。――いい。俺が説明する」

　そうして一通り作業の手順を聞き、アナベルはリーゼとともに飼育小屋をあとにした。

　ゲートまで戻《もど》る途中《とちゅう》、まぶたを半開きにしたあきれ顔でリーゼが言った。

「チビたちだけならまだしもサロメまで……。おまえ、ナインヘルだけじゃなくギルドじゅうの竜を落とすんじゃないか？」


　昼食の時間に固定はなく、時間を見つけて手短に食べ、すぐ現場に戻るのが常だという。

　午後三時。厨房《ちゅうぼう》と隣接《りんせつ》する食堂では、リーゼとアナベルを含む四人のバトラーがかなり遅《おそ》めの昼食をとっていた。先輩《せんぱい》バトラーたちに紹介され、アナベルは一通りの挨拶を終えた。

　ドラゴンギルドで働くバトラーはアナベルを含めて八人。その半分にあたる四人が一度に集まることはまずないとリーゼは言う。一人で食事をとることがほとんどだそうだ。

「八人というのは、少ないですか？」

アナベルの質問に、大盛りのシェパーズ・パイを掻き込みながら「ないない、少ない」と言うのは、先ほど聖水不足をリーゼに報告していたバトラーのテオだ。

「竜一機にバトラーが三人ついてちょうどいいくらいなんだ。竜の洗浄《せんじょう》とオーバーホールに必ず二人とられる。その他《ほか》に奴らの生活空間の整備、給仕《きゅうじ》、議会出席時の同行、葉巻や馬車の手配、アフタヌーン・ティーやチェスの相手、芝居《しばい》が観《み》たいと言いだせば劇場チケットの手配……挙げたら切りがない」

その言葉に、テオの隣《となり》に座るもう一人のバトラーが合いの手を入れる。

「〝メル・ガーデン〟のディナーが食べたいから同伴《どうはん》しろだの、パブに行きたいだの、小説を読むのが面倒《めんどう》だから朗読してくれっていう竜もいる。そういうのは全部断ったら駄目なんだ」

アナベルは素直《すなお》に驚《おどろ》いた。古代からこのアルカナ・グランデ帝国に存在し〝生ける伝説〟とも謳《うた》われる竜。絶滅寸前まで追いやられている彼らは存外、現代的な暮らしに溶《と》け込み、それを楽しんでいるようにも聞こえる。

――もっとこう、自由に大空を飛んでいるような、大自然とともに生きているような……。

父親の御伽話《おとぎばなし》を聞いてきたアナベルが想像する竜とは、少し違っていた。

真剣《しんけん》に聞き入るアナベルに気をよくしたのか、先輩バトラー二人のレクチャーは続く。

「過酷《かこく》な仕事だよなぁ。軍の命令や竜たちの気まぐれで昼夜問わず駆《か》り出される。真っ当な休みなんてないぜ？　一生懸命《いっしょうけんめい》仕事に取り組みゃあ大臣どもから竜に魂《たましい》を売っただの、どっちの味方なんだと罵《ののし》られる」

「知ってるかアナベル。ギルドの雇用契約書《こようけいやくしょ》の最後にはこう書いてあんだぜ？　〝作業中、竜に踏《ふ》まれて圧死しても、本人およびその家族は労働基準監督署《かんとくしょ》に訴《うった》えません〟ってな」

今日きたばかりの見習いバトラーに愚痴《ぐち》をこぼす二人を、リーゼはパイプをくゆらせつつ笑いながら見ている。テオが口を尖《とが》らせた。

「笑いごとじゃないですよ、リーゼさん。オレ、もう三か月まともに休日もらってないです。これじゃあ結婚《けっこん》どころかデートもできない」

「だからこうやって従業員を増やしただろう？」

そう言うリーゼがアナベルの肩をぽんぽんと叩《たた》いてくる。テオはなおもぼやいた。

「ナインヘルが連れてきたんでしょ？　ほとんどヤツ専属みたいなものじゃないですか。しかもギュスターのところからって……何考えてんだよあいつは」

アナベルは肩身《かたみ》が狭《せま》くなる思いがした。ギュスターに居場所を知られたら、きっとこの人たちにも迷惑《めいわく》をかけてしまう。ただでさえ過酷な環境《かんきょう》にあるドラゴンギルドを自分のせいでギュスターの脅威《きょうい》にさらしたくない。絶対に見つからないようにしなくてはとあらためて思った。

表情を硬《かた》くするアナベルに、テオたちが少し焦《あせ》ってフォローしてくる。

「でも俺はラッキーだと思ってる。もうナインヘルに付く必要なくなったってことだろ？　あいつ怖いんだよ。乱暴だし、ぜんぜん言うこと聞かないよな。顔の右半分をいつも覆《おお》ってさ。

むっとして黙《だま》ってることが多いし、何考えてるかわからない。他の竜もびびってる」

「そうだよ。洗浄中も少し気に食わない場所に当たっただけで暴れるし。ほとんど裸《はだか》で軍服は着ない、議会には出ない、遅刻《ちこく》は多い、部屋は汚《きたな》いうえに誰《だれ》にも掃除《そうじ》させない。そんなあいつの面倒をアナベルが全部みてくれるんだったら、すげえ助かる」

ギュスターの件以前にナインヘル自身の問題が多いように聞こえるのはなぜだろう。

昨日ゲートで見た諍《いさか》いといい——対立ではなく……孤立《こりつ》？　そんなふうに思えてくる。

ナインヘルの考えていることがよくわからないのは、アナベルも、テオたちバトラーや他の竜たちも変わらないようだった。

ドラゴンギルドという同じ空間で長く生きているのに、なぜ——。

「みなさんでも難しいことなのに、僕にできるでしょうか……」

そう本心を口にすると、隣の席からパイプの煙《けむり》がぶわーっとやってきて、アナベルは涙目《なみだめ》になり咳《せ》き込んだ。パイプからもくもくと煙を上げるリーゼが、腹に響《ひび》く低い声を出した。

『『できるでしょうか……』じゃない、やるんだよ。こっちはおまえに金を払《はら》うんだ。それに値《あたい》する仕事はきっちりしてもらう」

「うひゃあ、出た！　〝サタン・オブ・ギルド〟！　おっかないー。おっかないんで、オレたち現場に戻ります」

「おい。おまえたちもだ。アナベルはナインヘル専属ではない。他の竜にも付ける。おまえたちがナインヘルの洗浄から抜《ぬ》けられるわけじゃないからな」

「イエス・サー！　お疲《つか》れさまです！」

二人は同時に返事をし、席を立った。お疲れさんと返すリーゼに、「休日の件、考えといてくださいよー」と言いながらテオたちは食堂を出て行った。

二人だけが残された食堂に、わずかの間沈黙《ちんもく》が生まれる。

先輩バトラーたちの話を聞き、ナインヘルについて考えることが多くできたように思う。

ナイン。ちゃんと仕事してるだろうか──黙っていると、隣でリーゼがふっと笑った。

「何が怖《こわ》い？　何が不安だ？　俺か、それともギュスター？　ナインヘルか」

「いえ。リーゼさんは……」

リーゼは怖くない。むしろそうありたいと強い憧《あこが》れすら抱《いだ》く。

短めのポニーテールと、猫《ねこ》のような瞳《ひとみ》に似合う片眼鏡《かためがね》。綺麗《きれい》な緑色のピアス。年季が入った焦茶色《こげちゃいろ》のパイプを持つ左手、その薬指には既婚《きこん》者の証《あかし》とされる緑色の指輪が光る。

アナベルと同世代でありながら、竜と人でできた結社の運営を一手に担《にな》う、筆頭バトラー。彼ぐらいの強さを持つことができたら、ギュスターの抑圧《よくあつ》も撥《は》ね返せるように思える。

ギュスターも不安要素ではある。しかし今日すぐここに来るというわけではない。見つからないように充分《じゅうぶん》気をつけて、その間に力をつけていく。

アナベルの心の多くを占《し》めているのは、やはりあの炎《ほのお》の色をした竜だった。

「ナインと──竜と向き合うことは、難しいですか？」

「まぁな。竜は厄介《やっかい》だぞ。警戒心《けいかいしん》が強くてなかなか心を許さない。孤独《こどく》なくせしてな。だが気に入った者にはとことん肩入《かたい》れし、束縛《そくばく》したがる。おまえの首にかけられた鱗《うろこ》は所有の証だよ。執着《しゅうちゃく》し支配したがるのは奴《やつ》らの悪い性分《しょうぶん》だ。特にサラマンダーは嫉妬深《しっとぶか》いと聞く」

「……………」

「番《つが》うことを知らずに一代で死んでいくあいつらは、そのばかでかい身のうちにとんでもない孤独と寂《さび》しさを抱《かか》えてる。自分たちじゃ気づかないし絶対に認めないから余計難儀《なんぎ》だ。そのままならない感情のすべてをぶつけられる相手だと竜に判断されたら、そいつは終わりだ」

「終わり、って……？　どう、なりますか」

「言っただろ。所有されるんだよ。執着し、束縛される。ぶっ壊《こわ》れるまで犯《や》られるしな」

「リーゼさん。僕、どうすればいいでしょうか……」

反射的に、すがるようにそう言ってしまった。

強くて、美しい。でも乱暴で、何を考えているかわからないサラマンダー。

アナベルに自由と生きる場所を与《あた》え、脅威から守ってくれる。けれど、番うことの意味も知らずに覚えた快楽だけを求めてくる。性感だけでいいのなら、アナベルである必要はない。

リーゼは吸い終わったパイプをさかさまにして、トン、と灰を落としながら言った。

「バトラーに徹《てっ》するのさ。私情を挟《はさ》まずに。竜に惑《まど》わされるな。執着したいならさせておけ。あとはこっちがコントロールしてやればいい」

「コントロールなんて、できません」

「その気があればできるようになる。俺だって最初からできたわけじゃない」

考えたいことが多くある。ナインヘルと話したいことも。でも今は自分の考えを整理する時間ではなかった。それ以上に覚えなくてはならないことが山ほどある。

「行くぞ。竜《りゅう》たちが帰還《きかん》を始める」


昨日初めて見た奇妙《きみょう》な防護服を、まさか今日自分が着ることになるとは思ってもいなかった。

ここは脱衣《だつい》室に隣接する簡素な小部屋で、室内には縦長の戸棚《とだな》が十五個ほど並んでいる。

リーゼが開けた戸棚の中には防護服一式が入っていた。

「スーツの上からでいい、ここに入っているもの全部装着したら、デッキブラシ持ってそこの階段を上がってこい。靴《くつ》は履《は》き替《か》えろよ。ロッカーの中に入れとけ」

フード付きの防護服とブーツ、厚めのゴム手袋《てぶくろ》、マスクと大きなゴーグル——アナベルは昨日のリーゼたちを思い出しながら、見様見真似《みようみまね》ですべて身につけ、壁《かべ》に立てかけられているデッキブラシを一本持って階段を上がった。

長い階段を上がった先に見えた鉄製の扉《とびら》を開くと、屋外に出た。そこからバルコニーのようなものがずっと続いていて、かなり先にリーゼと防護服姿のバトラーがいた。

だぼだぼの防護服姿を見たリーゼが「悪い、サイズ間違《まちが》ったか」と笑って言う。アナベルは大丈夫《だいじょうぶ》ですと首を横に振《ふ》ったが、ブリキの玩具《おもちゃ》のような動きになってしまった。

空の様子を見ていたリーゼが、そこにあった大きなハンドルのようなものをガチャンと左に倒《たお》した。それと同時にギルド内にアナウンスが響く。

『第三ゲートにシーモアが帰還します。近くにいるバトラーはセーフエリアまで一旦《いったん》下がってください』

「第三ゲートってのは、ここだ。あの小さな粒《つぶ》がシーモア。今から着陸する」

指《さ》された空を見ると、先ほどまでなかった黒い点が見える。徐々《じょじょ》に大きくなっているようだ。

「竜はこのゲートから発着するんだ。遠征《えんせい》から戻《もど》ってきた竜は必ずここで洗浄《せんじょう》とオーバーホールを受ける。おまえも昨日ここで水浸《みずびた》しになっただろ？　あれだ」

「竜のまま洗うのはなぜですか？」

「至急の洗浄を必要とするからだ。人型になってからでは遅《おそ》い。竜は鉱毒にやられた沼《ぬま》にも入るし、正体不明の瘴気《しょうき》を連れて帰ってくるときもある。本人も気づかないくらい小さな傷を負って、そこから出血している場合が最も多い。オーバーホールでは竜の身体《からだ》を細かくチェックしてそれらを確実に発見する。責任重大な作業だ。鱗の内側にウィルスを持った虫がいたとして、それを見逃《みのが》したら完全にアウトだからな」

「わかりました」

オーバーホールは難しいからまた今度な、とリーゼが先ほど倒したハンドルに手を置く。

「これは誘導灯《ゆうどうとう》だ。左に倒せばつく。右に倒せば消える。今は明るいからついているように見えないが、特殊《とくしゅ》な塗料《とりょう》が塗《ぬ》られていて、竜には光って視《み》え――」

そのとき、リーゼの声を掻《か》き消すようにサイレンとアナウンスがけたたましく響いた。

『ナインヘルが直下してきます！　繰《く》り返します、ナインヘル直下！　避難《ひなん》してください！』

「え、っ？」

アナベルが見上げたそこはすでに炎の色になっていた。急に腹に圧迫感《あっぱくかん》を覚え、確認《かくにん》した防護服には黒く大きな鉤爪《かぎづめ》がまわっている。リーゼの怒鳴《どな》り声が聞こえてくる。

「ばかやろう！　ゲートを潰《つぶ》す気か⁉　速《すみ》やかに離《はな》れろ‼」

帰還予定は夜のはずのナインヘルが突然《とつぜん》あらわれた。しかも正規の着陸ルートではなく、真上から急降下し、アナベルたちがいる第三ゲートに突《つ》っ込む形で。遠征地から高速で戻ったのか、赤い鱗に包まれた巨体《きょたい》からはしゅうしゅうと水蒸気が出ていた。

「ナイン！　放せっ。ゲートから離れて！　みんな怪我《けが》するだろっ」

「くそっ、読みが甘かった。ナインヘル！　第一ゲートに移れっ。シーモアが帰還する！」

サイレンは鳴りやまない。リーゼの言うことを聞こうともしないナインヘルはアナベルをつかんだままゲートを強く蹴《け》り、巨大《きょだい》な部屋の連なる岩壁《がんぺき》へ飛び移る。その拍子《ひょうし》に手放してしまったデッキブラシが地面に叩《たた》きつけられて折れるのが見えた。

「おろして！　ナインっ。――お、おろせ！　僕まだ仕事を……」

そう叫《さけ》ぶアナベルの防護服が破られた。ゴーグルとマスクが荒々《あらあら》しく外され、手袋とブーツは嚙《か》みちぎられる。それらが風に乗ってばらばらと散り落ちてゆく。

「なんで……そんな……」

「サラマンダー！　オーバーホールを受けろ！」

それがアナベルの聞いた今日最後のリーゼの言葉だった。

ナインヘルは巣の大窓を開けると、人型になってアナベルを抱えたままそこから部屋に入った。広い室内を大股《おおまた》で進む。長い脚《あし》に蹴られたがらくたが派手な音を立てた。

部屋の中央にある立派な応接セットは使われている気配がまったくない。ナインヘルはソファに放置されたブリキの菓子《かし》箱や書籍《しょせき》を乱暴に蹴り落とすと、そこにアナベルを投げた。

「痛っ――！」

「おれのいない間に何やってんだ！　へらへらと他《ほか》の奴に懐《なつ》くな!!」

「何を言ってるの？　どうして防護服を破いたの!?　いくらなんでも乱暴すぎる！」

「勝手なことは許さねえ！　巣にいろと言っただろ！　気安く外に出やがって。リーゼにオーバーホールのことを聞いてたな？　くだらねえことをするな！」

「ちょっと、待って……、どうしてナインがそんなこと知ってるんだ」

「鱗を通して視える。いつどこで何をしているか全部な。今朝そう言った」

「……！」

アナベルの首にかけられたナインヘルの赤い鱗。そこに宿っている魔力《まりょく》は贋物《にせもの》でも虚言《きょげん》でもなかった。離れていても常に視られている。紛《まぎ》れもない所有の証に、鱗の触《ふ》れる肌《はだ》が冷えた。

「巣を出るだけでも許せねえのにバトラーの真似事なんかしやがって……そんなにギュスターに見つかりたいのか!?」

「酷《ひど》いよ。そんな言い方しないでほしい。僕は――」

真似事だと言われるのはひどく悲しかった。

ギュスターの脅威《きょうい》が去りきっていない中、周囲に迷惑《めいわく》をかけてまでここで働きたいと思ったのは、弱い自分を払拭《ふっしょく》し、竜たちの力になりたいと思ったからだ。

そしてなによりナインヘルのことを、その生き方を知りたいと思ったから――それなのに。

悔《くや》しくて涙《なみだ》が出そうになる。それをぐっと我慢《がまん》して、ソファに座り直す。アナベルの方を向いて腰《こし》をおろし、覆《おお》いかぶさってくるナインヘルは壁のように大きい。

濡《ぬ》れた青い瞳《ひとみ》できっと睨《にら》みつけた。金色の瞳が見おろしてくる。

「何もする必要はない。二度とバトラーの真似事なんてしようと思うな。おまえは巣でおれの帰りを待ってるだけでいいんだ」

「そんなんじゃここにいる意味がない」

「意味なんかどうでもいい。ごちゃごちゃ言わずにおとなしくおれの巣に守られてろ」

「……………。僕はそんなこと望んでないよ。何もできないなら、出て行くことも考える……」

「なんだと。ギュスターに見つかってもいいのか？　またあの下種野郎《げすやろう》に飼い殺しにされたいのか？　おれに助けられて嬉《うれ》しいと言ったのは嘘《うそ》だったんだな？」

「嘘じゃない！　僕は本当に嬉しかったんだ、ナインが来てくれて――」

「違《ちが》う。出て行くということは、おれよりあいつを選ぶってことだ。あんな……魔物《まもの》に屈辱《くつじょく》を与《あた》え、絶滅《ぜつめつ》に追いやる下種野郎を、っ……」

「ナイン？」

口の奥で牙をぎりぎりと鳴らすナインヘルは、ギュスターという男にひどく過敏《かびん》な反応を見せる。その原因にアナベルはきっとからんでいない。もっと何か別の――リーゼの『ギルドとギュスターの関係は劣悪《れつあく》』という言葉や、ギュスターに怯《おび》える竜の姿を思い出した。

「――聞いて。僕はナインと話がしたい。教えてほしい。なぜそんなにギュスターのことを？　あいつの城の何を調べようとしていたの？　ナインのこと知りたいんだ。聞かせてよ」

慎重《しんちょう》に、落ち着いた声で話すように努めた。それが少しでもナインヘルに伝わり、浸透《しんとう》することを願いながら。

怒《いか》りから巨軀《きょく》に多く浮《う》き出ていた赤い鱗《うろこ》が、少しずつ消えてゆく。

ナインヘルはまた爛《ただ》れを気にしたようで、うなじから取った鱗で右の頰《ほお》を隠《かく》した。

それを静かに見守りながら、もう一度丁寧《ていねい》に問いかける。

「ギュスターとの間に何があったの？　言えることだけでもいいから教えてほしい」

ナインヘルは一度だけかたくまぶたを閉じた。言葉にすることを躊躇《ちゅうちょ》しているようだった。

そしてゆっくりとまぶたを上げ、アナベルが驚愕《きょうがく》に震《ふる》えるその一言を言い放つ。

「ギュスターは、ティアマトーさまの不死卵《ふしらん》を隠し持っている」

「――!!　ど、どういうことっ？　ティアマトーさまは消えて、捜《さが》せないって……」

「世間では死んだことになっている。でも違う。あの野郎に攫《さら》われたんだ」

竜母神ティアマトー――アルカナ・グランデ帝国《ていこく》が興《おこ》る遥《はる》か前、古代よりこの地に棲《す》む虹色《にじいろ》のドラゴン。世界でたった一匹《いっぴき》の雌《めす》の竜《りゅう》である彼女は、長く生きた後、己《おのれ》の体内に虹色の卵を残して死ぬ。竜の亡骸《なきがら》の中で孵化《ふか》するのはティアマトー自身であり、これが〝不死卵〟と呼ばれる所以《ゆえん》だった。

そうやって虹色の竜は永遠に生と死を繰り返しながら雄《おす》の竜だけを生み落とし、息子《むすこ》たちにこの世界を守護させている。

「どんな方法を使ったかは知らねえが、奴《やつ》は卵に戻っていたティアマトーさまを見つけ出し、攫いやがったんだ」

「どうして……どうしてギュスターがそんなことを！」

「おれたちを完全に屈伏《くっぷく》させるためだ。竜の一族と政府は長い対立関係にある。あいつらが発令した〝魔物狩《が》り〟に竜も含《ふく》まれているからだ。おれたちが力を出せばこの国など簡単に滅《ほろ》ぼすことができる。でもそれができずにギルドに縛《しば》られ政府に隷属《れいぞく》しているのは、ティアマトーさまの不死卵をギュスターの野郎に奪《うば》われたからだ」

アナベルの脳裏《のうり》に鮮明《せんめい》に蘇《よみがえ》る、何もかもを抑圧《よくあつ》する男——否《いな》、忘れていたわけではない。思い違いをしていた。ギュスターは金と力で弱い者を徹底《てってい》的に虐《しいた》げ、それを愉《たの》しんでいるのだと思っていた。

でも違う。あの男は、神に値《あたい》する存在までも圧伏《あっぷく》し、その自由を奪った。

信じがたい酷悪《こくあく》——あの脂《あぶら》ぎった手に虹色の卵が汚《よご》されているなんて。

「ギュスターは……政府の人間どもは、おれたちのことを竜だと思ってねえ。兵器と同じ扱《あつか》いだ。軍服の着用厳守はそれをおれたちに知らしめている。弱い人間を守るために力を使うことに異存はない。竜は大昔からそうしてきたんだろう？　でもあの野郎は、その役目すらおれたちから奪うんだ」

「竜は兵器なんかじゃない!! 絶対に違う。ナインがそんな言い方しないでよ」

「違わねえ。おれたちは人間に使役《しえき》される兵器だ。他国との戦争が起きたら、政府はおれたちを殺戮《さつりく》兵器として戦地に投入する。ティアマトーさまたちが大昔から守ってきたこの世界の人間を、おれたちが殺すのか？ 狂《くる》ってる。ギュスターたち政府の奴らが出す国家レベルの命令を、リーゼ一人で撥《は》ね返せるのかよ？」

「でも、でも……ナインたちは強い特権を持っているんでしょう？ 議会での発言権だって……それを使って拒否《きょひ》すれば――」

「議会での発言権？ 高等階級？ 金？ そんなものに何の価値があるっていうんだ。政府の魂胆《こんたん》は見えてる。竜たちに可能な限りの特権を与えると見せかけて、結局何の権利もないってことをひけらかしてきやがる。ティアマトーさまの不死卵を奪い、『竜の一族を淘汰《とうた》するのは人間である』ということを、おれたちは嫌《いや》というほど思い知らされてきた」

「そんなの、完全な脅《おど》しじゃないか……！」

「脅し？ そんな生ぬるいもんじゃねえ。ギュスターはもう決めているんだ。おれたちを使えるだけ使って、あとは死滅《しめつ》させるってな」

震える己の身体《からだ》にアナベルは自分の腕《うで》をまわした。

あの男に、そんなことをする権利がどこにあるというのだろう。人間と魔物、悪《あ》しき存在はいったいどっちなんだと、そう惑《まど》っていた自分がばかに思えてくる。悪しきは、憎《にく》むべきはギュスター——アナベルがあの男に対して初めて抱《いだ》く、恐怖《きょうふ》以外の感情だった。

「おれは、あの下種野郎だけには絶対に支配されねえ。たとえこの身から心臓が抜《ぬ》き取られることになっても、必ずティアマトーさまを救い出してみせる……！」

消えていた炎色《ほのおいろ》の鱗がまたゆらゆらとあらわれだす。ナインヘルが強くつかむソファの木枠《きわく》にひびが入った。空気を震わすような、強い怒り。それを感じたアナベルの鼓動《こどう》が速くなった。

「おれがあいつの城を偵察《ていさつ》してるのは、卵を奪い返すためだ。おまえに助けてもらったあの日も。ギュスターはおれの動きに気づいてる。だから威嚇砲《いかくほう》を撃《う》ってきやがったんだ」

アナベルは西の森でナインヘルを見送ったときのことを思い出す。

青金石《ラピスラズリ》を溶《と》かしたような、美しい宵《よい》の空に飛び立つ彼に見出《みいだ》した〝自由〟——あれは、贋物だった。なんて悲しい、そして自分はどれほど浅慮《せんりょ》でいたのだろう。

ナインヘルたち竜の一族は絶滅寸前に追いやられ、人間が作った組織に雁字搦《がんじがら》めにされている。この世界で最も大切な虹色の卵を隠され、竜としての誇《ほこ》りまで奪われて。

——自由なんて、どこにもない。

父親の御伽話《おとぎばなし》を聞いて想像した、竜たちの姿——己の意思で好きなときに大空を飛びまわり、大自然とともに生きる——きっと間違《まちが》ってない。それが本来の姿なのだろう。

「ナイン。許して。僕、本当に何も知らなかった……わかってなかった」

「おまえが謝る必要はねえ。これはおれたち竜とギュスターの問題だ。でも、知っていることがあるなら教えろ。アナベルは奴の城で何か見てないのか？　卵に関する話は？　どんな些細《ささい》なことでもいい」

こんなことならギュスターの機嫌《きげん》をとり、寵《ちょう》を受けていればよかった。そうすれば卵に関する情報を聞けていたかもしれない。気をよくしたあの男に現物を出させることだってできたかもしれないのに。ナインヘルに何ひとつ伝えられないのが悔しくてならなかった。

「ごめん。僕はあいつの城で奴隷《どれい》みたいな生活をしていたから、何も知らないんだ」

震える身体にまわしていた手を左胸に移し、その動悸《どうき》を治めようとする。すると手をあてたところから淡《あわ》い光が漏《も》れてきた。驚《おどろ》いて手を離《はな》すと光は消え、触れるとまた光る。

「……？　あっ。そうだ、鍵《かぎ》──」

目まぐるしく激変する環境《かんきょう》に失念していた鍵のことを思い出す。上着の内ポケットから取り出すと、アナベルに触れられたことを喜ぶみたいに輝《かがや》きが増した。

「なんだその鍵は」

「わからない……」

ナインヘルの肩越《かたご》しに見えた縦長の窓は大部分が藍色《あいいろ》に染まり、その底に少しの茜色《あかねいろ》を残すだけになっていた。

昨日の同じ時刻に、アナベルはこの鍵だけを持ってギュスターの城を飛び出した。もうずいぶん前のように感じる。あまりにも色々なことが起こりすぎて──そう思いながら見つめる鍵の光が、昨日より強くなっていることに気がついた。

暗くなったナインヘルの部屋は昨夜と同じように所々が光りだす。明かりと呼ぶには儚《はかな》いその光たちの中で、アナベルの持つ鍵だけが二人を柔《やわ》らかく照らしていた。

ナインヘルが訝《いぶか》しげに鼻を鳴らして鍵の匂《にお》いを確かめる。

「わからない？　おまえの鍵だろ。なんでこんな光ってるんだ？」

「僕のじゃないんだ。ギュスターの城から逃《に》げ出すときに夢中でつかんできた鍵で――」

そこまで話して、はっとなって見たナインヘルの金色の瞳《ひとみ》は、アナベルと同じ考えにたどりついたとばかりに光っていた。考えたことの答え合わせをするように二人の声が重なる。

「ナイン。あいつは城にたくさんの宝を隠し持っているらしいんだ。その中に、卵が？」

「まさか……、この鍵がティアマトーさまの卵を隠した部屋の鍵だっていうのか？」

「わからない。鍵は本当にいっぱいあったから。でも――」

そうであってほしい。不思議な光を放つ鍵に、ほんの少しでも可能性を見出したい。

アナベルが命懸《いのちが》けで連れて出たこの鍵が、ティアマトーさまを、そしてナインたち竜の一族を解放する鍵であってほしい――。

「逃げるとき、この鍵に頼《たの》まれた気がしたんだ。一緒《いっしょ》に連れて逃げてほしいって」

「……間違いない。やっぱりおまえは魔女《まじょ》なんだ」

「ち、違《ちが》うよ、僕が勝手に想像しただけで、鍵は何も……、――あっ⁉」

俄《にわ》かに興奮しはじめたナインヘルが鍵に触《ふ》れようとしたそのとき、鍵から黒く小さな雷《かみなり》が生まれた。その黒い雷がナインヘルの指だけを激しく弾《はじ》き飛ばす。

「――っ！」

「大丈夫《だいじょうぶ》!?――今の何？　黒い雷みたいなの、怖《こわ》いよ……」

バチバチッと痛々しい音を立てる鍵は、竜を拒否しているように見えた。しかしアナベルが持つとふたたび美しい光を放つだけになる。どうなっているのかと眉《まゆ》をひそめていると、ナインヘルが低い声で笑いだした。不敵な笑《え》みをこぼし、金色の瞳が妖《あや》しい光を帯びる。

「ナイン？　どうしたの」

「ふ、……今、確信した。これはティアマトーさまの卵を閉じ込めた部屋の鍵だ。そしておまえの魔女の力。天はいよいよおれに味方した。まさかこんな日が来ようとはな！」

笑うことをやめないナインヘルはひどい興奮状態にある。先ほどまでの怒《いか》りとはまた異なるその雰囲気《ふんいき》にアナベルは恐《おそ》ろしささえ感じた。

「まだ卵の鍵だとは言いきれないよ。それに僕は魔女なんかじゃ……、痛っ」

ナインヘルの興奮を静めるためには、今はこの鍵をしまっておいた方がいい。そう判断して内ポケットに戻《もど》すアナベルの、その細い両肩《りょうかた》がナインヘルの両手に強くつかまれる。

「聞け、アナベル！　おれは十四年もの間、一人で卵を捜《さが》してきたんだ。十四年だぞ！　そんなおれを天は見放さなかった。鍵のことは誰《だれ》にも言うな。見せるな。おれとおまえが知っていればそれでいい」

「う、ん……」

「十四年の間に調べてわかった。ティアマトーさまの卵は、竜《りゅう》の力を吸い取る魔石《ませき》で囲われている。おれたちがティアマトーさまの声を聴《き》けなくなったのはそのせいだ。竜は魔石に触れることもできない。今、おれが鍵に触《さわ》れなかったように」

「えっ？　だったら、どうやって助けるつもりだったの？」

「魔女《まじょ》だ。魔女だけがその魔石に打ち克《か》つ力を持っている。ずっと探し求めてきた、もう諦《あきら》めようとさえしていたその存在が、今、目の前にいる。アナベル、おまえのことだ！」

魔女魔女魔女。もううんざりだった。

アナベルに本当にそんな力があるのなら、とうに魔術《まじゅつ》を使ってギュスターを蟇蛙《ひきがえる》に変えている。そして連れ去られてきた子供たちを箒《ほうき》に乗せて故郷に帰している。それなのに何ひとつできない。ナインヘルは魔女の力欲しさに幻影《げんえい》を見ている。

「何度も言わせないで。僕は魔女じゃない。竜の血を浴びても平気な人間は稀《まれ》にいるってリーゼさんも言ってた」

「そんなことはわかってる。だが、おまえが魔女という証拠《しょうこ》はまだある。魔女は竜の力を引き出し、再生へ導く力を持っているんだ。卵の孵化《ふか》に力を貸し、傷を瞬時《しゅんじ》に癒《い》やす。あの森で深手を負ったおれがすぐに飛べるようになったのは、おまえが傷に触れて治したからだ」

「そんなの嘘《うそ》だ！　あれはナインが強かったからでしょう？」

「おれでもあの深手を負っては回復までに数日はかかっただろう。だからバトラーを呼べと言ったんだ。でもおまえは自分がやると言っておれの傷口に触れた。樹脂《じゅし》なんかただ止血するための間に合わせだ。それなのにすぐ傷口そのものが塞《ふさ》がったのを、おまえも見ただろ？　そんなことができるのは魔女しかいない」

もうこれ以上何を言っても駄目《だめ》だと思った。

気持ちが昂《たか》ぶっているナインヘルが怖い。アナベルは後ずさりをしたが、すぐソファに阻《はば》まれた。追い打ちをかけるように、大きな音を立ててナインヘルが肘掛《ひじかけ》と背もたれに手をつく。完全に囲われて逃げ場を失った。巨軀《きょく》が迫《せま》りくる。その中心にあるものがすでに熱《いき》り立ち、先走りをだらだらと漏らしていることにナインヘルは気づいているのだろうか。

「おれはついに手に入れたんだ。鍵と魔女の力を。おれたちは自由と誇りを必ず取り戻《もど》す。ティアマトーさまの卵を奪還《だっかん》して、政府とギルドを潰《つぶ》してやる！」

ナインヘルの怒りと歓喜《かんき》、そして興奮は頂点に達したようだった。身体じゅうに夥《おびただ》しい鱗《うろこ》が浮《う》き上がる。尋常《じんじょう》ではないほど息が荒《あら》くなる。剝《む》き出しになった鋭《するど》い牙《きば》。アナベルは人ならざるその姿に怯《おび》えながら、一方でそれもしかたないと思った。

十四年は長すぎる。しかも捜しているのは竜の存続を左右する虹色《にじいろ》の卵であり、ナインヘルの実母だ。それを長い間たった一人で捜していたのなら、奪還の糸口を手にしたことに感情のコントロールがきかなくなっても不思議ではない――。

「――ちょっと待って。十四年もの間ずっと一人で捜してたって、どういうこと？　卵を奪還することに他《ほか》の竜たちは協力してくれないの？」

「他の竜？　あんな腰抜《こしぬ》けどもの協力なんて必要ねえ。仮にそれが卵を隠《かく》した鍵じゃなかったとしてもかまわねえ。おまえの持つ魔女の力さえあれば、それでいい」

魔女の力さえあれば——その言葉に、心がぐしゃりと音を立てたのはなぜだろう。

たぶん、力だけを利用されるからだ。ナインヘルはなぜそんな酷《ひど》いことを言えるのだろう。

その口で兵器として使役《しえき》されることの憤《いきどお》りを語ったばかりではないか。

規模や事情は違っても、痛みに変わりはないことにナインヘルは気づかない。

「魔女の力さえあればいいのなら、僕じゃなくてもいいでしょう？　捜せば他に見つかると思う。魔女は絶滅《ぜつめつ》せずにどこかに隠れ住んでるってリーゼさんも言ってた」

「リーゼ、リーゼうるさいぞ。そういえばおまえは今日、おれのいない間にあいつともべたべたしてたな。昼飯のときに肩《かた》を触《さわ》らせていた。おれ以外の奴《やつ》に気安く懐《なつ》くなと言っただろ」

「べたべたなんかしてない。肩なんか触られてない」

ナインヘルの言っていることがだんだんわからなくなってくる。人型をしていてもアナベルとは異なる種族であることにあらためて気づかされる。それが恐ろしさに拍車《はくしゃ》をかけた。

でもふと思い出す。昼食時、リーゼの隣《となり》に座っていた。そして休日不足を訴《うった》えるテオに『従業員を増やしただろう？』と答えたリーゼの手は、たしかにアナベルの肩を叩《たた》いていた。

そんなこと気にもかけていなかった。完全に忘れ去っていたことだ。肌《はだ》がざっと粟立《あわだ》つ。

「どうして……！　それも鱗で視《み》たっていうの!?」

「当然だ。もう少し不鮮明《ふせんめい》に視えるだけかと思ってたが、やけにくっきりと視える。それも魔女の力に違いねえ」

一度この部屋を出た方がいい。そう思った。

話がしたいと切り出したのはアナベルだが、今は話せば話すほど噛《か》み合わなくなってくる。今からでも遅《おそ》くはない、リーゼたちに頼んでナインヘルにオーバーホールを受けさせる。洗浄《せんじょう》して、身体《からだ》と頭を冷やさせなくては――。

そう言うよりも先にナインヘルが首を伸《の》ばし、頬《ほお》が触れるほどに顔を寄せてきた。見開いた金色の瞳の、縦長の瞳孔《どうこう》をきゅうっと細くする。

「脱《ぬ》げ。あれをやる」

「嫌《いや》だ。ナイン、今からオーバーホールを――」

「脱がないなら破る」

「――っ！」

ただでさえ防護服一式を駄目にして仕事を途中放棄《とちゅうほうき》したのに、そのうえスーツを襤褸《ぼろ》にしましたなどと言えるわけがない。間違《まちが》いなくここを放《ほう》り出されてしまう。

ナインヘルとソファに囲われた逃げ場のない状態はずっと続いている。わずかな隙間《すきま》すらない。鍛《きた》えられた腹に貼《は》りつく竜のペニスから透明《とうめい》の体液がどろりと流れ落ちてくる。それがスーツに染《し》みを作るのが見えた。このままアナベルが拒否《きょひ》を続ければ、ナインヘルは本当に服を破るか、あるいはこの上に精液を撒《ま》くのだろう。

息を荒くするナインヘルが耳の裏に舌を這《は》わせてくる。生温かい粘膜《ねんまく》の感触《かんしょく》に身体がびくりとすくむ。リボンタイに長い指がからんできて、手荒《てあら》くほどかれたそれが音もなく床《ゆか》に落ちた。

「あ、っ……、ナインっ。嫌だ……っ」

「何をそんなに怖がる……？　昨夜みたいに気持ちよくなるだけだろ……？」

――昨夜みたいに？　違《ちが》う。

昨日まで勃起《ぼっき》を怪我《けが》だと思い込み射精にすら戸惑《とまど》っていたナインヘルが、今日は何か明確な意識を持っている。それがひどく怖い。だがアナベルも疲労困憊《ひろうこんぱい》だった昨夜とは違う。疲《つか》れに負けて眠《ねむ》ってしまい、その間に好き勝手させることもない。

嫌でしかたないが一度放出させてしまった方が早いと思った。オーバーホールはその後に必ず――唇《くちびる》を噛みながらスーツを脱ぎ、震《ふる》える指先でシャツのボタンを外してゆく。

「あ、あっ」

シャツのはだけたそばから竜の重い舌が乗ってくる。スラックスのボタンを外した途端《とたん》、焦《じ》れたナインヘルの手で下着ごと剝《は》ぎ取られた。

「や……！」

裸足《はだし》になった足首を取られ、脚《あし》を大きく開かされた白い裸体《らたい》にナインヘルの巨軀が伸しかかってきた。昨夜覚えたばかりの激しい腰使《こしづか》いで陰茎《いんけい》をこすりつけてくる。

「あ、……んっ！」

「アナベル――」

魔女《まじょ》と鍵《かぎ》と嫉妬《しっと》からくる狂気《きょうき》めいた興奮は、待ち望んでいた快感に呑《の》み込まれたようで、ナインヘルは精神の昂ぶりを幾分《いくぶん》静めたようだった。

それでいい。このまま早く出してくれたら——そう思うと恐怖《きょうふ》も薄《うす》れ、声も漏《も》れだす。

「あっ、あっ……、ナイン……」

そのとき、ナインヘルが腰を止めた。不安になって見たその瞳《ひとみ》は、冷静さを取り戻している。

「こすり合わせて終わりじゃない。これには続きがある」

「——!?」

ナインヘルの知らない生殖行為《せいしょくこうい》。彼は何を『続き』と捉《とら》えたのだろうか——。

赤い鱗の浮き出た大きな手が、アナベルの平たい腹を撫《な》でた。

「おれの白い液をアナベルの腹の中に出すんだ」

その恐《おそ》ろしい言葉に全身の血が引いていく。ナインヘルの指が躊躇《ちゅうちょ》なく後孔《こうこう》にあてられた。

「いやだっ！　触るな！」

「ここに挿《い》れて、白い液をたっぷり出す。そしたらアナベルはおれだけのものになる」

「そんなの違う！　そんなことしても僕はナインのものにはならないっ」

「違わねえ。今からおまえをおれだけの魔女にする」

かたく閉《と》ざされた後孔にあてがわれた竜のペニスは熱く灼《や》けた鉄塊《てっかい》のようだった。

重く分厚い身体はどれだけ殴《なぐ》っても微動《びどう》だにしない。アナベルの言葉も心も身体の動きも、何もかもを無視したナインヘルの陰茎が体内に減《め》り込んでくる。

「いやだあぁっ！　やめ、っ——、あ！　痛、いっ、痛いぃ……っ」

「狭《せま》いな……なぜ入らない？　ああ。ぬるぬるにすればいいのか」

ほころびを見せない孔《あな》にナインヘルが焦れる。指で窄《つぼ》まりを拡げ《ひろ》先端《せんたん》を無理矢理《むりやり》呑み込ませると、そこに大量の白濁《はくだく》を注ぎ入れた。びしゃびしゃと音を立て、尻《しり》の丸みまでも濡《ぬ》らされる。

「ん、う――。これでいい」

「あぁぅ……！」

熱と激痛で下半身は灼けてしまいそうなのに上半身はひどく寒くて冷や汗《あせ》が止まらない。

内壁《ないへき》も狭間《はざま》も精液にまみれたアナベルの中に、今度こそナインヘルが入ってくる。

「いっ、……や！――ぅあ、あっ！　苦し、っ……。こ、怖《こわ》い、ぃ……っ」

窄まりが強引《ごういん》に拡げられる。くっきりと出っ張った亀頭《きとう》はなかなか先に進まない。けれどそれが入ってしまうと、後孔は抗《あらが》うことを諦《あきら》めた。

ぐりゅう、と音を立てて長大な陰茎が一気に挿入《そうにゅう》される。竜《りゅう》の逞《たくま》しい腰が白い尻を強く打つ。

「ふ、……これ、で……、魔女の力はおれだけのものだ。アナベル……」

そのとき、アナベルの中で何かがぱちんと弾《はじ》けた。身体じゅうから力が抜《ぬ》けてゆく。

臍《へそ》の奥のまだ先まで、異物で充塡《じゅうてん》された。悔《くや》しさと悲しみで頭がどうにかなりそうだった。

深く視線をからませてくるナインヘルは、それでもアナベルをまったく見ていない。

その金色の瞳はアナベルを透《す》かした先の、〝魔女の力〟しかとらえていなかった。

そんなナインヘルが、知らなかった性行為を今は拘束《こうそく》するための手立てに使う。

これではギュスターと何も変わらない――あの城での生活がどれだけ凄惨《せいさん》でもアナベルは泣いたことがなかった。泣けばあの男に屈伏《くっぷく》したことを認めてしまうような気がしたから。襲《おそ》われたときも、逃《に》げ出した先で命を絶とうとしたその瞬間《しゅんかん》すらも、アナベルは涙《なみだ》を流さなかった。

「ナイン」

強くて美しい紅炎《こうえん》の竜。出会えて言葉を交《か》わせて、胸が高鳴った。

助けてもらえて本当に嬉《うれ》しかった。もっと色々なことを話し、ナインヘルのことをたくさん知りたいと思った。そう思ったのに——。

身体の痛みにはいくらでも耐《た》えることができる。

でも滅茶苦茶《めちゃくちゃ》にされた心がひどく痛んで、耐えられないほど悲しくて、アナベルは泣いた。


ドラゴンギルドで過ごす二日目の朝を、アナベルはかつてない劣悪《れつあく》の状態で迎《むか》えた。

正確にはまだ夜は明けていない。

知らない間にソファから寝台《しんだい》へ移動していた。熟睡《じゅくすい》しているナインヘルの腕《うで》を払《はら》い、寝台を出る。力の入らない脚はひどくおぼつかない。ソファ近くに落ちていた懐中時計《かいちゅうどけい》を確認《かくにん》した。

午前四時五十分。裸《はだか》のまま、アナベルは制服と懐中時計を持って部屋を出た。

営業前のギルドはしんと静まり返っていた。飴色《あめいろ》の大階段をおりてエントランスホールを抜け、脱衣《だつい》室に入る。誰《だれ》もいない真っ暗な部屋の明かりをつけた。

ここにはシャワールームがひとつある。洗浄を受けて人型になった竜が、まだ身体に気になるところがあったとき使用するものだ。アナベルはそこに飛び込み、熱い湯を出した。

「う、っ……、うっ……」

じくじくと痛む後孔から白濁がとめどなくあふれてくる。

ナインヘルが冷静でいたのは挿入したときだけだった。アナベルの中がどれほど甘美なのかを知ってしまうと、貪《むさぼ》り食うように求めてきた。

『壊《こわ》れるまで犯《や》られる』――リーゼの言葉を思い出す。その通りだった。何度やめてくれと懇《こん》願《がん》しても、もう壊れると訴《うった》えても、行為に夢中になるナインヘルはそれを聞き入れなかった。

「うぅ……怖、い――」

どんな顔で会えばいいというのだろう。ただ純粋《じゅんすい》にナインヘルが怖かった。

しかしアナベルはここを逃げ出すわけにはいかなかった。そんな自分ではギュスター城にいたときと何も変わらない。

それに危険を冒《おか》してまでアナベルを使ってくれるリーゼやギルドの皆《みな》に申し訳が立たないと思う。始業と同時にリーゼのところへ行き、昨日の件を謝ると心に決めていた。謝るだけでは済まされないかもしれないが、アナベルにできることはそれしかなかった。

シャワーに濡れる赤い鱗《うろこ》のペンダントを手に取る。その美しさは変わらない。

奪《うば》われたティアマトーの不死卵《ふしらん》、輝《かがや》く鍵、魔女の力――大切なことをたくさん話したはずなのに、そのあと陥《おちい》った恐ろしい事態のせいで何ひとつ整理できていない。

ナインヘルの『魔女の力さえあればいい』という言葉に傷つきながら、それでも一人で卵の行方《ゆくえ》を追う彼が気にかかる。泣くほど心が痛んだのに、話をすべて聞かなかったことにして無視する真似《まね》はできない。そこまでアナベルは無情になれなかった。

——私情を挟《はさ》まずに、バトラーに徹《てつ》すること。

リーゼがくれた道標《みちしるべ》みたいなその言葉を強く反芻《はんすう》する。

長い時間をかけて身体《からだ》を清め、熱い湯にあたっていると、心もほんのわずか落ち着いてきた。

シャワールームから出てバスタオルを一枚拝借する。アイロンも使わせてもらい、制服の皺《しわ》を伸《の》ばした。シャツのボタンを一番上まできちんと留め、リボンタイをきゅっと結ぶ。

隣《となり》の部屋のロッカーに置いていた靴《くつ》を履《は》き、廊下《ろうか》に出たところで柔《やわ》らかな声が聞こえてきた。

「精が出ますの、小さなバトラーどの。リーゼの奴《やつ》に早朝業務でも言われたかな？」

「おはようございます、エドワードさん。いいえ……早く目が覚めたので、昨日教えてもらったことを復習しようと思って」

それは老齢《ろうれい》の竜・エドワードだった。彼とは昨日脱衣室で会い、挨拶《あいさつ》を交わしていた。

エドワードは長軀《ちょうく》なうえに腹がぽっこりと出ているので軍服姿も様《さま》になる。恰幅《かっぷく》の良い高等階級軍人——たとえば小説に出てくる元帥《げんすい》とか——アナベルにはそんなふうに見えた。

しかし彼は至って温厚《おんこう》な竜のようで、それは柔らかな声や優《やさ》しげな顔から充分《じゅうぶん》見て取れた。

「昨日また愚弟《ぐてい》が暴れたそうだが。アナベルもびっくりしたろう？　難儀《なんぎ》しなかったかい？」

脱衣室の扉《とびら》を開けながらエドワードがそう言うので、アナベルは小首を傾《かし》げた。

——愚弟が暴れた？　愚弟って……。あ、ナインのことか。

手がつけられない乱暴者の少年みたいなナインヘルと、老齢の高等階級軍人みたいなエドワード。二人は同じ竜母神から生まれた、れっきとした兄弟だ。そう思うと妙《みょう》に微笑《ほほえ》ましい。

「いいえ。大丈夫《だいじょうぶ》でした。ゲートは壊れてしまったようですが……」

「えぇ？　そりゃありーゼはかんかんに怒《おこ》ってたろう。まぁ、ナインヘルは少しばかり気が荒《あら》いからな。悪い奴ではないのだが。自分から浮《う》くような真似ばかりせんでもいいだろうに」

やはりその言葉からも、ナインヘルがギルドに馴染《なじ》んでいないことがわかる。ナインヘルを異端児扱《いたんじあつか》いする竜たちと、彼らを腰抜《こしぬ》けと呼ぶナインヘル。兄弟なのに、それはひどく寂《さび》しい。

本当に困った弟だねえ、とつぶやきながらエドワードが軍服を脱《ぬ》ぎはじめたので、アナベルは驚《おどろ》いて訊《き》いた。

「エドワードさん？　もしかして今から出動されるんですか？」

「そうだよ。年寄りは早朝出動が多いんだ」

「でも、バトラーが誰もいません。そもそもゲートだって閉まってます」

「人手不足だからの。わしら竜は出動なら一人でできる。裸になってあとはゲートから飛んでいくだけだからな。帰還《きかん》はどうしてもバトラーの協力が必要になるが」

「えっ……、そしたら脱衣室の明かりをつけるのもゲートを開けるのも、全部お一人で？」

「たまにあることだよ。気にしなさんな」

愚痴《ぐち》のひとつもこぼさず柔らかな笑《え》みを浮かべるエドワードに、アナベルは悲しくなった。誰も知らないうちにみずからの手でゲートを開けて飛び立ち、民《たみ》を守るために黙々《もくもく》と働く彼もまた、魔物狩《まものが》りの標的とされ、ドラゴンギルドに――人間に縛《しば》られている身だ。

特にエドワードほどの老齢の竜ともなれば、大自然で自由に生きていた時間の方が長いだろうに。アナベルは軍服のボタンを外すエドワードの大きな手に自分の手を重ねて訊いた。

「そしたら朝ご飯も食べてないですよね？」

「帰還した後に食べるからそれでいいよ」

「駄目《だめ》です。ちゃんと朝ご飯を食べないと力が出ません。ただでさえ大変な仕事なのに」

ギュスター城での生活を思い出す。アナベルよりも後に連れてこられた子供たちは、いつも腹を空《す》かせて泣いていた。そこに容赦《ようしゃ》なく肉体労働を強《し》いられる。空腹だと本当に力が出ない。出したくても出せない。子供たちは今日も泣きながら仕事をしているのだろうか。

大きな青い瞳《ひとみ》で真剣《しんけん》に見つめるとエドワードは少し驚いて、そのあと柔らかく笑った。

「おまえさんは優しいね。では、アーリー・モーニング・ティーを。よければご一緒《いっしょ》に、いかがかな？　出動時間まではまだある」

「はいっ。いただきます。少しだけ待っててくださいね」

脱衣室の片隅《かたすみ》に設《しつら》えられた、簡素なかまどに火を入れた。ポットに茶葉を入れ、ティーカップをセットする。上質の茶葉なのだろう。爽《さわ》やかな柑橘《かんきつ》系の香《かお》りが漂《ただよ》ってきた。

「どうぞ。おかわりもありますから」

「ありがとう。アナベルは手際《てぎわ》がいいね」

ゴブラン織りの立派なソファに二人並んで腰《こし》かけ、温かい紅茶を啜《すす》る。夜通し長大なナインヘルのものを受けて痛んだ腹に優しく沁《し》みていくようだった。

竜《りゅう》に対してティーカップは小さく見える。丸々とした指で器用に把手《とって》をつまんでいる姿が微笑ましい。そんなエドワードが、ほっと息をつきながら優しい金色の瞳で見おろしてくる。

「ハニー・バニラ・ティーの香りがするから、そうかと思ったが違《ちが》った。うっかりしていた」

「僕も甘い香りの紅茶が好きです。でも、これも爽やかな香りがして美味《おい》しいですね」

「違うよ、おまえさんの匂《にお》いだ」

「えっ？」

「ハニー・バニラ・ティー。魔女《まじょ》の匂いによく似ている。おまえさんの方が少々甘めだが」

「……！」

魔女の匂い――ナインヘルだけがそう捉《とら》え違いをしていると思っていたが、話が違ってきた。思い起こせばサロメも幼生体も、ここの竜は皆アナベルのことをいい匂いだと言い、それにうっとりとする。でも匂いを求めてくるだけで、それが何なのかは誰も教えてくれなかった。

アナベルが魔女のことで思い悩《なや》んでしまうのは彼女たちのことを何も知らないからだ。

この老齢の竜ならたくさんの経験と見識がある。他《ほか》の竜のように匂いに眩《くら》んだりせず、冷静な見解を聞かせてくれるような気がした。アナベルは心を決めて訊《たず》ねた。

「エドワードさん。あの……僕、他の竜たちにも匂いがすると言われました。特にナインヘルは僕のことを魔女だと言ってきかないんです。そんなことって本当にあるのでしょうか……」

「ふむ。――ちょっと失礼」

エドワードはアナベルの首筋に顔を近づけてすんすんと鼻を鳴らし、その匂いを確かめる。首筋から顔を離《はな》した老齢の竜は口を真一文字に結び、なんとも言えない表情をした。

「何も起きてないかね？　不思議なことが」

「少しだけ、ありました」

「どんな」

「ナインヘル――ナインの血をたくさん浴びても平気でした。あと、見たことのない鉱石があって、僕が触《さわ》ると光ります。ナインは重傷を負ったのに数分後に飛べるようになりました。それは僕が傷に触《ふ》れて治したからだと彼は言っていました」

光る鍵《かぎ》のこともエドワードに相談したかったが、ナインヘルと『誰《だれ》にも言わない』という約束をしてしまったので遠回しに伝える。

すがるようにエドワードを見上げると、少しおどけるみたいに下がった白い眉毛《まゆげ》を動かした。

そして紅茶を啜り、おろしたティーカップを両手で包んで言う。

「アナベルは、魔女かもしれん」

「ほっ、本当ですか」

落ち着いた声でそっと言ってくれたのに、危《あや》うくティーカップを落としそうになった。

「可能性は高い。失礼だが御《ご》両親の外見が知りたい。訊いてもいいかね。髪《かみ》と瞳の色を」

「は、はい。父親は髪も瞳も黒でした。母親は僕と同じ金髪《きんぱつ》と青い瞳だったと聞いています。僕を産んですぐ亡《な》くなったので会ったことはないのですが」

「すまない、悪いことを訊いた。――父君の身長は？　高いか低いか」

「いえ、平気です。――八歳までしか一緒に暮らしていないので、はっきりとした身長はわからないのですが、父親は高い方だったと思います」

「八歳までとは？　まさか父君も亡くなっておられるのか」

父親と僻地《へきち》で暮らしていたこと、ギュスター城のこと――空になったエドワードのティーカップに二杯目《はいめ》の紅茶を注ぎながら、アナベルは自分がここに来るまでの経緯《けいい》を手短に伝えた。

アナベルがギュスターに囚《とら》われていたことに、老齢の竜は初めてその表情を硬《かた》くした。

「ギュスターか。あの小僧《こぞう》はあまねく世界の生き物をことごとく惨禍《さんか》に陥《おとしい》れる。魔物狩りで最初に狩《か》られるべきは奴だろう。ティアマトーさまを思うと老竜の胸は張り裂《さ》けそうになる」

「エドワードさんは、ティアマトーさまの卵を取り戻《もど》したいですか？　ナインはずっと一人で捜《さが》していると言っていました。協力者がいないようです」

「そうだな。しかし、みなギュスターの報復を恐《おそ》れ、奪還《だっかん》を諦《あきら》めている。へたに手を出して卵を割られたら終《しま》いだ。それに、みなそれぞれ考えや立場がある。若い竜たちにはこの時代に合った生き方をしてほしい。それがきっと竜の一族を存続させるための唯一《ゆいいつ》の手立てだ」

「僕はみんなに自由に大空を飛んでいてほしいです。エドワードさんもそうでしょう？」

「わしは長い間自由を得てきた。ここで死ぬのも悪くない。おまえさんのことに話を戻そう」

エドワードはティーカップに口をつけた。アナベルも紅茶を飲み、そして思う。エドワードさんは諦めているけれど、本当は誰よりも卵の奪還と自由を切望している――。

「さて、アナベルの身に起きた不思議な現象とギルドに来るまでの経緯を聞き、わしは仮説を立てた。憶測《おくそく》ばかりなので見当違《けんとうちが》いもあるだろうから、疑い半分で聞いてくれるかね」

「はい。お願いします」

「おそらく、アナベルは魔女の一族である父親と人間の母親との間にできた混血児だ」

その言葉に、さして驚かなかったのはなぜだろう。エドワードの声が落ち着いているからなのか、それとも、アナベルの中の魔女の血がそうさせるのか。

「魔女は人間との間に子を生《な》すことを禁忌《きんき》とする。混血児には魔力《まりょく》がほとんど継承《けいしょう》されないからだ。寿命《じゅみょう》も違うしな。腹を痛めて産んだ子が自分より先に老いて死んでいくなど、耐《た》えられないだろう？　わしは三百年生きているが、混血児に会ったことはない」

エドワードは仮説を淀《よど》みなく語り、アナベルはそれに聞き入った。

「アナベルの父君は僻地に移り住んだと言ったね？　おまえさんを隠《かく》すように暮らしていたとも。それはおそらく魔物狩りから逃《に》げていたのだろう。自身というよりも、息子《むすこ》が標的になることを恐れたのではないだろうか。となると、アナベル、おまえさんは混血児にもかかわらず父君が隠さねばならないほどの強い魔力を持って生まれた可能性がある」

エドワードの話すことが、何もかも真実のように思えてくる。

父親が生み出す魔法《まほう》みたいな料理、数々の幻想《げんそう》的な御伽話《おとぎばなし》。そこに登場する父親の『古い友人たち』は皆《みな》、魔物だった。そして儚《はかな》げに微笑む彼が息子に残した言葉――特別な力なんて僕はもう要《い》らないんだ。アナベル、おまえさえいてくれたら――。

「――でも、僕は本当に何の力もないです」

「あるじゃないか。竜の血を浴びても死なない、鉱石を操《あやつ》る、竜の傷を癒《い》やす。その匂いも」

「この一週間で初めて体験することばかりです。それに、自分の意思で何かできるわけではなく……鉱石も自然と光りました。ナインの傷を治せたことも自分では気づけませんでした」

「そこはわしも引っかかっている。魔女の力が不安定なのか。反対に、鉱石がおのずと光るほど力が強いともとれる。父君が何らかの魔術《まじゅつ》をかけた可能性も残っているな。いずれにせよアナベルの身に起きた不思議な現象は魔女の力に起因するものだということに間違《まちが》いはない」

結局、アナベルは魔女ということになる。ただし、自分の意思では何もできない魔女。

ナインヘルに何度も言われたせいか、「やはりそうだったのか」という感想になってしまうのが自分でも可笑《おか》しい。だが厄介《やっかい》なことに、ひとつ疑問が解決すると違う疑問が浮《う》かんできた。

アナベルが十九歳になるまで力が皆無《かいむ》であったのはなぜか。自分のせいなのか、父親が関与《かんよ》しているのか。父親はなぜアナベルに魔女の一族であることを伝えなかったのか。

そして、アナベル以外にも、純血の魔女はまだこの世界で生きているのか。

あれこれと思いを巡《めぐ》らせていると、隣《となり》でエドワードが心配そうに訊ねてくる。

「魔女は嫌《いや》かい？」

「いいえ。ただ、ぴんとこなくて。僕にとって魔女は御伽話の中にしかいませんでしたから。魔女って、どんな人たちでしたか？　変わり者ばかり？」

エドワードは「そうか、たしかにそうだよな」と丸い腹を揺《ゆ》らして笑う。

そして優《やさ》しげな金色の瞳《ひとみ》で遠くを見つめ、心を籠《こ》めて話してくれた。

「彼女たちはいつも礼儀《れいぎ》正《ただ》しく、真摯《しんし》だった。今のおまえさんのように。機智《きち》に富み、倹約家《けんやくか》でもあった。喧騒《けんそう》を好まず、満月の夜と静寂《せいじゃく》を愛していた。わしは魔女が大好きだった。古くからの友人だったのだ。いなくなってしまったなんて信じたくない。長い間そう思っていて――アナベル、おまえさんがやってきた。おまえさんからは本当に懐《なつ》かしい匂いがするんだ」

「エドワードさん」

「だからわしはアナベルが魔女であってほしいと願う。人間の身勝手な弾圧《だんあつ》に負けずに、彼女たちが持つ知恵《ちえ》と魔力を使って今もこの世界で生きている、その証《あかし》であってほしい。そして叶《かな》うなら、アナベル、おまえさんの持つ魔女の力でナインヘルを解放してやってくれ」

「ナインを、解放する……？」

「そうだ。あれはもう長い間、卵を奪還することだけに囚《とら》われて、囚われすぎて、陥《おちい》る必要もない孤独《こどく》に嵌《は》まり踠《もが》き苦しんでいる。そこから解放されるためには卵を奪還するほかない」

昨夜恐ろしいと感じたあの狂気《きょうき》めいた興奮は、強い孤独に因《よ》るものだったのか――そしておそらく、そのことにナインヘル自身も気づけていない。

「サラマンダーという荒々《あらあら》しい竜種も災《わざわ》いしたのか、力の強さばかりを盾《たて》に取って、同じ一族の中でも溝《みぞ》を深める一方だ。もう誰の話にも耳を貸さなくなった。でも、ナインヘル自身が選んだアナベルなら、きっと心を傾《かたむ》けるときがくる」

「………」

「ナインヘルが変われば、協力しようとする兄弟が必ずあらわれる。そうすれば卵を奪還できる機会もおとずれるはず。そのときはアナベル、おまえさんの力を少しばかり貸してやってくれ。ティアマトーさまの卵の孵化《ふか》に、ほんの少しだけ、魔女《まじょ》の力を――」

言葉というものは本当に大切だと思う。

ナインヘルとエドワードの考えと願望は同じだ。ギュスターとの闘《たたか》いに決着をつけるのは竜《りゅう》たちであって、そこに魔女の力は必要ない。ナインヘルも卵を奪還するとき、自分ではどうしても壊《こわ》せない魔石《ませき》を唯一操れる魔女に、そこだけ力を貸してほしいと言いたかったのだろう。

大きな背をわずかに丸くするエドワードに、アナベルは青い瞳を輝《かがや》かせて言う。

「卵を取り戻せたら、そのときは必ず。今は何もできないけど、頑張《がんば》ります」

「ありがとう。よろしく頼《たの》んだよ」

しかし正直なところ、まだナインヘルにどう接すればいいのかわからなかった。

強い孤独に苛《さいな》まれているということは見えてきたが、だからといってアナベルがそれをどうこうできるとは思えない。それに、何を考えるにも昨夜の痛みと恐怖《きょうふ》が邪魔《じゃま》をする。

アナベルが魔女であることはほぼ確定したが、その力はひどく不安定で不鮮明《ふせんめい》であることも、いつ伝えればいいのかわからなかった。

二杯目の紅茶を飲み終えたエドワードが壁《かべ》掛け時計に目をやって立ち上がる。

「すまない、ずいぶんと長いおしゃべりに付き合わせてしまったね。そろそろ出動しよう。時間を過ぎるとリーゼの奴《やつ》がうるさいからなあ。――ごちそうさま、美味《おい》しかったよ」

今朝ここに来て本当によかった。ここでエドワードと会わなければ、きっと一人でぐるぐると考え込んで、もっと悪い方向に突《つ》っ走っていたと思う。

エドワードの恰幅《かっぷく》の良い身体《からだ》に浮かぶ鱗《うろこ》は、長い歳月を過ごしてきた琥珀《こはく》そのままに、綺麗《きれい》で深みのある輝きを放つ。その温かそうな背中に向かって、アナベルは明るい声で言った。

「エドワードさん。また色々な昔話を聞かせてもらえませんか。魔女のことも」

老齢《ろうれい》の竜は琥珀色の鱗が浮かぶ眦《まなじり》を下げて「もちろんだとも」と答えてくれた。

「こちらも助かったよ。一人の早朝は身にこたえるのでな」

二人はまたここでアーリー・モーニング・ティーを一緒《いっしょ》に飲むことを約束した。

「第一ゲートを開けますね。行ってらっしゃい。気をつけて」

午前七時を過ぎると、脱衣《だつい》室で竜とバトラーによる朝の打ち合わせが始まる。

これは任意であり出席の義務はない。エドワードのように早朝に出動する竜もいれば、遠征《えんせい》地で夜を過ごして戻らない竜もいるからだ。ナインヘルが姿を見せたことは一度もないという。

打ち合わせではその日の行動予定を確認《かくにん》する。どの竜がどこへ飛び立つのか、発着スケジュール、議会に出席する竜と同行するバトラーの確認など、二十分程度で終了《しゅうりょう》した。

「――解散。各々《おのおの》現場で業務に入れ」

そう言うリーゼのもとへ駆《か》けていき、深く頭を下げていたときだった。

「アナベルっ」

背中に浴びたその声にどくんと心臓が跳《は》ねる。こんなにも早くナインヘルが起きてくるとは思わず、心の準備がまったくできていなかった。怖《こわ》くて振《ふ》り向けずにリーゼを見上げると、ナインヘルの姿をとらえたその猫《ねこ》のような瞳がすっと細くなった。

打ち合わせが終わった直後の脱衣室にはまだ多くの竜とバトラーがいる。恐《おそ》る恐る振り向くと、彼らを押し退《の》けてきたナインヘルが間近に迫《せま》っていた。また全裸《ぜんら》だった。本当に嫌になる。

バトラーは皆、竜の裸体に慣れきっていた。特に脱衣室では竜たちが裸《はだか》でうろうろすることは当然のようで、誰《だれ》も何も気にしない。

しかしアナベルは違《ちが》う。長い脚《あし》、隆起《りゅうき》した腕《うで》、厚く硬《かた》い胸板《むないた》――昨夜、自分の身体に重なり続けたそれが目に飛び込んでくると、熱いシャワーで流したはずの痛みと恐怖が鮮明に蘇《よみがえ》った。

大きく後ずさりをし、背中でリーゼを押してしまった。ナインヘルが腕を伸《の》ばしてくる。

「勝手に巣から出るなって言っただろ！　どこで何し、て――」

言い終わらないうちに背後からリーゼの腕が伸びてくる。その手には書類を挟《はさ》んだクリップボードを持っていて、それを使ってばしっとナインヘルの顔面を叩《たた》いた。

「なんだ。遅刻《ちこく》せずに来れるんじゃないか。聞いて驚《おどろ》け。なんと、出動まであと四分もある」

「リーゼっ、てめぇ……ふざけやがって」

「それは俺の台詞《せりふ》だナインヘル。昨日の件、怪我《けが》人が出なかったことにより査問委員会の招集は見送られた。でも俺は許してない」

筆頭バトラーとギルドの問題児であるサラマンダー、そして二人の間に挟まっている小柄《こがら》の見習いバトラー。そこから生まれる不穏《ふおん》な空気に周囲の人間や竜がざわつきだす。

それをまったく気にしないリーゼが、腹に響《ひび》く声で大喝《だいかつ》した。

「己《おのれ》の感情のみを優先して業務を停止させるとは何ごとだ！　きさまの身勝手で生まれたロスを回収するために、他《ほか》の従業員がどれだけ時間と労力を割《さ》いたかわかっているのか！　くだらん戯《ざ》れごとをギルドでするな！　やるなら余所《よそ》でやれ！」

脱衣室のざわめきがぴたりとやんだ。リーゼに背中が触《ふ》れているアナベルには本当に雷《かみなり》が落ちたかと思うくらいの怒号《どごう》だ。その威厳《いげん》に足が震《ふる》えた。

もしかしたらナインヘルは怒鳴《どな》り返して部屋を出て行ってしまうかもしれない。でもそれをしては絶対に駄目《だめ》だ。叱責《しっせき》を素直《すなお》に受け入れる質《たち》ではないのはわかっている。

でも、ナインにも反省の言葉を述べてほしい。頼むから——アナベルは祈《いの》るような思いで、昨夜からずっと避《さ》け続けていたナインヘルの瞳に視線をからませた。

「……っ。——悪かっ、た」

思いが通じたのだろうか、ナインヘルは短い逡巡《しゅんじゅん》の後にそう口にした。アナベルは素直に驚き、リーゼも意外だとばかりに片眼鏡《かためがね》をカチャリと鳴らして語調を軽くする。

「ほう。どういう風《ふ》の吹きまわしだ？　以前のおまえならここを飛び出して二、三日ボイコットしていただろうに」

「……別になんでもねえ。おれはこいつに話があるだけだ」

「出動時間まで好きにしろ。その前にこの書類に目を通せ。内容に異存なければサインしろ。昨日の業務停止により発生した諸経費だ。全額おまえに請求《せいきゅう》する」

「は？　なんだそれ」

アナベルを挟んで二人のやりとりは続く。リーゼはクリップボードをナインヘルの目の前に提示した。アナベルの後頭部の高い位置から、すらすらと言葉が降ってくる。

「請求内容を確認する。防護服一式とデッキブラシ一本、第三ゲートの壁《かべ》およびバルコニー部分の補修費、見習いバトラーの給料一日分。合計九千九十ペルラー（約百六十万円）だ」

「見習いバトラーの給料？」

「おまえが勝手に連れ去ったことにより、アナベルは当日の業務を放棄《ほうき》したことになる。我が社は賃金を支払《しはら》わない。おまえが出してやれ」

「リーゼさんっ……」

アナベルは思わずリーゼに向き直る。金などどうでもいい。そう言いたかったが、アナベルが敵《かな》うはずがなかった。リーゼが怒濤《どとう》の説教をしてくる。いつも通り、淀《よど》みない早口で。

「見習いは黙《だま》ってろ。昨日の件はおまえにも非がある。ああいうときはな、素《す》っ裸にされてもそのまま公《おおやけ》の場に逃《に》げてこい。脱衣室か俺の執務《しつむ》室でいい。そこで状況《じょうきょう》報告をするのが筋ってもんだ。仕事中だぞ？　一緒にばっくれてどうする。竜を現場に連れ戻《もど》すくらいの意識を持てよ。おまえが徹底《てってい》しないからナインヘルがつけあがるんだ。言っただろ？　こいつが道から外れないようにコントロールしてやるんだよ。竜どもに規律を遵守《じゅんしゅ》させろ。それがバトラーの最重要任務だ。同時にこいつらのことだけを最優先として全面的にサポートする。でも勘違《かんちが》いするな、これは仕事だ。いちゃこくのは自由だが勤務時間外にしろ」

出た、〝サタン・オブ・ギルド〟。こういうときは「イエス・サー」って言うんだよ——部屋の離《はな》れたところから、アナベルに見えるように十字を切り神に祈るしぐさをしてくるテオの、その唇《くちびる》の動きを読み取る。

アナベルは説教のすべてを素直に受け入れた。そしてリーゼにまた憧《あこが》れてしまう。

皆《みな》の前でアナベルに説教をするのは、その姿をナインヘルに見せ、内容をここにいる従業員全員に聞かせるためだ。

ナインヘルが自分勝手な振る舞《ま》いをすればするほどアナベルはギルドにいづらくなる。押し黙っているナインヘルはそのことに気づいたはずだ。

そして竜を含《ふく》む従業員たちには、アナベルのことを『ナインヘルがギュスターのところから連れてきた人間』として見るのではなく、その仕事ぶりで評価しろと暗黙裏《あんもくり》に伝えている。

もちろんこの説教はアナベルの失態を指摘《してき》することが一番の目的だった。

リーゼの意図がよく理解できたアナベルは、先ほどテオが示してくれた、ありがたい助言通りにした。筆頭バトラーの瞳《ひとみ》をまっすぐ見つめて心から言う。

「イエス・サー。気をつけます」

「よし。——今後、昨日と同等の職務怠慢《たいまん》があった場合、二人揃《そろ》って査問委員会にかける。委員会にはギュスター側の人間がいるぞ？　気をつけなくてはな。そしてアナベルは当番制勤務に組み込んだ。他の竜《りゅう》にも付ける。ナインヘル、おまえの私情は優先されない。わかったか」

ナインヘルは苦虫を十四《ぴき》ほど嚙《か》み潰《つぶ》したような顔をして書類にサインをし、リーゼはにこにことして「今月の給料から天引きな」と最終確認をした。

「こっちに来い」

「いや、だっ」

リーゼの説教が終わったそばからナインヘルが腕をつかんでくる。その力強さを憶《おぼ》えている肌《はだ》がざっと粟立《あわだ》った。振りほどこうとしたがびくともしなくて、厚い胸板が目の前に迫る。

昨夜のことについてナインヘルも言いたいことがあるのだろうが、アナベルはその倍の文句がある。恐怖《きょうふ》と痛みはすぐに消えそうにない。おとなげないとは思ったが、少し冷たい態度に出てしまった。胸板を両手で押して可能な限りの距離《きょり》をとる。

「僕、仕事中なんです。四分経《た》ちましたのでナインヘルも出動準備に入ってください」

横で聞いていたリーゼが「おお。いいな、そのスタンス。公私混同は職場の敵だ」と援護射《えんごしゃ》撃《げき》をしてくれた。怒《おこ》るナインヘルはアナベルの腰《こし》をつかんだ両手に容赦《ようしゃ》なく力を込めてくる。

「ふざけんな。だからおれはおまえがここで働くのは嫌《いや》なんだ。今すぐ巣に戻れ、っ――」

ふたたび、ばしっとクリップボードの鳴る音がした。

「出・動・し・ろ。――アナベル、アナウンス行け。第二ゲートからナインヘルを出す」

はいっ、と力強く返事をして竜の巨軀《きょく》からすり抜《ぬ》け、アナウンスルームへ走る。

そのとき強い視線を感じて振り向き見たナインヘルが、ひどく硬い表情をしていたので、結局冷たくなりきれないアナベルは思わず微笑《ほほえ》んで言ってしまった。

「気をつけて。無理をしないでね」

そのまま振り向かずに駆けていったアナベルは、顔を赤くするナインヘルに気づかなかった。その隣《となり》で「魔性《ましょう》の男だなー。おい？　大丈夫《だいじょうぶ》かナインヘル」と笑うリーゼにも。

『第二ゲートよりナインヘルが出動します。近くにいるバトラーはセーフエリアまで一旦《いったん》下がってください』——透《す》き通ったアナベルの声がギルド内に響く。繰《く》り返すアナウンスの中、大きな炎《ほのお》の塊《かたまり》が青空へ向かって飛んでいくのが見えた。

ナインヘルは定刻を守って出動したらしい。

アナウンスルームにリーゼが来た。小さくなってゆく赤い星を見ながら笑う。

「おまえがあのサラマンダーをどこまでイイ子にしてくれるか楽しみになってきたぜ」

「僕、まだ何もできてないです」

「今日だけで大した進歩さ。遅刻しなかった。俺の説教にも返事ができた。おまえと話がしたいからという動機が不純ではあるが、それでいい。あいつの場合は規律を守ることに大きな意味が出てくる。これで軍服を着て議会に出席すれば勲章《くんしょう》ものだ」

「ナイン——ナインヘルは仕事も乱暴なんでしょうか……」

「いや。俺も不思議なんだが、あいつは仕事だけはきっちり終わらせてくる。昨日も俺が夜まででかかると見込んだ案件をあの時間までに完了《かんりょう》させて戻ってきただろう？　能力は高いんだよ。

だから余計もったいないのさ。出動時間を守り、軍服を着用して、議会への最低出席日数をクリアすれば、あいつのことを見直す者がどっと増える。——ま、焦《あせ》らず着実に、だな」

「はいっ」

その言葉に、昨夜のことを一瞬《いっしゅん》忘れてしまうほど嬉《うれ》しくなった。

政府とドラゴンギルドを憎《にく》むナインヘル。それでもこの世界の人々を守るためにきちんと役目を果たしている。そんなナインヘルの力になりたい。そう思った。


ナインヘルを見送った後から一気に慌《あわ》ただしくなり、午前中があっという間に過ぎた。

午後からは竜の帰還《きかん》予定が詰《つ》まっていてバトラーの数が圧倒《あっとう》的に足りない。

執務室での勤務が多いリーゼも状況に応じて現場に立つという。

午後三時。帰還はピークを迎《むか》え、みっつのゲートはすべて埋《う》まっている。さらに『キュレネー帰還待機で旋回《せんかい》中。速《すみ》やかにゲートを空けてください』というアナウンスまで流れた。

アナベルはリーゼと組んで今日三度目の洗浄《せんじょう》とオーバーホールを行っていた。

洗浄している竜の名はサリバン。見惚《みと》れてしまうほど綺麗《きれい》な竜だった。その形の良い緑色の鱗《うろこ》を一枚ずつ丁寧《ていねい》に洗ってゆく。するとサリバンがすらりとした長い首を伸《の》ばしてきた。

「あれ？　いつもと違《ちが》う洗い方されると思ったら……。きみ、噂《うわさ》の新人くん？」

「はい。アナベルといいます。よろしくお願いします。ごめんなさい、痛かったですか？」

「ううん。その逆。気持ちいいよ。丁寧だしね」

すると上空で旋回する竜を見ていたリーゼが、サリバンの尻《しり》をデッキブラシで叩《たた》いた。

「おい！　喋《しゃべ》ってないで終わったならゲートから出ろ。キュレネーを待たせすぎだ」

「はいはい。——じゃあアナベル、またね。気持ちよかったよ、ありがと」

「待てサリバン。アナベルを連れていけ」

このままゲートに残り、上空待機しているキュレネーを迎えるつもりでいたアナベルは、リーゼの言葉に少し驚《おどろ》いた。サリバンは即刻抗議《そっこくこうぎ》する。

「ええっ？　やだよ、リーゼくんが付くって約束でしょ？」

「予定変更《へんこう》だ。おまえが人型のときの付き方を教えてやってくれ。人手不足で教えられるバトラーがいない。アナベルには即《そく》実務に入ってもらう」

「もうっ……。今夜はうんとサービスしてくれるよね？　じゃないと割に合わないな」

「無駄口叩《むだぐちたた》いてないでさっさと行け。——アナベル！　ここはもういい、サリバンに付け。ただし議会には絶対出るな。ギュスター側の人間も多い。くれぐれも注意しろ」

イエス・サーと答えて指示通り行動した。濡《ぬ》れた防護服を脱《ぬ》いで指定の場所に干し、大急ぎで脱衣室《だついしつ》へまわる。するとそこに息を呑《の》むほどの美男子が立っていた。

ナインヘルに劣《おと》らない長軀《ちょうく》に、長い髪《かみ》は砂金を溶《と》かしたみたいにきらきらと輝《かがや》いている。同色の長いまつげと、整った鼻梁《びりょう》。しなやかな身体《からだ》には緑色の鱗が美しく浮《う》かび、若葉を纏《まと》っているようだった。アナベルはサリバンを見上げてバスタオルを差し出す。

「竜って、みんな背が高いですね。手足も長いです」

「そうだよ。人間とは骨格から違うからね。平均身長は十五テナー（約二百センチ）かな」

そう答えるサリバンはバスタオルも受け取ろうとせず身体じゅう濡れたままで立っている。

「あ、あの……」

「拭《ふ》いて？ ぼく、自分でいっさいやらない主義なの」

にこっと笑ってそう言われたので、アナベルは焦ってサリバンの身体を拭きはじめる。

端整《たんせい》な顔と引き締《し》まった体軀《たいく》。そしてその濡れた裸体《らたい》からあふれ出る雄《おす》の色香《いろか》に、アナベルは感心すらしてしまった。女性はおろか男性まで眩《くら》んでしまいそうなほど強烈《きょうれつ》だ。

しかしアナベルはそれを見てもさして特別な感情はなかった。ナインヘルのときと何が違うのだろう。そう思いながら、背中から尻、胸や性器、脚《あし》と手際《てぎわ》よく拭いていく。

軍服を着せるのは慣れていなくて苦労した。それが終わるとサリバンは洗面台の手前にある猫脚《ねこあし》の肘掛椅子《ひじかけいす》に座り、長い脚を組む。

「髪は必ず三つ編みだよ。アナベルは次から言わなくてもできるよね？」

「はい。大丈夫です」

きらきら光る髪を櫛《くし》で梳《す》く。角があるのでそこが少し難しい。

アナベルはサリバンの長い髪を編みながら、ギュスター城でともに過ごした子供たちにも同じようにしていたことを思い出す。皆、元気にしているだろうか。アナベルがいなくなってしまったから、あの子たちの髪はぼさぼさのままかもしれない。

――人間は、欲《よく》が出るようにできてる。

こうやって自分は黄金の首輪を外してもらうことができた。それだけでも奇跡《きせき》なのに、あの子供たちの首輪もナインヘルに割ってもらえないだろうかと、そんなことを望んでしまう。

「アナベル？　できた？　もう議会始まっちゃうから行くよ。手袋嵌《てぶくろは》めて？　あと軍帽《ぐんぼう》」

「はい」

サーベルを佩帯《はいたい》して脱衣室を出たサリバンは、ブーツの踵《かかと》をカツカツと鳴らして歩いていく。

アナベルはその後を小走りでついていった。

ドラゴンギルドと岩山を挟《はさ》んで背中合わせに建つアルカナ大帝《たいてい》の宮殿《きゅうでん》群。その一角で定例議会は開かれている。

「アナベルはここで待ってて。一時間もすれば終わるから。それまで誰《だれ》か入ってきても絶対動いちゃ駄目《だめ》だよ」

サリバンはリーゼの『議会には絶対出るな』という指示通りに動いてくれる。議事堂と隣接《りんせつ》する控《ひか》え室、そこにある大きな本棚《ほんだな》の裏にアナベルを隠《かく》してサリバンは議会に出席した。

「………」

一時間は少し長く感じる。昨夜ほとんど眠《ねむ》っていないので、気を抜くとまぶたが落ちそうだった。しかしそれもすぐに覚めた。もたれている壁《かべ》から、たくさんの人の声が聞こえてくる。詳《くわ》しい内容までは聞こえないが、言い争っているようだった。議会なのだから様々な事案について意見の応酬《おうしゅう》があるのは普通《ふつう》だと思うが、それにしては声が荒々《あらあら》しい。

壁に耳をつけるとより鮮明《せんめい》に聞こえるようになった。その内容にぞっと肌《はだ》が粟立《あわだ》つ。

——ギュスターさまの城より使用人が一人姿を消した。ギルドも捜索《そうさく》に全力を尽《つ》くせ。

——そういうことは警察に通達を出した方が早いと思いますがねえ。

——ギルド擁護《ようご》派は口を開けばすぐ「警察にやらせろ」だな。これはギュスターさまの御《ご》指示だぞ？　軽《かろ》んじるつもりか？

——私たちドラゴンギルドは常に人員不足だ。従業員も時間も割《さ》けない。天災における救助ならまだしも、一人の人間の捜索はできかねます。

——舐《な》めた口をきくな！

「……‼」

ギュスター城から消えた使用人——それはアナベルのことだ。

ひどい違和感《いわかん》を覚えた。奴隷《どれい》同様の扱《あつか》いをしていた人間が消えたことなど、議会の事案に相応《ふさわ》しくない。粘着質《ねんちゃくしつ》なギュスターのしそうなことではあるが、それにしても異様な雰囲気《ふんいき》だ。

——まさか、もうギルドにいることを察知されている？

そのとき、ばんっ、と大きな音を立てて控え室の扉《とびら》が開いた。

誰か入ってくる！　ギュスターの配下かもしれない。否《いな》、本人だったらどうしよう。

どっと汗《あせ》が噴《ふ》き出てきた。足音はアナベルの隠れている本棚に向かってまっすぐ近づいている。逃《に》げ出したいがサリバンはここを動くなと言った。指示は守らないと駄目だ。

どうしたらいいのかわからないうちに足音が迫《せま》り、アナベルはぎゅっとまぶたを閉じた。

「つまんない内容だから出てきちゃった。行こ。ちょっとお茶しない？」


午後四時。議会を早々に切り上げたサリバンと、彼に付くアナベルはドラゴンギルドの中庭で遅《おそ》めのアフタヌーン・ティーを始めた。

「竜《りゅう》たちの嗜《し》好《こう》を覚えていくといいよ。けっこうみんなばらばらなんだよね。サロメなんか東洋の緑色したお茶しか飲まないし。ぼくは普通の紅茶でいいよ。あと洋梨《ようなし》のタルト」

サリバンに教えてもらったことをメモして厨房《ちゅうぼう》に行き、紅茶と菓子《かし》を依頼《いらい》する。

ギルド専属のコックは不愛想《ぶあいそう》だが料理の腕前《うでまえ》はプロ並みだ。そしてアナベルの分のタルトも出してくれるという優《やさ》しい一面もあった。

中庭はほどよい広さで手入れが行き届いている。楓《かえで》の葉が黄色く色づきはじめ、さんざしが小さな赤い実をつけていた。それらを見つめながら温かい紅茶を啜《すす》っていると視線を感じた。瞳《ひとみ》を移動させた先にはサリバンの綺麗な顔がある。にっこりと笑っていた。

「きみ、可愛《かわい》いね。ナインヘルが連れてきたのもわかるよ。いい匂《にお》いっていうより、気持ちいい匂いがするね。ここが硬《かた》くなるくらいには」

そう言ってサリバンが自分の下半身を指さすので、驚いて大きな声を出してしまった。

「え！」

「大丈夫《だいじょうぶ》、風竜は火竜と違《ちが》って紳士《しんし》だから。それで？　もうナインヘルとセックスした？」

動揺《どうよう》を隠そうと紅茶を飲んでいたアナベルは今度こそ吹《ふ》き出しそうになった。

げほっ、げほっと噎《む》せるアナベルの背中を「大丈夫？」とサリバンが撫《な》でてくる。

「あの子ちゃんとできたのかなあ？」

「ど、……どう、して……、そんな、こと、にっ……？」

「えっ、まさか違うなんて言わないよね？　だってぼくたち兄弟の間ではここ数年で最大の事件だからさあ。あのナインヘルが、誰とも喋らない、誰も寄せつけないナインヘルがだよ？　人間を連れてきたって……しかもとびきり可愛い子でいい匂いまでさせてるんだもの。みんな凄《すご》くびっくりしたんだよ。ギュスターのところから来たっていうのだけが難点だけど、リーゼくんもお気に入りみたい。あの子、きみみたいに真面目《まじめ》でひたむきな子が大好きなんだよね」

本当にどう答えたらいいのか困る。リピンも『花嫁《はなよめ》』と言うし、なぜ連れてきただけでその対象になるのだろう。仮に可愛いとしてもいい匂いがしているとしても、アナベルは男だ。

「ちがい、ます。……ナインは僕が持っている魔女《まじょ》の力が欲しいんです」

「そうなの？　というか、きみ魔女なの？　たしかに魔女の匂いに似てるんだよねえ」

そう言ってサリバンは形の良い鼻をアナベルの首筋に近づけ、すんすんと鳴らした。

「ナインは魔女と思ってます。エドワードさんが混血児の可能性が高いと教えてくれました」

「エドの爺《じい》さまが？　たしかにそうかもね。金髪碧眼《きんぱつへきがん》の魔女なんていないもの。匂いが少し違うのも納得《なっとく》だよね」

「そうなんですか？　魔女って、どんな姿をしていましたか……？」

「そうだなあ。髪《かみ》は絶対に黒。瞳は黒か紫《むらさき》か、たまに赤い子もいたかな？　みんな色白でがりに痩《や》せてるの。身長も、高い子はぼくらと同じくらいあったよ。魔女っぽいでしょう？」

　サリバンが語る魔女の風貌《ふうぼう》は、アナベルの記憶《きおく》にある父親の姿そのままだった。黒髪《くろかみ》に黒い瞳。儚《はかな》く見えるほどに痩せた白い身体《からだ》。抱《だ》き上げられると、凄く地面が遠く感じた。それだけ父親は長軀《ちょうく》だったということになる。

「ま、アナベルが魔女ならナインヘルは放さないだろうねえ。魔女じゃなくても放さないと思うよ。すっごく可愛いからね」

　笑ってそう言うサリバンは、アナベルが魔女だと知ってもナインヘルほどの興奮は見せない。どちらかというと冷めきっているような――そんなふうに見えた。

　ティアマトーの不死卵《ふしらん》をナインヘルは一人で捜《さが》している。諦《あきら》めている竜がほとんどだとエドワードも言っていた。サリバンは、どうなのだろう。

「ナインはティアマトーさまの卵を取り戻《もど》すために魔女の力が必要だと言っていました。サリバンは、卵を取り戻したいですか？」

「取り戻したいも何も、無理だよ」

　サリバンの答えがあまりにもあっさりとしていて、アナベルは驚《おどろ》いた。

「あのギュスターが持ってるんだよ？　ぼくらが少しでも逆らうような真似《まね》をすれば、あいつは卵を割るはずだ。竜がかつての自由と誇《ほこ》りを取り戻すのは絵空事だよ。ティアマトーさまが孵化《ふか》することはもうない。ぼくらは滅《ほろ》びるのを待つだけさ。みんなそう思ってる。でもナインヘルは諦めきれないんだろうね。魔女であるきみを連れてきたくらいだから」

「………。どうしてナインだけなんでしょうか。誰よりもギュスターを憎《にく》んで——」

「ナインヘルはね、エトナ火山から出てきてすぐに捕《ほ》獲《かく》されたんだ。その捕獲部隊の陣頭《じんとう》にいたのが若造だったギュスターだよ。そこから一年も経《た》たないうちにティアマトーさまは攫《さら》われた。あいつは竜から——ナインヘルから何もかもを奪《うば》った」

柔《やわ》らかな物腰《ものごし》のサリバンが一瞬《いっしゅん》だけきつい口調になった。

ギュスターの暴虐《ぼうぎゃく》を聞くたびに、アナベルの心は荒《あ》れてばかりになる。

なぜ、ナインヘルだけが悲運を背負わなくてはならないのだろう。

自由を奪われ、竜母神を攫われて、孤独《こどく》の深みに嵌《は》まってもなお一人で卵の行方《ゆくえ》を追い続けている。人々を守る役目をきちんと果たし、殺戮《さつりく》兵器とされることに憤《いきどお》るサラマンダーは、それでも泣き言や弱音を吐《は》いたりしない。

周りの兄弟たちが諦めても、ナインヘルだけは、自由と誇り、そして大切な母親を取り戻すことを諦めない。それが真っ当な感覚と信念だとアナベルも思う。

それなのに、誰にも伝わらず共感もされないことが歯がゆくてならなかった。

「サリバンは自由と誇りは要《い》らないですか？　ギルドを出て大自然で生きたくないですか？」

「要らないな。ぼくにはギルドだけが必要だからね。悪いけど協力できない。可愛い弟だし忠告ぐらいはするけれど。もしナインヘルがギルドを潰《つぶ》すなら、ぼくがあの子をやっつける」

サリバンはおどけて言ったが、鋭《するど》く光る金色の瞳はそれが戯《ざ》れ言ではないことを示していた。

エドワードの言う通りだった。アナベルは竜にも様々な立場があることを知る。立場が違えば守りたいものも変わってくる。サリバンにはサリバンの譲《ゆず》れないものがあるのだろう。

一陣《いちじん》の風が吹いて、楓の葉がさわさわと音を立てた。

中庭の遠くを、議会を終えた竜と同行のバトラーが通り過ぎる。声は届かないのでぺこりと挨拶《あいさつ》をした。サリバンも手を振《ふ》りながら言う。

「シャハトは真面目だよねえ。あんなくだらない議会でも最後までいるなんてさ」

「議会で、僕のことを言っていましたね。ギルドに『捜せ』って……」

「聞こえてた？　ばかもいいとこだよ。リーゼくんから聞いたんだけど、アナベルは労働要員だったんでしょ？　で、成人したらギュスターとセックスしなきゃだめだった。そんな性奴隷が一人逃げただけで議会なんかで言うかなあ？　あいつは魔女の力のこと知ってた？」

「いいえ、魔女のことは何も。僕もサリバンと同じことを思っていました。議会に出すような話じゃないって……何を考えているのかわからなくて怖《こわ》いです」

「ふうん。魔女の力のことを知っていて、それを取り戻したいとかならわかるけどね。なんでそんなに捜してるんだろ。アナベルとセックスしたくてたまらないのかな？　物凄《ものすご》い執着《しゅうちゃく》だ。もういっぱいしちゃったってばれたらナインヘルは確実に殺されちゃう。気をつけなきゃね」

「サリバンっ！」

ドラゴンギルドで最も美しく端麗《たんれい》な若葉色の竜は、その性格に少々難がありそうだ。

しかしサリバンがおどけて言うのは、硬い表情をしたアナベルを宥《なだ》めてくれているのだとわかる。あははと軽快に笑いながら言った。

「怒《おこ》っても可愛いねぇ。まぁ、今日の議会の雰囲気《ふんいき》を見る限り、奴《やつ》らはアナベルがギルドにいるなんて思ってもいないよ。それだけは確か。シャハトにも訊《き》いてみるといいよ」

アナベルの潜伏《せんぷく》先がドラゴンギルドだと察知されている。それは杞憂《きゆう》だった。

たしかに、もしわかっていたら即刻《そっこく》ギルドに来ているはずだ。大勢の部下を引き連れて。

ではいったい何だというのだろう。公《おおやけ》の場で消えた使用人の捜索《そうさく》を命じるほどにギュスターが焦《あせ》る理由は――。

――もしかして、……鍵《かぎ》？

今も上着の内ポケットに入ったままの鍵。思い出したらもうそれ以外考えられなくなった。

ギュスターが躍起《やっき》になって捜しているのはアナベルではなく、この光る鍵だ。

もしそうだとしたら、やはりこれはただの紙幣《しへい》や骨董《こっとう》品を保管している部屋の鍵ではないことになる。竜母神の不死卵を隠《かく》した鍵とも断定はできないが、その可能性はより高くなった。

「サリバン？」

思いを巡《めぐ》らせていると、サリバンが立ち上がった。二人のティーカップとケーキ皿は空になり、西の空が赤く染まりはじめている。知らない間にずいぶん長くここにいたようだ。

「今日のお仕事はこれでおしまい。ぼくは巣に戻るよ。アナベルもおかえり」

「はい。サリバン、色々教えてくれてありがとうございます。不慣れでごめんなさい」

ティーセットを載《の》せた銀のトレイを手に、ぺこりと頭を下げる。すると小柄《こがら》なアナベルの瞳の高さまでサリバンが長軀を屈《かが》めてきた。きらきらと光る長いまつげを揺《ゆ》らして言う。

「ねぇ、アナベル。ぼくに協力して？　きみがリーゼくんに『凄くわかりやすく教えてもらった』って言ってくれたら、ぼくはうんとご褒美《ほうび》をおねだりできるんだよね」

「わ、わかりました。必ず伝えます」

「ありがと。じゃ、またデートしようね」

すっと細めた目のその眦《まなじり》には綺麗《きれい》な緑色の鱗《うろこ》が浮《う》かぶ。アナベルの金髪《きんぱつ》をさらりと梳《す》いて頬《ほお》を撫で、三つ編みを揺らしながら去ってゆくサリバンを見送った。

見惚《みと》れてしまうほどの美男子で圧倒《あっとう》されそうな色香《いろか》があって、おしゃべりも上手なサリバン。アナベルは彼のことが少し怖い。そして気づいてしまった。

――リーゼさんの綺麗な緑色のピアスと左手の指輪。あれ、サリバンの鱗だ……。


銀のトレイを持ったまま脱衣室《だついしつ》に戻ると、竜の帰還《りゅうきかん》がおおかた完了《かんりょう》しているようだった。まだ防護服姿のリーゼに次の指示を仰《あお》ぐと「もう上がれ」と言ってくる。

「サリバンに色々教えてもらいました。とてもわかりやすかったです」

ひとまず彼との約束を果たす。リーゼは「わかった。お疲《つか》れさん」とだけ言って防護服姿のまま執務室《しつむ》に戻っていった。

厨房《ちゅうぼう》に寄ってティーセットを返すと、コックに「晩めしは」と訊かれた。

「さっきいただいたタルトで充分《じゅうぶん》です。とても美味《おい》しかったです。ありがとうございました」

「そこのバスケットに入ってる菓子《かし》ならどれを持って帰ってもいい。部屋で食え」

「ほんとですか？　ありがとうございます」

バスケットにはチョコレート、ヌガー、クッキー、スコーンまで入っていた。他《ほか》にもたくさん入っている中からどれにしようか悩《なや》んでいると、ふとリピンのことを思い出した。

そういえば昨日の朝に水をもらったきり、会ってない。水のお礼をしてないな——そんなことを思っていると、金平糖の絵が頭をよぎった。

「……？」

なぜそれが思い浮かんだのか自分でもよくわからないまま、でもせっかくなのでバスケットの中から金平糖をもらう。コックにお礼を言って厨房を出た。

厨房を出たはいいものの、このままナインヘルの部屋に戻ることに躊躇《ちゅうちょ》する。

朝の別れ方は気まずいものがあった。でもあれがアナベルのできた精一杯《せいいっぱい》のことだと思う。

どうしてだろう、離《はな》れている間は落ち着いてナインヘルのことを考えることができるのに。

エドワードやサリバンから彼について聞けたこともありがたいと思った。リーゼから「仕事はできる」と教えてもらって、力になりたいとすら思った。

でもその姿を見ると心がざわめく。考えがまとまらなくなる。赤い鱗の浮かぶ手が伸《の》びてくると身体が強張《こわば》ってしまう。

「はぁ……」

しかしアナベルには帰る場所がない。朝の様子からして、あの狂気《きょうき》めいた興奮はもう治まっているはずだ。リーゼの指示通り、また酷《ひど》いことをされそうになったら全裸《ぜんら》でもいいから逃《に》げる。そう心に決めてナインヘルの部屋へ足を向けた。

部屋は暗く、昨夜と同じように儚い光が所々にあるだけだった。リピンの姿も見えない。

「リピン。ただいま」

暗闇《くらやみ》に向かってそうつぶやくと、顔にもこもこの塊《かたまり》がぶつかってきた。

「わ、っぷ……」

「アナベル！　もう帰ってこないかと思ったー！」

目が慣れてくると胸のあたりにリピンがくっついているのが見えた。ぴぃぴぃと泣いている。

昨夜の異様さは彼にも伝わっていたのだろう。

「心配かけてごめん。もう大丈夫《だいじょうぶ》。リピンにおみやげがあるよ」

そう言って金平糖を渡《わた》してやると、リピンは泣くのをやめて大きな瞳《ひとみ》をぱちくりとさせた。

「わぁ！　ぼく、世界で一番こんぺいとうが好き！　アナベルはどうしてわかったの？」

「えっ、本当に？」

ウン、と言ってリピンは金平糖をひとつ口に入れた。

これが偶然《ぐうぜん》だと言いきれない感覚がアナベルの中にある。リピンの——魔物《まもの》のことを思ったらその者に関することが勝手に思い浮かんだ。

——魔女《まじょ》の力……？

しかしそう呼ぶには不安定で儚《はかな》いものがある。まだ様子を見る方がいいと思った。

「アナベル、ありがと。とっても嬉《うれ》しい。——ねえ、ぼくのベッドに来て」

そう言ってリピンが飛んでいくので後を追う。ナインヘルの大きな寝台《しんだい》の横にはマホガニー製の立派なローテーブルがある。もちろんそこもがらくたで埋《う》まっていて、そのローテーブルの下にリピンが入っていった。

「わぁ。素敵《すてき》なベッドだね」

ローテーブルの下をのぞき込むと、そこに大きな手さげ籠《かご》があった。籠の中は色とりどりの毛糸玉で埋まっている。それがリピンのベッドだった。よく見れば毛糸玉に紛《まぎ》れて、小さな本や、ビーズや、よくわからないものが入っている。

「これ、こんぺいとう入れなんだー」

そう言ってリピンは小さなコルク瓶《びん》を取り出した。長くからっぽだったようだ。そこにカラカラと金平糖を移し入れ、最後のひとつはまた口に入れる。

「アナベルに聞いてほしいことがあるんだ」

「どうしたの？」

コルク瓶をしまい、毛糸玉のベッドに座るリピンが真剣《しんけん》な顔で言う。アナベルは彼と視線の高さを合わせるため、ローテーブルのそばに身を横たえた。絨毯《じゅうたん》が敷《し》いてあるので痛くない。

「ナインヘルさまのことを嫌《きら》いにならないでね。怖くないよ、ちょっと乱暴なだけ」

「……ふふ。大丈夫だよ、怖くない」

その言い方がリピンらしくて思わず頬が緩《ゆる》む。ずいぶんと心配させてしまったようだ。

「ほんと？　ねぇアナベル、ずっとここにいて。ぼくの秘密を見せるから」

「秘密？」

ウン、と言ってリピンは小さな鉤爪《かぎづめ》のある両手で自分のもこもことした身体《からだ》を掻《か》き分ける。

「わ……。ナインの鱗……」

リピンがほこりでできた身体の、その左胸を掻き分けると赤い鱗が見えた。鱗は本物の心臓のようにとくんとくんと脈打っている。

「ぼく、ずーっとこの部屋でじっとしてるだけのほこりだったの。そしたらある日ナインヘルさまがここで暮らすようになったんだ。ナインヘルさまはときどきウンウンうなされてた。お水を運んであげたいけど、手がないからできないよって言ったんだ。そしたらこの鱗をくれたの。『おまえの心臓にしてみたらどうだ』って」

「だからナインと同じ角や翼《つばさ》や鉤爪があるのか……」

「ウン。ぼく、いつか竜になるんだ。それでね、ドラゴンギルドに入ってみんなを守るの」

「そうか。そしたら僕は遠征《えんせい》から戻《もど》ったリピンをゲートで迎《むか》えるよ」

「ほんと？　約束だからね！」

リピンはとても嬉しそうに赤い鱗をしまった。

その様子を見つめながら思う。ナインヘルは怖《こわ》くない。ひどく不器用で、孤独《こどく》な竜だ。

ナインヘルはどんな思いでほこりの塊に赤い鱗を渡したのだろう。たぶんそこには本人も気づけていない優《やさ》しさがあったとアナベルは信じる。

「この部屋は、夜になると綺麗になるね」

「ぴかぴかするから？」

「そう」

この部屋にはたくさんのがらくたに紛《まぎ》れて光るものが置いてある。それらは今、窓から差し込む月光を受けて輝《かがや》いている。

闇《やみ》と光の部屋に寝《ね》そべるアナベルは、まるで星の海にたゆたうようだった。

「綺麗だな……」

「竜はきらきらするものを集めるのが好きなんだよ。――ねぇ見て。ナインヘルさまがくれたんだ。人魚のなみだ」

「すごい……」

リピンが毛糸玉のベッドから取り出したその小さな玉は、とても不思議な輝きを放っていた。水色になったりピンク色になったり、そうかと思えば虹色《にじいろ》になる。世界中の色彩《しきさい》をそこに閉じ込めたみたいだった。

「リピンにお願いがある」

人魚の涙《なみだ》を毛糸玉の奥底にしまうリピンを見て、アナベルは光る鍵《かぎ》の隠《かく》し場所を決めた。内ポケットから取り出した鍵はまた昨夜より輝きを増したように見える。

「わー。アナベルもきらきらしたもの持ってるんだね」

「これをリピンに持っていてほしい。ベッドの一番下に隠しておいて」

「いいよ。じゃあ、いるときまた言ってね。——あら？　ぼくが持つと光らないー」

残念そうにするリピンに「ごめんね」と言って籠の底にしまってもらった。

鍵を隠してもらうと安堵《あんど》できた。少しだけ身体を動かし、星の海を見つめる。

このきらきらとしたものは、どこからやってきたのだろう。

「みんな光りかたが違《ちが》うよね。アナベルはどれが好き？」

アナベルと同じようにして毛糸玉のベッドにころんと横になるリピンが訊《き》いてくる。

近くにあるものをひとつずつ見ると、それは本当に不思議なものばかりだった。

満月の光を記憶《きおく》した珊瑚《さんご》、夜露《よつゆ》を閉じ込めた風鈴草《カンパニュラ》、流星の欠片《かけら》、万年雪の結晶《けっしょう》。それらに交ざって市場で売っているようなたくさんのガラス玉や、誰《だれ》かの眼鏡《めがね》もある。

「カンパニュラが好きかな……」

「ぼくも好きー。竜《りゅう》はね、草花を摘《つ》むことをためらう癖《くせ》があるんだよ」

「どうして？」

「人間が花を摘むと枯《か》れるでしょう？　でも竜が摘むとその花は何年も枯れないんだ」

「何年も？　知らなかった。不思議だな」

「竜は大きくて強いでしょう？　だから可憐《かれん》で儚いものに憧《あこが》れるんだって。短いあいだ咲《さ》いて散っていく花にとても憧れているんだけど、自分たちが摘むと長生きしちゃうから、それはよくないから、がまんするんだって。『ものには定められた命があって、それを自分たちの戯《たわむ》れで長くしたらだめなんだぜ』ってナインヘルさまが教えてくれたんだ」

「本当だね。ナインの言う通りだ」

自分たちが強大すぎるあまりに可憐で儚いものに憧れ、花を手折《たお》ることに躊躇する。竜の習性はどこか純粋《じゅんすい》で寂《さび》しくて、アナベルは惹《ひ》かれずにはいられなかった。

「あれ……？」

ふと首のあたりが赤くなった。驚《おどろ》いて見るとナインヘルがつけた赤い鱗《うろこ》のペンダントが光っている。それをシャツの中から引っ張り出した。

「何か視《み》える。ねえ、リピン――」

リピンも視えるのか確かめてほしかったが、小さな魔物は知らない間に眠《ねむ》っていた。

もう一度、赤い鱗を掌《てのひら》にくるんでじっと見つめる。風景が映っていた。幾《いく》つかの場面が切り替《か》わるように浮《う》かんでは消えてゆく。それなのに、その異なる風景の真ん中には必ず竜がいる。

――ナイン？　今じゃなくて、昔の……？

赤い鱗は鮮明《せんめい》に風景を映し出す。

酷《ひど》い嵐《あらし》。荒《あ》れ狂《くる》う波。巨大《きょだい》な難破船。沈《しず》みゆく船から一人でも多くの人間を助けようとするナインヘル。息絶えた若い水夫を抱《だ》きしめる人魚。彼女はナインヘルに訴《うった》える。『恋仲《こいなか》だった』。

竜は人魚に言う。『亡骸《なきがら》は母親のもとへ帰す』。人魚は首を横に振《ふ》るばかり。『では、おまえの涙と交換《こうかん》してやろう。死人を蘇生《そせい》させる魔薬《まやく》――人魚の涙は生涯一滴《しょうがいひとしずく》のみ。涙が惜《お》しければ亡骸を置いて去れ。亡骸が欲しければ涙を置いていけ』。ナインヘルは人魚が亡骸を置いて去るのを待った。息絶えた若い彼を母親に帰すために。けれど人魚は涙をナインヘルの手に残し、亡骸を抱いて海底へと泳いでいった。

――リピンにあげた人魚の涙……。こんなに悲しいことだったなんて。

風景が変わった。

満月の夜に一人で海辺を歩くナインヘルは、月光を浴びる珊瑚を拾い集める。夜通し一人で言葉を発することもなく、銀色に煌《きら》めく浜辺《はまべ》を歩き続ける。

夜露に濡《ぬ》れる白いカンパニュラの花の群《むれ》。ナインヘルはその真ん中に長い間たたずんでいる。夜風が吹き、風鈴草《カンパニュラ》は一様の方向に揺《ゆ》れた。赤い鱗の光る大きな手が、何度も花を手折ろうとしては躊躇《ちゅうちょ》する。やがてカンパニュラは竜に言う。『どうぞ、手折ってください』

――ナイン。ずっと独りで光るものを集めてる。

胸が痛くなってきた。もう視えなくてもいいのに、また風景が変わる。

映ったのはこの部屋だった。集めた光るものに囲まれて、ナインヘルは寝台《しんだい》で独り眠る。

否《いな》、眠っていない。小さく唸《うな》っていた。爛《ただ》れた右の頬《ほお》がひどく疼《うず》いて、でも手当てのしかたを知らないナインヘルはひたすら独りで痛みに耐《た》える。

熱を持った右頬がつらくてリピンに水をかけさせていた。そんなことをしては駄目《だめ》だ、余計酷《ひど》くなる。ナインヘルは一睡《いっすい》もできずに暗い夜を独りで耐える。

——嫌《いや》だ。もう視たくない。視えるだけで手当てしてやれないじゃないか。

そう強く願うと、赤い鱗は光を弱くした。アナベルは鱗をシャツの中にしまった。

「ナイン」

部屋を不思議ながらくたでいっぱいにするのは、きらきらしたものをあちこちに放《ほう》るのは、孤独を埋《う》める作業なのかもしれない。今、アナベルが綺麗《きれい》だと思ったこの空間を、ナインヘルも美しいと思えているのだろうか。これが慰《なぐさ》めになっているのだろうか。

バトラーの誰も寄せつけず竜の中でも異端児扱《いたんじあつか》い。たった一匹《いっぴき》残された最後のサラマンダー。優しくしたこともされたこともなく、自分で作った小さなほこりの魔物《まもの》が唯一《ゆいいつ》の話し相手。

この部屋はたしかに美しいけれど、その底にはナインの孤独と寂しさが澱《おり》のように溜《た》まっている——このきつい共鳴のようなものは何なのだろう。不鮮明な魔女《まじょ》の力によるもののように思えてならなかった。

——ナイン。まだ帰ってこない。早く……。

もう帰還《きかん》するのなら、ゲートに行って身体《からだ》を洗ってやりたい。

しかし昨夜ほとんど眠っていないうえに今日は長く働いて、アナベルは疲《つか》れ果てていた。

起きなくては。そう思っているのにまぶたがひどく重い。

きらきらと光る星の海の底でまどろんでいると、扉《とびら》の開く音がした。大きな裸足《はだし》が奏《かな》でる乾《かわ》いた足音が近づいてくる。

「ナイン？　お帰りなさい」

「なんで……床《ゆか》なんかで寝てるんだ」

「今から起きてゲートに……。ナインの身体、洗おうと思って……」

そう言ってうっすらと目を開けて見たナインヘルの足には赤い鱗が光っている。でも足首から上は布地に隠されて見えない。軍服ではないけれど、ちゃんと服を着ているようだった。

「済ましてきた。――もう怒《おこ》ってないのか」

「怒、る……？　忘れた。……怒ってないよ、今は眠くて」

この部屋に一人でいるのは凄《すご》く寂しい。夢うつつにそう思っていたので、ナインヘルが帰ってきたことに安堵する。

すると身体がふわりと浮いた。ナインヘルが抱き上げて寝台にそっと寝《ね》かせてくれる。その感触《かんしょく》でわかった。ナインヘルに、昨夜の狂気《きょうき》めいた興奮はもう残っていない。

強い眠気に安堵も加わって、まぶたが重くてしかたなかった。でも眠りたくない。落ちてしまったまぶたをなんとか開くと、すぐそこにナインヘルがいた。

寝台には上がらず絨毯《じゅうたん》に胡坐《あぐら》をかいている。腕《うで》が伸《の》びてきて、手をとられた。からまってくる長い指は力強かったけれど乱暴ではない。

今なら話ができるはずだ。眠気を遠くへ追いやって、アナベルはゆっくりと唇《くちびる》を動かした。

「……今日、サリバンから聞いた。ナインは、エトナ火山から出てきたんだよね」

「ああ。……十五年前にな」

大丈夫《だいじょうぶ》、ナインはちゃんと応《こた》えてくれる――アナベルはまぶたを閉じ、でもしっかりと手を握《にぎ》り返しながら言った。

「そのときの話を、生まれたときの話を、聞かせてほしい……」

わずかの間、沈黙《ちんもく》があった。きっとたくさんつらいことがあって、言葉にしたくないこともあるのだろう。話せることだけでいい。アナベルはずっと待つつもりでいた。

やがてナインヘルはゆっくりと語りはじめる。

「竜は自力で孵化《ふか》する奴《やつ》もいれば、魔女の力を借りて孵化する奴もいる。でも、よっつある竜種の中でサラマンダーだけは自力で孵化できねえんだ。魔女の力がないと卵は腐《くさ》る」

「どうして？」

「わからねえ。ティアマトーさまもわからんと言ってた。でも成体になれば最強種だ。だから魔物狩《が》りではサラマンダーから狩《か》られていく」

「サラマンダーの幼生体が飼育小屋にいないのは、魔女が絶滅《ぜつめつ》して孵化できないから？」

「そうだ。ティアマトーさまは攫《さら》われる前、もっと卵を残したはずなんだ」

竜母神が最後の産卵をしたとき、すでに魔女は死滅《しめつ》していた。だから自力で孵化できないサラマンダーの卵はすべて腐ってしまったのだろう。そう思うだけで胸がひどく痛んだ。

「ナインが生まれたときは、まだ魔女がいてくれたんだね」

「ああ。そしておれが幼生体のとき、最大規模の魔物狩りが起きた。ティアマトーさまの依頼《いらい》を受けた魔女が、命を懸《か》けておれをエトナ火山に隠《かく》してくれたんだ。この右頬の爛れはそのとき火山のマグマを浴びてできた。時が来るまで眠る魔術《まじゅつ》をかけられたおれは、自分でもわからないぐらい長く眠って、目覚めてすぐにエトナ火山を出た。そしたらドラゴンギルドなんていう組織ができてて――その日のうちに契約書《けいやく》にサインさせられた」

からむ指の力が強くなる。ギュスターに捕獲《ほかく》されたことは二人とも口にしなかった。

「おれはエトナ火山に隠してくれた魔女を捜《さが》したけど、狩られてどこにもいなかった。最後の一人になった一族最強の魔女が、当時の政府と交渉《こうしょう》してギルドを設立したって教えられた」

「最後の、魔女？　ギルドを作ったのは魔女だったの……？」

「そうだ。最強位の魔女ってのは生涯《しょうがい》に一度だけ、命と引き換《か》えに永遠に消えない魔術をかけることができる。〝ドラゴンギルドに所属する竜《りゅう》は狩らない〟という契約書を政府に発行させた魔女は、契約書の前で自分の心臓に短剣《たんけん》を突《つ》き立てて死んだ。……そう聞かされた」

一族最強にして最後の魔女がその命に代えて遺《のこ》した呪《のろ》いを、ナインヘルは言葉にした。

『ドラゴンギルド――この契約が不履行《ふりこう》となったとき、アルカナ・グランデ帝国《ていこく》は滅亡《めつぼう》する』

人間の身勝手で行われた魔物狩りの凄惨《せいさん》さを、アナベルは少しも理解できていなかった。

最強の魔女が命をなげうたねばならないほどに、彼らは追い詰《つ》められていた。

ドラゴンギルドがなかったら、竜も狩られて死滅していただろう。ナインヘルと出会うことはできていなかった。サリバンやサロメ、エドワード、キュレネーたちとも。

「魔女がギルドを――竜を絶対に殺させない方法を遺してくれたんだね……」

「だが竜は自由を失った。ギルドと所属契約を交《か》わす者は、魔女が遺した〝鮮血《せんけつ》の契約書〟を見せられる。血痕《けっこん》なんてもんじゃねえ。契約書そのものが真っ赤な紙でできてるみたいだった。自由を求めてギルドを抜《ぬ》けた兄弟は狩られた。一匹残らず。そのうちギルドに染まる兄弟が増えてくる。おれはエトナ火山から出て一年も経《た》たないうちにここを抜けようとした。狩られずに生きる自信があったからな。でもそのときティアマトーさまが攫われた。卵を確実に奪還《だっかん》するために、おれはギルドに残ることを決めたんだ」

竜母神が卵に戻《もど》ったときに捕獲し、それを永遠に閉じ込めておけば、手を下さなくても竜は勝手に死に絶える。魔女との契約を履行《りこう》したまま竜をこの世界から消し去るという卑劣《ひれつ》な方法を思いついたギュスターは、それを躊躇なく実行したのだろう。

「ティアマトーさまは竜母神だ。ドラゴンギルドなんかに所属しねえ。だから卵を割って殺しても契約不履行にはならねえんだ。でもさすがにギュスターもそこまでできねえんだろう。神殺しになるからな。もしあの野郎《やろう》が卵を割ったら、おれがこの国を灰にしてやる」

静かに語るナインヘルは理不尽《りふじん》さに胸を痛め、怒《いか》りで身体を熱くしていた。

ナインヘルの過去を赤い鱗《うろこ》で視《み》たときのような、強い共鳴をしては駄目だ。アナベルの心が潰《つぶ》れてしまいそうになる。でもその痛みと熱さが、からみ合わせた指から流れ込んできた。

アナベルに、魔女の力はあるのだろうか。今はひどく不鮮明《ふせんめい》で不安定だ。

悔《くや》しいけれど、ギルドを遺した魔女のように強くはなれない。魔力《まりょく》も心も。

でも叶《かな》うなら魔女の力が欲しい。今はっきりとそう思う。たとえその力を利用されることになってもかまわない。竜母神を囲う魔石《ませき》を、この手で壊《こわ》したいと思った。

「僕に……、本当に魔女の力があるのかな……」

「必ずある。おまえなら〝魔女の書〟を読み解ける」

「魔女の、書？」

「魔女しか読めない古文書だ。力があるおまえなら――」

「そんなものに魔女の力を使いたくない。もし僕に力があるなら、魔石を壊して……、ナインの頬の傷だって必ず治すからね」

「………」

それきり、ナインヘルは何も話さなくなった。

静寂《せいじゃく》の帳《とばり》が、がらくただらけの部屋にゆっくりと降りてくる。

ナインヘルは今、孤独《こどく》や寂《さび》しさを感じていないだろうか。

心の痛みや怒りが早く治まってほしい。

「ナイン……」

「――泣くな。もう寝ろ」

大丈夫、ナインヘルはもう怒っていない。

アナベルの涙《なみだ》を拭《ぬぐ》い金髪《きんぱつ》を梳《す》くその大きな手は、とても優《やさ》しかった。

――夢をたくさん見たような気がする。

アナベルは夜明け前に目を覚ました。寝台《しんだい》から見える大窓は透明《とうめい》度の高い群青色《ぐんじょういろ》をしている。

昨夜、リピンと話をして、赤い鱗に映るナインヘルを視て、寂しくなって早く帰ってきたらいいのにと思ったことまではは っきりと憶《おぼ》えている。

寝台におろしてくれたあたりから夢だという感覚があるが、実際はどうだったのだろう。

ドラゴンギルド創立と最後の魔女の死。ナインヘルが言う〝魔女の書〟。そのあたりが夢なのか現実なのかがあいまいで――。

「あーっ！」

アナベルは寝台に横たわる自分の姿に驚愕《きょうがく》する。赤い鱗のペンダントしか身につけてない。

「なっ、なんで裸《はだか》になってる⁉」

「おい……。でかい声を出すな……服が皺《しわ》になるの嫌《いや》だっておまえが言ったんだろ」

まだ半分眠《ねむ》っていそうなナインヘルの声がした。横臥《おうが》しているアナベルのうなじに顔をうずめていて、その表情は見ることができない。アナベルの頭の下にはまた竜の腕がある。

「だからって全部脱《ぬ》がさなくても……」

そう言いながら身体《からだ》を返してナインヘルを見たアナベルはふたたび驚愕する羽目になる。

柔《やわ》らかな毛布の中、身体をぴったりとくっつけている二人はどちらも全裸《ぜんら》だった。

また何かされたのかと焦《あせ》ったが、よく見ると行為《こうい》に及《およ》んだ痕跡《こんせき》はいっさいない。

「ナイン？」

ナインヘルはまぶたを閉じている。癖《くせ》のある黒髪《くろかみ》と同色の角。整った鼻梁《びりょう》と、薄《うす》い唇。眦《まなじり》にある赤い鱗はうっすらとしていて、それが感情の指標であることはもうわかってきた。あの狂気めいた興奮さえなければ、こうやって普通《ふつう》に眠ることもできる。それがわかり、安《あん》堵《ど》するとともに嬉《うれ》しくなった。

そう思ったのは気が早かったのだろうか。鼻先が触《ふ》れ合うほど近くで、金色の瞳《ひとみ》が光った。

「や、っ……」

あっという間に身体を仰《あお》向《む》けにされて、そこにナインヘルが覆《おお》いかぶさってくる。首筋を伝う熱く長い舌。またあの巨《きょ》軀《く》の重みに苛《さい》まれる。蘇《よみがえ》る恐怖《きょうふ》をぐっと撥《は》ね返す。

「ナインっ。この前みたいなのはだめだ！　怒《おこ》られたばかりでしょうっ？　僕、裸のままでも執《しっ》務《む》室に行けるから！」

「あんなぶざまなことはもうしねえ。話をつける。執務室になんか行くな」

「え……？」

逸《そ》らしていた顔をナインヘルの方に向けると、すぐそこに金色の瞳があった。

アナベルの青い瞳に深く視線をからませたまま、腰《こし》を一度だけ大きく揺《ゆ》らしてくる。嵩高《かさだか》くなった硬《かた》い陰茎《いんけい》にぬるりと下腹部を撫《な》でられた。その猛々《たけだけ》しさに腰がびくんと跳《は》ねる。

「あ！……だめ、っ」

「おまえがおれの鱗をあんなふうに撫でたからここが腫《は》れるようになったんだ」

「ナイン。ちがう……、そこは、僕だからそうなってるんじゃない。男とか雄《おす》っていうのは、元々そういう身体なんだ。だから、たとえば、別の人が触《さわ》っても――」

「他《ほか》の奴《やつ》がどうとか関係ねえ。おれは白い液だって、おまえの中にしか出したくない」

「ちょ、っと……そんな言い方……」

雄としての生理現象をナインヘルに説明するのは難しい。言い淀《よど》んでいたら強く遮《さえぎ》られてしまった。ナインヘルは羞恥心《しゅうちしん》がない分、熱情のある直截《ちょくせつ》な言い方ばかりをする。

肌《はだ》がざわめいたのは恐怖からではない。説得するよりも先に搦《から》めとられた気がした。

「んっ……、だめ――」

また腰を一度揺らされた。密着した二人の腰の間はどんどん熱を孕《はら》んで潤《うる》んでゆく。

もう止めようがなかった。拒《こば》む気持ちもサラマンダーの熱さに呑《の》まれて溶《と》けてしまう。

「昨夜はおまえがまた泣いたから何もしなかった。だから今やる。泣くな。嫌なんて言うな」

「も、……わかった、から――、あっ、あっ……！」

言い終わらないうちにナインヘルが激しい腰使いで捏《こ》ねまわしてくる。くちゅくちゅと水音を立てる二人の腰の間でアナベルの茎《くき》が硬く立ち上がってゆく。

「挿《い》れる、の……は、絶対、いや……だ」

「わかってる。アナベルのこりこりしたやつでこするからいい」

結局ナインヘルに強引《ごういん》に押し通された。それが不本意で悔しかったので、アナベルはあることを試みる。リーゼが言う『コントロールしてやれ』――そこまではできないが、ナインヘルのためになるのなら頑張《がんば》ってみたい。

アナベルは硬く長大な竜のペニスに手を添《そ》えてゆっくりと撫でる。その先端《せんたん》の切れ込みは開ききり、透明の体液を漏《も》らしている。そこに爪《つめ》の先をあて、かりかりと掻《か》いた。

「っ――!……気持ちい、い」

ナインヘルが腰をびくつかせた。続けて掻いてほしいのをわかって手を離《はな》し、誘《さそ》ってみる。

「ナイン……。朝の、打ち合わせ……、一緒《いっしょ》に、行こ……?」

「こんなときにうるせえな。……行ってやるから、もっと気持ちよくしろ、アナベル――」

この夜明け前の話し合いを機に様々なことが少しずつ、しかし着実に変化していった。

出動時間すら守れていなかったナインヘルが、十五年間一度も出席したことのなかった朝の打ち合わせにまで姿をあらわすようになった。

ナインヘルは打ち合わせ内容を黙《だま》って聞き、そのまま遠征地《えんせいち》へ飛ぶ。それにより自動的に出動時間を守れるようにもなった。規律遵守《じゅんしゅ》を最重要とするリーゼはそれを高く評価した。

帰還《きかん》時も同様に改善が見られた。アナベルが背に乗って洗浄《せんじょう》している間はナインヘルも暴れずじっとしている。その間に先輩《せんぱい》バトラーがオーバーホールを済ませることが定番となり、ずいぶんと時間短縮ができるようになった。

しかしこれらの改善の裏にはアナベルの人知れぬ苦労がある。

出動時間を守らせるために朝早く起こすと、ナインヘルが必ず「腫れて痛い」と言う。

実際、気の毒に思うほどそれは赤く熱《いき》り立っていて、そうなると放出させるしかなかった。

ナインヘルは毎日飽《あ》きもせずアナベルの裸体《らたい》を舐《な》め、性器をこすりつけてくる。痛くて苦しいからと挿入《そうにゅう》だけは拒むと、今度は後孔《こうこう》に長い舌を突《つ》き入れることを覚えてしまった。

不本意ながらも夜明け前の行為は長く濃厚《のうこう》になるばかりだった。

そんな日々の中、アナベルは一人、驚愕に身を震《ふる》わせる。

──魔女《まじょ》の力が、強くなってる。

否《いな》、強くなっているというより〝解放〟されはじめているという方がしっくりとくる。

そして、その原因と考えられることはひとつしかなかった。

ナインヘルと肌を重ねるほどに、その力が少しずつ解放されてゆくように思えてならない。

どういうことかと問われてもうまく言葉にできない。身体や血がそう感じているとしか言えなかった。

魔女の力のことは隠《かく》したいわけではない。ただ、感触《かんしょく》とか感覚といった、アナベルにしかわからないものを伝えるのはひどく難しかった。

魔女の力とは完全に切り離して、アナベルはドラゴンギルドの仕事を着実に覚えてゆく。

アナベルは竜《りゅう》の洗浄が好きだった。自分がデッキブラシを動かせば動かした分だけ、煤《すす》や泥《どろ》にまみれた鱗《うろこ》が強い輝《かがや》きを取り戻《もど》す。その瞬間《しゅんかん》がたまらなかった。

その日も一日中ゲートで帰還する竜を迎《むか》えていた。第二ゲートに着陸したシャハトの背中に飛び降り、琥珀色《こはくいろ》の鱗をデッキブラシで洗ってゆく。

すると、竜の右耳の後ろに小さな怪我《けが》を見つけた。怪我はその重度を問わずオーバーホールを行うバトラーに報告しなくてはならない。その前にそっとシャハトに訊《き》いてみる。

「シャハト、今日、右耳どこかでぶつけたりした？」

「えー？　憶えてないなあ。なんで？　まさか血が出てんの？」

「ううん」

そう言いながら、シャハトの右耳の後ろ、そこにある欠けた鱗とほんのわずかの傷口に掌《てのひら》をあてる。そして心の中で願った。傷口が塞《ふさ》がりますように、鱗が再生しますように――。

「大丈夫《だいじょうぶ》。何もない――」

そっと掌を外すと、そこにあったはずの傷口も鱗の欠けもなくなっていた。


アナベルがドラゴンギルドに来て二十日ほどが経《た》ったその日、ゲート内に珍《めずら》しいアナウンスが響《ひび》いた。時刻は正午を過ぎたころ、心地《ここち》好い秋晴れの日だった。

『第二ゲートよりキュレネーが出動、および第三ゲートにナインヘルが帰還します。近くにいるバトラーはセーフエリアまで一旦《いったん》下がってください』

アナベルは第三ゲートのバルコニーに立っていた。

キュレネーが飛んでいくのを見届け、ハンドルをガチャンと左に倒《たお》して誘導灯《ゆうどうとう》をつける。真っ青な空にあらわれた巨大《きょだい》な炎《ほのお》の塊《かたまり》がゲートに滑《すべ》り込んだ。アナベルは勢いよく飛び降りて赤い鱗をデッキブラシで磨《みが》いてゆく。

今日ナインヘルは緊急《きんきゅう》案件を受けて夜明け前の四時に出動した。帰りが早いのはそのためだ。先ほどキュレネーが飛び、本日の出動業務は完了《かんりょう》した。

帰還のピークは午後三時。その間、ギルド内にいる竜はナインヘルだけになった。

防護服を脱《ぬ》いで脱衣《だつい》室にまわる。そこにいたのは室内を片づけているバトラー二人と、裸《はだか》のままアナベルを待っているナインヘルだけだった。

ゴブラン織りのソファにだらりと座る竜にバスタオルを渡《わた》し、アナベルも片づけに参加する。するとリーゼがやってきた。アナベルは片づけの手を休めずぺこりと挨拶《あいさつ》をする。

リーゼはいつになく浮《う》かない顔をしていて、ナインヘルの隣《となり》に腰をおろした。

「面倒《めんどう》な案件だ。正確に言えば、すばらしくタイミングが悪い」

「どんな？」

「最近、カスティル・クロス駅周辺に悪徒がうろつくようになってな。その警邏《けいら》依頼《いらい》だ」

「警察にさせりゃいいだろ」

「俺もそう言ったよ。だが場所が悪い。あそこは事実上、上流階級の貴族や富裕《ふゆう》層専用の駅でな。市民警察がお気軽に巡回《じゅんかい》できるところではないそうだ。メルバーン子爵《ししゃく》から直接、軍を通して我が社に警邏依頼があった」

「軍はほいほい聞いたのか。くだらねえな。パフォーマンスってやつか」

「ま、そういうことになる。竜が警邏した方が格好がつくという浅慮《せんりょ》だ」

「綺麗《きれい》どころを派遣《はけん》してやれよ。サリバンとサロメでいいだろ」

「警邏依頼日は今日だ。直ちに竜を派遣せよ、と」

「はあ？　どうすんだよ」

片づけが完了し、バトラー二人は脱衣室を出て行った。アナベルも時間ができたので今のうちに昼食をとっておきたい。ひとまず二人に声をかけてから行こうと思い、ソファへ近づく。

「俺としては二択《たく》。ひとつは、あと二時間半ほどでサリバンが帰還予定だ。おまえとサリバンで行く。しかしこれは警邏開始時間がかなり遅《おそ》い。ひとつは、おまえとバトラーで行く」

「断るって選択肢《せんたくし》は？」

「ない。俺としてはサリバンを待ちたい。バトラーでは力不足だ」

「その前に、おれ、行くって言ってねえけどな。今から休暇《きゅうか》なんで」

ナインヘルがそう答えるのも想定内だったようで、リーゼは笑ってソファを立った。

「サリバンに行かせるか」

——リーゼさん、いつになく困ってるな……。

リーゼには大恩がある。ギルドに匿《かくま》ってもらい仕事も教えてもらい、先日、賃金までもらった。労働の対価というものを初めて手にしたその日、嬉《うれ》しくて眠《ねむ》れなかったことは誰《だれ》にも言ってない。部屋のがらくたから貯金箱を見つけ、そこに入れて寝台《しんだい》の下に隠してある。

いつも全裸《ぜんら》でいるナインヘルは一度も軍服を着たことがないが、アナベルは最近になって着てほしいと強く思うようになっていた。

　理由はふたつある。やはり着用厳守という規律がある以上、守ってほしい。

あとは、ただ純粋《じゅんすい》にナインヘルの軍服姿が見たかった。

サリバンもサロメもエドワードも、皆《みな》きちんと着用していてとても素敵《すてき》だと思う。それに対しナインヘルの格好はいつもだらしない。アナベルは最近それが気になってしかたないのだ。

そして、毎朝ナインヘルに好き勝手されているアナベルには、これを言う権利がある。

「ナイン。リーゼさんを困らせないで、警邏に行ってよ」

「あんな窮屈《きゅうくつ》な服は着たくねえって言っただろ」

「うん。でも僕はナインが軍服を着てくれたら嬉しい。格好いいと思うだろうし」

　取り繕《つくろ》っても意味はないので思っていることを素直に言った。するとナインヘルは「それは頼《たの》みごとなのか」などと訊いてくる。アナベルとしては彼自身のために着用した方がいいと思っていたが、ひとまず「うん」と返事をした。

「……………。――わかった」

　アナベルはリーゼと同時に「え!?」と言ってしまった。絶対に拒否《きょひ》されると思っていたのに。ナインヘルはいったいどうしてしまったのだろう。リーゼも驚《おどろ》きを隠せないようだ。

「ただし条件がある」

「駄目《だめ》だ」

「まだ何も言ってねえだろうが」

「アナベルを付けろと言うのだろう？　駄目だ。こいつは正規のバトラーじゃない。それにな、これは『カスティル・クロス駅周辺で目立ってくる』という仕事だ。アナベルをわざわざ人目につかせてどうする。ギュスターに見つけてくれと言っているようなものだ」

「できる限り変装させる」

「お遊戯《ゆうぎ》じゃない、これは仕事だ」

「前のおれなら黙って連れていってたぜ。それを筆頭バトラーにお伺《うかが》いを立ててんだ。悪くねえと思うがな。駄目ならサリバンの帰還《きかん》を待てよ。おれは休暇をとる」

「俺と交渉《こうしょう》するつもりか？」

「仕事はする。軍服を着てカスティル・クロス駅を一周したらいいんだろ。悪徒を見つけたときは捕《つか》まえりゃいいのか？　指示を出せ」

大変なことになってしまった。まさかこんなことになるとは思わず、アナベルは何も言えずに突《つ》っ立っているだけになった。バスタオル一枚でソファに座るナインヘルと、腕《うで》を組んで黙《だま》ってしまったリーゼを交互《こうご》に見つめる。

やがて、まぶたを閉じ思案していたリーゼが、猫《ねこ》のようにぴんとつり上がった瞳《ひとみ》を開いた。

「ナインヘル、軍服着用、サーベル佩帯《はいたい》してカスティル・クロス駅周辺の警邏。不審《ふしん》者の拘束《こうそく》は不要、注意喚起《かんき》に留め置け。随行《ずいこう》バトラーはアナベル」

ナインヘルが「イエス・サー。そうこなくっちゃな」と言って立ち上がる。アナベルは不安になってリーゼを見たが、彼も硬《かた》い表情をしていた。

「リーゼさん……」

「おまえも髪《かみ》を括《くく》って眼鏡《めがね》をかけろ。ギルドの専用ケープも貸与《たいよ》する。フード付きだから街を歩くときは必ずかぶっとけ。ああ、嫌《いや》な予感がする。すばらしくタイミングが悪い――」

そうしてナインヘルは十五年もの間ひたすら拒否し続けてきた軍服に袖《そで》を通すことになった。とはいえ「どうやって着るんだ？」と言うナインヘルの代わりにアナベルが奔走《ほんそう》する羽目になる。ストックルームに走って軍服一式を見繕《みつくろ》う。ついでにリーゼが言っていたケープも借りてきた。

肩章《けんしょう》のついた立襟の上着にはドラゴンギルドの紋章《エンブレム》が輝き、引き締《し》まった脚《あし》をぴったりと包むパンツには軍隊特有のサイドラインが入っている。膝《ひざ》から下を覆《おお》う黒革《くろかわ》のロングブーツを履《は》かせ、ベルトは自分でつけさせた。幅の狭い革の剣帯を左の肩章に通して斜めに流し、ベルトに固定する。金色の飾緒《しょくしょ》を右の肩章に通し、それを立襟まで持ってきて留めた。

パイプをふかしながら見ているリーゼが「おまえ、けっこう手際《てぎわ》いいな」と言ったが、妙《みょう》に焦《あせ》ってしまって答える余裕《よゆう》がなかった。一旦椅子《いす》に座らせて手袋《てぶくろ》を嵌《は》めさせ、いつもぼさぼさの髪を整えて軍帽《ぐんぼう》をかぶらせると、準備が完了した。

カツ、とブーツの踵《かかと》を鳴らして椅子から立ち上がったナインヘルを見上げる。

「きっつい……。他《ほか》の奴《やつ》らは毎日よくこんなの着てられるな」

「十五年待った甲斐《かい》があったなあ。俺は感動している。男前も上がるし、いつもそうしとけ」

手袋を嵌めた手で立襟をいじるナインヘルと、満足そうにパイプの煙《けむり》をもくもくと上げるリーゼが同時に「どうしたアナベル？」と訊《き》いてくる。

「いえ……」

どうしよう。頬《ほお》が熱い――軍服姿のナインヘルは、直視するのが難しいほど格好よかった。

「サーベルは？　契約《けいやく》したとき渡したろう」

「どこやったかな？　巣にあるのは間違《まちが》いないが」

「十分以内に捜《さが》し出してそのまま出動してくれ。表に馬車を待たせてる。頼んだぞ。くれぐれも気をつけろ」

サーベルを捜しに一旦部屋へ戻《もど》る。せっかくなので寝《ね》ているリピンを起こすと、ナインヘルの軍服姿に頬を林檎《りんご》みたいに赤くして「かっこいー！　しびれる！」と言っていた。

ナインヘルとリピンがサーベルを捜している間に髪を束ねる。眼鏡はがらくたの中から見つけ、レンズは割れていたので取り除いた。

「あったー」

そう言ってリピンが持ってきたサーベルにはきちんと〝NINEHELL〟と刻まれている。

リーゼの指示通り、十分後に馬車に乗ってドラゴンギルドを出発した。

「――うわ、すごく綺麗……」

ほどなくアルカナ大帝《たいてい》の宮殿《きゅうでん》群が見えてきた。重厚《じゅうこう》で壮麗《そうれい》な宮殿たちは晴れ渡った秋の空に競《きそ》い合うように尖塔《せんとう》を伸《の》ばしている。幾《いく》つもある塔の天辺《てっぺん》にはアルカナ神話に登場する神々の像が翼《つばさ》を広げていて、帝国全土を見守っているみたいだった。

アナベルは馬車の窓にくっついて、溜《た》め息の出るような美しい宮殿群を見上げ続ける。

すると背後から軍人用の手袋を嵌めた手が伸びてきた。

「ぅ、わっ……！」

ケープを着た身体《からだ》ごと軽々と持ち上げられて、逞《たくま》しい腿《もも》に座らされる。軍帽のつばからのぞく金色の瞳を光らせるナインヘルは、少しむっとしていた。

「ちょっ、と……なに？　おろして」

「なんでさっきから目を合わさない？　巣でサーベルを捜してるときからだ」

「違《ちが》うよ、そんなことない――」

そう言って見つめてしまった軍服姿のナインヘルに、ぱっと顔が赤くなる。

駄目だ、抑《おさ》えなければと思うと逆効果だった。腿に座らされたときに手をついてしまった厚い胸板《むないた》。そこに揺《ゆ》れる金の飾緒。よく似合っている。着せたのは自分だけれどその姿はまるで別人のようで、心臓まで早鐘《はやがね》を打ちはじめた。

「――ああ。そういうことか」

いきなり真っ赤になった頬を見たナインヘルは一瞬《いっしゅん》だけ驚いて、その後ニッと笑う。

「ナインっ……ちょっと！　放せっ」

手袋を嵌めた手が股座《またぐら》に滑《すべ》り込んでくる。慣れきった動きをするそれを全力で振《ふ》りほどいた。

「こういうことは人前でしたらだめだっ。――二人きりでする特別なことなんだよ」

「二人しかいないだろ」

「御者《ぎょしゃ》もいるし外には人も歩いてるでしょう！」

「おれは気にしない」

「…………」

アナベルはいつもこの壁《かべ》にぶつかる。生殖行為《せいしょくこうい》とか、男の生理現象であるとか、そういったことをナインヘルに理解してもらうのは一苦労だった。自分の説明が下手《へた》なのかとも思うけれど、こういうことを言葉の枠《わく》にあて嵌めるのは難しい。心がからめばなおのこと。

なりゆきでだらだらと続けてしまっている朝の行為もそうだ。

ナインヘルは腫《は》れて痛いから、出すと気持ちいいからしているだけで、その相手がたまたまアナベルであったに過ぎない。たぶん、そこに心の問題を差し込んでしまえば、ナインヘルはもっと混乱するのだろう。

偶然《ぐうぜん》が多く重なった。森で助けて、逃《に》げたところを助けられて、偶然魔《ぐうぜんま》女《じょ》の力まで持っていた。これがアナベルではなくて、たとえば普通《ふつう》の女の子だったとしても、ナインヘルは巣に連れ去って『おまえだから腫れる』と言うのだろう。

——というか、普通は女の子にするものでしょ？　ナインは魔女《まじょ》が好きなんだし。

自分を知らない女の子に置き換《か》えて想像してみると、そっちの方がよっぽど自然な感じがして、心がずっしりと重くなった。

「ナイン？」

溜め息をつきながら見たナインヘルは、ひどくむっとしている。

ああ、まずい、機嫌《きげん》が悪くなってしまった——。

「おまえが嬉《うれ》しいって言うからこんな窮屈な格好してやってるんだ。朝の打ち合わせも出てやってる。おまえも少しはおれの言うこと聞けよ」

「う……。——じゃあ、教えてよ。ナインの言うことって、何?」

たしかに軍服を着てほしいと言ったのも打ち合わせに出てほしいと頼んだのもアナベルであり、それをナインヘルは実行してくれている。アナベルも、できることくらいは——。

「セックスさせろ」

「!!」

今、この竜《りゅう》はなんて言ったんだ——絶対にナインヘルの口から出てこない言葉が聞こえて、口を塞《ふさ》ぐのが遅《おく》れた。耳を疑う。聞き間違いであってほしい。

座らされた腿の上で固まっていると、ナインヘルは信じがたい言葉ばかりを喋《しゃべ》りだす。

「きちきちに締まったアナベルの中におれのペニスを挿《い》れる。それで思いきりこすらせろ」

「ばか!!　ナインのばか!　そんな言葉どこで覚えてきたんだ!」

ようやく身体が動いて、前のめりになってその口を塞いだ。

嫌になる。いったい誰《だれ》が教えたのだろう。この前まで怪我《けが》だと言っていたのに。

ナインヘルにそんな言葉を言ってほしくない。ひどい違和感《いわかん》があった。

「いやらしいことを大きな声で言ったらだめだ!　外に聞こえるでしょうっ!?」

「おまえの声の方がでかいぞ」

「……っ」

口を塞いでいた手をぺろっと舐《な》められ、驚《おどろ》いてすぐに引いてしまった。結局、ナインヘルの腿の上に座っていることは変わらず、向かい合うかたちになっただけだった。

さっきまでずいぶんと機嫌が悪かったのに、いつの間に直ったのだろう。大きな身体をした竜は、アナベルの全体重が乗っているにもかかわらず、何も乗せてないみたいに軽々と下半身を揺らしてくる。

「今すぐセックスさせろ。カスティル・クロス駅に着くまでに終わらせる」

「絶対だめ。それにその言葉は周りに人がいるときに言ったらだめ」

「じゃあキスは？」

「ま、まぁ……。キスぐらいなら――」

キスぐらいなら言葉にしてもいい。そのつもりだったのに、ナインヘルは今ここでしていいと捉《とら》えたようで唇《くちびる》を寄せてきた。ひどく驚いて思わずまぶたをぎゅっと閉じる。

「――っ、……？」

ナインヘルはアナベルの唇を舌先でぺろっと舐めただけだった。閉じていたまぶたを開いて見ると、満足そうにしている。

「……ちょっと違う、ような」

「なにが」

思えばナインヘルはアナベルを舐めてばかりだ。身体はもちろんだが、頬や唇も舐めるだけで口づけられたことは一度もない。たぶん、知らないのだろう。

「あ、あの……。僕もよくは知らないけど、キスって、舌で舐めるのとは少し違うと思う」

「じゃあどんなのかやってみせろ」

「ええっ」

「早くしろよ」

そう言って顔をぎりぎりまで寄せられた。鼻先が触《ふ》れ合う。まぶたを閉じないナインヘルの金色の瞳《ひとみ》が至近距離《きょり》でじっと見つめてくる。瞳が催促《さいそく》してくる。

どうしようもなくなって、まぶたを閉じた。顔の角度を少し変えて、唇をその薄《うす》く形の良い唇に重ねる。一度目は強く、二度目は弱く食《は》んで、唇を離《はな》す。

「ふうん。なるほどな」

消えたいくらい恥《は》ずかしかった。さっきよりも顔が赤くなるのがわかった。

間近にあるナインヘルの顔を見ることができなくて俯《うつむ》く。

金髪《きんぱつ》を束ねてあらわになっている白いうなじに、軍人用の手袋《てぶくろ》が触れた。

「ナイ、ン?――ん、っ」

顔を上げさせられてすぐにナインヘルの唇の感触《かんしょく》があった。さっきアナベルがしたよりもずっと強く、何度も食まれてそこが唾液《だえき》に濡《ぬ》れてくる。

「んっ……ふ、……」

大きな手にうなじをつかまれて動けなくなる。そこにナインヘルが何度も顔の角度を変えて唇を押し当ててくる。上を向かされてわずかに開いた唇に、長い舌が差し込まれた。

「あ、……ん、ぅ……！」

口の中が竜の舌でいっぱいになる。舌先と舌先をこすり合わせるように触れられて、ぞくぞくと肌《はだ》がざわめいた。

口づけを知らなかったナインヘルが一瞬で巧《たく》みになる。翻弄《ほんろう》される。

頭がくらくらとして、軍服をぎゅっとつかんだ。唇をぺろりと舐められる。

「キスもいいな。おまえの反応がよくなる。駅に着くまでずっとしてやろうか？」

「も……、やめよ……」

軍服に包まれた胸板を押して距離を取る。すると金色の瞳がすっと細くなった。

「知ってるぞ。アナベルは尻《しり》の孔《あな》を舐められるのが凄《すご》く好きだろ？　孔の奥まで舌を全部挿れたらめちゃくちゃいい声を出すんだ。あれ、たまらねえよ」

「し、知らない！　声なんか絶対に出してない！　なんでいきなりそんなこと言うんだ！」

「もっと言ってやろうか？　おまえはいつも舐める前から乳首《ちくび》を硬《かた》くして——」

これ以上聞くに堪《た》えなくて、ぶつける勢いで動く唇を塞ぐ。

絶対に開かないと決めていたのに、やたら甘く食まれて力が抜《ぬ》ける。また舌が入ってくる。

「んっ……、ん……」

「アナベル……おれのものだ」

早く駅に着いてほしい。早く着いてくれないと、困ったことになる――。

午後のカスティル・クロス駅は華《はな》やかな喧騒《けんそう》に包まれていた。

どこまでも続く綺麗《きれい》な石畳《いしだたみ》に馬車の行き交《か》う車輪の音、可愛《かわい》らしいパラソルをさす貴婦人たちの淑《しと》やかな話し声、噴水《ふんすい》の音――それはアナベルが初めて見聞きするものばかりだった。

ブーツの踵《かかと》を鳴らして馬車から降り立ったナインヘルは、軍帽《ぐんぼう》をかぶりサーベルを佩帯《はいたい》して巡回《じゅんかい》を開始する。アナベルは眼鏡《めがね》をかけ、束ねた金髪をフードで覆《おお》う。借りたケープには左胸のところに懐中《かいちゅう》時計と同じドラゴンギルドの紋章《もんしょう》が刺繍《ししゅう》されていた。

とにかくナインヘルは背が高い。ただでさえ長躯《ちょうく》なのに今は踵の高いブーツを履《は》いていて、その身長は十五テナー（約二百センチ）を超《こ》えている。それに比べ小柄《こがら》なアナベルは十二テナー（約百六十センチ）ほどしかない。

ナインヘルは脚《あし》が長いうえに歩くのが速い。アナベルはほとんど駆《か》ける状態でついていった。

巡回を開始して早々、周囲がざわめき立った。

「まぁ、竜騎士《りゅうきし》さまよ！」

「ドラゴンギルドではないか。とんでもなく大きいなぁ」

一人だけ背の飛び出た巨軀《きょく》のナインヘルは、あっという間に注目の的になった。

ギルドの竜騎士を見たから今日は運がいい、会えたことをお友達に自慢《じまん》できるわ、もしやあれはかのサラマンダーではないか――沸《わ》き立つ声はどんどん聞こえてくる。

皆《みな》、ナインヘルを見ているのはわかっているのだが、その視線が強すぎて随行《ずいこう》しているアナベルが恥ずかしくなってきた。

しかしそれらのすべてを完全に無視してナインヘルはどんどん先をゆく。ときどき来た道を戻《もど》っては悪徒がいないかを確認《かくにん》し、建物の陰《かげ》になっているところに足を踏《ふ》み入れる。

周囲の貴婦人たちは完全に色めき立っていて、秋波まで送ってくる女性もいるようだった。

「ナイン。凄い人気だね。手を振《ふ》っている人もいるけど振り返さなくていいの?」

そう言って初めて、ナインヘルがカッッと踵を鳴らして足を止め、アナベルを見た。

「あのな。おれは今、仕事中だ。金をやるからおまえもティー・ハウスに入っとくか。終わったら迎《むか》えに行ってやる」

「ううん。一緒《いっしょ》に行く」

どこにギュスター側の人間がいるかわからないし、ここは華やかすぎて落ち着かない。一人にされるのは不安だった。

でも結局「もう一周してくる。菓子《かし》でも食っとけ」とナインヘルに五十七ペルラー（約一万円）を渡《わた》されて、ティー・ハウスに押し込められてしまった。

「このお金いつ用意してたんだろ」

疑えばきりがないのだが、やはりギュスター側の者がいないかひどく不安になる。アナベルは端《はし》の席でフードを目深《まぶか》にかぶり小さくなっていたが、ふと、他《ほか》の客が読んでいる新聞が気になった。文字が小さくて記事は読めないが、見出しに〝Dragon Guild〟とあるのがわかる。

――竜たちの仕事が新聞記事になるんだ。

先ほどの色めき立つ人たちといい、ドラゴンギルド自体が評判高く人気がありそうだ。たしかに、よく考えてみれば政府とギルドの関係がよくないだけで、それは街の人たちにはあまり関係ない。しかも竜たちは天災などからこの国の民《たみ》を守っているのだから、英雄《えいゆう》的存在になるのもうなずける。

――女性もたくさん見てたのにな。ナインはぜんぜん気にならないのかな。

とても綺麗な人もいた。ナインヘルを異性として見て、恋《こい》をしていそうな表情の女性も。背が高くて強くて格好がよくて、仕事もできるギルドの竜《りゅう》。その姿はとても魅力《みりょく》的で、彼に惹《ひ》かれる人々の気持ちはアナベルもよくわかる。

ナインヘルはさっきまでさんざんアナベルにいやらしいことを言い、馬車を降りる寸前まで口づけをやめなかったのに、仕事になると人が変わったみたいだった。

本来なら彼は休暇《きゅうか》中だ。それにこの案件は手を抜いてもばれない。アナベルさえ黙《だま》っていれば。馬車の中でアナベルに触れて時間を過ごすことも、しようと思えばできたはずだ。

でもそんなこと頭の片隅《かたすみ》にもないみたいだった。着たくもない軍服まで着て、馬車を降りたその瞬間《しゅんかん》から仕事を始めていた。『あいつは仕事だけはきっちり終わらせてくる』――リーゼの言葉を実際に確認できた瞬間だった。そのとき胸が高鳴ったのも、ちゃんとわかっている。

——ナイン。まだかな。もう一周なんて仕事熱心だ……。

窓の外の石畳の道を、貴族の若い夫婦《ふうふ》と思われる二人が通り過ぎる。腕《うで》を組んで笑顔《えがお》で見つめ合っていて、とても幸せそうだった。

ナインヘルも、生まれ育った環境《かんきょう》が違《ちが》えば孤独《こどく》なんて抱《かか》えずに済んだはずだ。ギュスターもおらず、竜母神も攫《さら》われていなければ、ああやって女性と恋もしていたに違いない。

綺麗な女性に腕をとられ、並んで歩くナインヘルを想像して——ひどく後悔《こうかい》した。

自分でも不思議なほど心がざわめいた。まぶたをぎゅっと閉じて頭を振り、幻影《げんえい》を打ち消す。

「おい。なんでそんなに頭を振ってる?」

待ちわびていた竜の声がしてアナベルは席を立つ。

ナインヘルが驚《おどろ》くほど、綺麗な笑顔をしていたことに気づかずに。


アナベルとナインヘルを乗せた馬車はドラゴンギルドに向かわず別の場所で停《と》まった。

馬車を降り、踵を鳴らして歩くナインヘルについていく。ここは昼なのに薄暗《うすぐら》くて、細い道や怪《あや》しげな路地裏がある、カスティル・クロス駅とは正反対の場所だった。

「ナイン? ここはどこ?」

「ハーシュホーン通り。——別名は〝魔物《まもの》通り〟だ」

「えっ……？」

「この通りは竜や他の魔物、あとは魔物と人間の混血とか、とにかく人間以外の生き物たちの通りだ。一応、高級商店街なんだぜ。リーゼが吸ってる刻み煙草《たばこ》はここにしか売ってない」

「え！　リーゼさん魔物なの⁉」

「あいつは人間だが魔物みたいなもんだ」

そう言って歩くナインヘルがどこへ向かっているのか、アナベルにはわからなかった。

道はだんだん暗くなってゆく。雨も降っていないのに石畳は濡れている。道の片隅には鼠《ねずみ》や虫がいて、通れないほど細い道には光る瞳《ひとみ》がたくさんあった。ぞっと肌が粟立《あわだ》つ。

「ナ、ナイン！」

「なんだ」

「腕、組んでもいい？」

「抱《だ》いて歩いてやろうか」

「腕でいい……」

そうやって軍服に包まれたナインヘルの腕をとると、驚くほど安堵《あんど》できた。

ナインヘルは石階段をおりてゆく。そこにカンテラを吊《つ》るした小さな店があった。

看板は出ていなかった。アナベルはナインヘルの腕から手を離《はな》し、立ち止まる。

「どうした」

「怖《こわ》い。行きたくない」

「アナベル？」

魔女《まじょ》の血がざわざわする。行きたくないけど、喚《よ》ばれている。もうわかる。

「〝魔女の書〟でしょう？」

ナインヘルが目を瞠《みは》った。一瞬《いっしゅん》だけ大きくなった目がまたすっと細くなる。縦長の瞳孔《どうこう》をした金色の瞳が光る。手袋《てぶくろ》を嵌《は》めた大きな手を差し出してきた。

「おりてこい。大丈夫《だいじょうぶ》だ。おれがついてる」

震《ふる》えだした足でひとつずつ階段をおりる。血の気の引いた白い手を竜の手に乗せる。

その手は力強くアナベルの手を握《にぎ》ってくれた。古い木でできた重い扉《とびら》をナインヘルが開く。

そこからはまた階段になっていて、二人でゆっくりとおりた。

その先は所々にオレンジ色のランプがあって、薄暗くも温かな印象がある。そこに人が一人しか座れない狭《せま》いカウンターがあり、丸い身体《からだ》をした猫背《ねこぜ》の男が座っていた。

ナインヘルがカウンターに近づいたところで一度手を離す。猫背男の姿を見たアナベルは怖くなってナインヘルの背中にぴたりとくっついた。

猫背男の口は太い糸のようなもので縫《ぬ》いつけられていた。

「びびらなくていい。こいつは魔女や魔王《まおう》の秘密とか、いろんなことを知りすぎて、そういうのを誰《だれ》にも言えねえように自分で縫っただけだ。この店に誰が来たかも他言しねえ」

そうアナベルに説明し、ナインヘルは男に「魔女の書を閲覧《えつらん》したい」と言った。

男は古ぼけたレジスターを打ち、細い横長の紙に何かを書いている。その間にナインヘルは軍服のポケットから札束を出した。

その額、二万八千四百ペルラー（約五百万円）。本当に、いったいいつ準備していたのだろう。ずっと行動をともにしているのにアナベルはまったく気づかなかった。

受け取った領収書をしまい、ナインヘルがアナベルの手を取ってカウンターの奥へ行く。

そこには段差があって少し高くなり、柔《やわ》らかな絨毯《じゅうたん》が敷《し》いてある。そして夥《おびただ》しい数の書籍《しょせき》で埋《う》まっていた。

「——これだ。……ったく、ただの閲覧にどんだけ金取るんだよ」

そう言ってナインヘルは本棚《ほんだな》から古文書を一冊取り出し、テーブルに置いた。

それはどこにでもあるような普通《ふつう》の大きさの書籍だった。厚みは凄《すご》くある。装丁《そうてい》が美しかった。黒の天鵞絨《ビロード》に、装飾《そうしょく》性の高い銀の枠《わく》。真ん中には瑪瑙《めのう》でできたカメオが嵌め込まれてある。

ケープのフードを取り、眼鏡《めがね》を外してアナベルはテーブルに置かれた古文書の前に立った。

その細い背中を包むみたいにしてナインヘルが後ろに立つ。

長い腕を伸《の》ばし、テーブルに両手をついてアナベルを守るように囲ってくれる。背中に力強い竜の胸板《むないた》を感じて振《ふ》り向くと、赤い鱗《うろこ》のうっすらと浮《う》かんだ眦《まなじり》が触《ふ》れるほど近くにあった。

身体じゅうの震えはもうナインヘルに伝わっているのだろう。

「読めなくたっていい。視《み》えなくてもいいんだ」

「ナイン……」

「もし読めたって、こんなに分厚いんじゃあ全部読んでられねえしな。開くのが怖いならおれが開いてやる」

そう優《やさ》しく言ってくれたのが嬉《うれ》しかったので、アナベルもちゃんと伝えようと思った。

「ナイン。僕もう……わかるんだ。開かなくても……。読める、って――」

「アナベル……！」

震える指で古文書を開く。

ひどく古い。どのページも色褪《いろあ》せていて、所々が欠けたり破れたりしていて、そして文字がびっしりと詰《つ》まっていた。でも文字が古すぎて難しすぎて、アナベルには解読できない。

どんなことが書かれているのだろう。大昔からの彼女たちの不思議なしきたりだろうか。サロメと人魚たちが沈《しず》めた、バイロンの魔島のことも書いているかもしれない。

他にもきっと、アナベルが知らないたくさんの魔物たちの物語がここに刻まれている。

開いてしまえば恐怖《きょうふ》は少し薄《うす》くなった。振り向いて訊《き》いてみる。

「ナインはどう見えてるの？」

「魔女以外の者には一文字も書かれてない紙の束だ。なんて書いてるか内容はわかるか？」

ナインヘルの赤い鱗が少しだけ濃《こ》くなっていた。でもあの夜みたいな狂気《きょうき》はまったくない。

今のアナベルと同じように、少しどきどきしているくらいだ。

「大昔の文字みたい。なんて書いてあるかはわからない。――ナイン？」

ナインヘルがテーブルに手をついたまま、首筋に顔をうずめてくる。大きなため息をひとつついて「やっぱり、おまえは魔女だった……」とつぶやいた。

アナベルは魔女だった。竜の血を浴びても平気で、竜の傷を癒《い》やし、卵の孵化《ふか》に力を貸せる。叶《かな》うなら、ティアマトーさまの卵を隠《かく》す魔石をこの手で壊《こわ》したい。

ナインを助けたい。そういう日がおとずれますように――そう強く願いながら、アナベルは古文書を閉じる。するとナインヘルが首筋からぱっと顔を離した。

「もういいのか」

「だって文字は視えるけど読めないし……。ナインは僕が魔女かどうか確認《かくにん》するためにこれを見せたんでしょう？」

「そうだが……。けっこうな金払《はら》っただろ？　もうちょっと見ておけよ。ページの最後の方とか、最近の奴《やつ》が書いたんじゃねえのか」

「最近って、いつくらい？」

「ギルドができて三十年だろ。そのときに最後の魔女が死んだわけだから、早くても三十年前か。でも『まだ絶滅《ぜつめつ》してねーぞ』って書きに来た奴がいるかもしれねえし」

「そうか。そうだよね」

エドワードと話したとき、アナベルも思った。この世界に魔女はまだいるのだろうかと。

もし本当に生き延びていたら、ここをおとずれているかもしれない。

アナベルはふたたび古文書を開く。後ろはまだ白紙のページが残っている。ぱらぱらとめくって、最後に書かれたと思わしきページを開いた。

現代の文字で、アナベルでも読める。とても綺麗《きれい》な文字だった。

許してください。僕はとても弱くて身勝手な存在です。
魔女の一族を棄《す》てた僕が、この古文書に文字を刻むことを許してください。
魔女の力を持ちながらも、僕は他《ほか》の魔物たちを守ることをやめました。
僕はあの綺麗な青い瞳をした息子《むすこ》だけが大切なのです。
息子だけは狩《か》られるわけにはいかないのです。僕は彼の魔力《まりょく》を封印《ふういん》しました。
封印を解く方法はひとつだけです。
祖母がエトナ火山に隠したという、世界で最後のサラマンダー。
彼の血を息子が浴びたとき、その魔力が解放される魔術《まじゅつ》をかけました。
でも、そんなことはきっときっと起きません。
息子は人間として生き、一匹《いっぴき》の魔物にも会うことなく死んでいくでしょう。
それだけが僕の望みです。
けれど、それでも息子とサラマンダーが出会ったなら、それは運命なのでしょう。
息子は魔女として生き、竜《りゅう》に守られ、竜を守る運命にあるのでしょう。
出会うべくして出会い、
魔女を求め守る竜の心と、竜を思う息子の心が重なるとき、僕の魔力は凌駕《りょうが》されます。
僕の最愛の息子。愛《いと》しい僕のアナベル。

きみがこの書を開くことなど、きっときっとありません。

それでもきみがこの書を開いたなら、そのときには必ずサラマンダーがそばにいる。

この世界で最も強く美しい炎《ほのお》の竜が、魔女《まじょ》になったきみを守ってくれる。

竜を守ることをやめた僕にこんなことを言う資格はありません。

でもどうか、解放されたきみの力が、竜を再生へと導きますように。


「アナベル？　どうした？」

古文書を放《ほう》るようにしてナインヘルの胸に飛び込んだ。どんっ、と胸板に顔が強くあたる。

アナベルの魔女の力は父親の手で封印されていた。

禁断の恋《こい》の果てに生まれた混血児。金髪碧眼《きんぱつへきがん》の魔女。

父親は、大切な息子が魔物《まもの》として狩られることをなによりも恐《おそ》れたのだろう。

魔女の一族を棄て、魔物としての誇《ほこ》りも棄てて、父親は息子を連れて逃《に》げた。

息子に宿る魔力を身体の奥底に封印して、父子二人、人間として静かに生きること、それだけを切望して。

それでも、彼の思惑《おもわく》をすり抜《ぬ》けて、息子が魔女になってしまうときがくるかもしれない。

そうなったときのために、彼は布石を打った。

エトナ火山に眠《ねむ》るサラマンダーの血を浴びる――魔力解放の条件を、決して揃《そろ》うことのないものにした。たとえ揃わないはずの条件が揃い、息子の魔力が解放されても、そのときはサラマンダーが必ずそばにいる。

父親は世界最強の魔物に息子を守らせようとしたのだろう。

「嘘《うそ》だろ……。アナベルの父親が、おれの血を解放の条件に？　そんなことがここに書いてあるっていうのか？　信じられねえ。いったいどうなってる……」

これを身勝手だと責めることなんてアナベルには絶対にできない。

魔物を守ることをやめた父親が、息子を守るために魔物を使ったとは到底《とうてい》思えない。

たとえそうだったとしても、アナベルが感じるのは父親の愛情しかなかった。

愛されて、大切に育てられていると強く感じられる日々だった。

ギュスターに息子を連れ去られたときの彼の絶望と落胆《らくたん》はどれほどだっただろう。

失意のうちに死んでいった父親の魔女の力は、アナベルを思う気持ちは、それでもとても強くて、その強さがきっとアナベルをナインヘルのところへ連れていってくれたのだと思う。

偶然《ぐうぜん》が多く重なったと思っていた。でも偶然などではなかった。

ナインヘルとアナベルは強い力に導かれて出会う運命にあった。


ハーシュホーン通りを出て、ベルガー商業地区へと歩いていく。

街中で、ドラゴンギルドの軍服姿をした竜と専用ケープを纏《まと》ったバトラーが手を繋《つな》いでいるのは不自然なことだ。それでもナインヘルはずっと強く手を繋いだままでいてくれた。

落ち込むことなど何も書いていなかったがその衝撃《しょうげき》は大きいものがあり、アナベルはずっと黙《だま》ってしまっていた。ナインヘルがブーツの踵《かかと》をカツ、と鳴らして立ち止まる。

「おれは仕事を終わらせたので休暇《きゅうか》をとる。このままギルドにまっすぐ帰る必要もない」

懐中時計《かいちゅう》を見る。午後四時半。竜の帰還《きかん》はピークを過ぎているが、まだやることは多くある。ギュスターの配下がどこかにいるかもしれないという不安もずっとあった。

それなのに、ナインヘルはアナベルも戻《もど》らなくていいと言いだした。

「駄目《だめ》だよ、まだみんな仕事してるのに」

「もう知ってるだろ？　バトラーは竜の要望を全部聞かないと駄目なんだぜ」

「そう、だけど」

ギルドで働くその初日に先輩《せんぱい》バトラーたちに教えてもらった。劇場のチケット手配、ディナーの相手、小説の朗読など、竜の要望に応《こた》えなくてはならないバトラーの仕事は多岐《たき》にわたる。でも早く帰らないと――まだ惑《まど》うアナベルの目の前を、色とりどりの紙片《ビラ》が舞《ま》った。

「……？」

足元に落ちたビラを拾い上げ、それに見入る。

「さあ、間もなく開演だよ！　太陽神と月の姫《ひめ》の恋物語《こいものがたり》！　ソリューナ・サーカス団！　間もなく開演！」

陽気な声で歌うように宣伝する道化師《どうけし》やラッパを吹《ふ》く道化師、着飾《きかざ》った踊《おど》り子たちが色鮮《いろあざ》やある。それぞれのテントの天辺《てっぺん》には太陽と月をかたどった曲芸団《サーカス》の旗があり、夕風を受けてはためくその風景は妖艶《ようえん》と魅惑《みわく》に満ちていて、目が離せなくなった。

アナベルが見上げた視線の先には、赤と黄のストライプをしたテントが大小合わせてみっつかなビラを撒《ま》きながら通り過ぎた。

「サーカス……」

「観《み》に行きたいなら行けばいいだろ」

繋ぐ手に少しだけ力が込められる。そこでやっとわかった。ナインヘルはアナベルが落ち込んでいると思って彼なりに元気づけようとしてくれている。

ナインヘルはずいぶんと変わった。仕事中のアナベルを攫《さら》って防護服をぼろぼろにしたときとは違《ちが》う。強くて仕事ができて、今は優《やさ》しくもしてくれる。こうやって気遣《きづか》ってもくれる。

アナベルはとても嬉《うれ》しくなってにっこりと笑った。ナインヘルがその顔を見つめてくる。

本当はそうやって一緒《いっしょ》に過ごしたいけれど、匿《かくま》われている身分のアナベルにその資格はない。それに今いる場所はカスティル・クロス駅よりもさらに人が多く、背の高いギルドの竜を見つけた人々もかなりざわついている。早く場所を移動した方がいい。

今日は帰ろう。でもいつか一緒にサーカスを観よう——そう言おうとしたときだった。

「なんだ？　ここらは魔物臭《くさ》いな。ああ、竜騎士《りゅうきし》か。どうりで臭《にお》うはずだ」

「おい！　しかもあのサラマンダーだぜ！」

今日ずっとドラゴンギルドの人気ぶりを見聞きしてきたアナベルにとって、その声はひどく違和感《いわかん》があった。そのあからさまな敵意に満ちた声に、思わず振《ふ》り向く。

体温が一気に下がる。心臓がばくばくと痛みだす。

――ギュスターの配下だ……！

近づいてくる者は皆《みな》同じ上着だった。あの上着の男たちは大勢ギュスター城をうろうろしていた。アナベルが逃げた夜も、松明《たいまつ》を持って追ってきたのはこの男たちだろう。

「アナベル？　おい――」

さっきまで笑っていたのに突然《とつぜん》血の気の引いた蒼白《あおじろ》い顔をするアナベルに、ナインヘルはこの男たちが何者なのかを察知した。恐れ震《ふる》えるアナベルをその広い背に隠《かく》す。

男たちの標的はナインヘルだ。日ごろからギルドの扱《あつか》い方をギュスターに叩《たた》き込まれているのだろう。一人だけ背の高い竜を取り囲み、薄汚《うすぎたな》い笑い声を出す。

「みんな見ろよ、あの顔。こんなに醜《みにく》い竜が生まれるとはなぁ。気の毒だ」

「そうか？　滅《ほろ》びゆく種に相応《ふさわ》しいじゃないか」

「それもそうだな。しかし魔物臭い。あの顔の傷から臭っているのか？」

その心を抉《えぐ》られるような酷《ひど》い言葉にアナベルは眩暈《めまい》がした。頬《ほお》に触《ふ》れるナインヘルの背中の鱗《うろこ》が逆立っている。軍服越《ご》しにも克明《こくめい》にわかった。

でも怒《おこ》ってはいけない。乱暴をしてもいけない。ギュスターの配下を傷つければ必ず報復される。ここは黙って立ち去る以外に方法はない。今のナインヘルならそれをわかってくれるはずだ。どうか怒《いか》りを治めて――アナベルはその広い背中にぎゅうっと顔を押しつけた。

「……行くぞ」

踵を鳴らしてナインヘルの足が一歩前に出た。繋ぐための手を出してくれる。もう大丈夫《だいじょうぶ》、このまま歩きだせば振り切れる——しかしアナベルは竜の手を取ることができなかった。

「いやだ！　放せっ！」

ギュスターの配下にケープのフードを引っ張られ、束ねた金髪《きんぱつ》があらわになる。

「つれない竜だなぁ。——こいつは？　見たことがない奴《やつ》だな。新人バトラーでも雇《やと》ったのか？　なぁ、竜の代わりに相手をしてくれよ」

「やめろ！」

ナインヘルの制止は間に合わなかった。男が新人バトラーの顔を確かめるために顎《あご》をつかんで上を向かせる。その拍子《ひょうし》に眼鏡《めがね》が落ちる。薄《うす》ら笑いを浮《う》かべていた男が驚《おどろ》きに瞠目《どうもく》した。

「おいっ、見ろ、こいつ——！」

「おまえ！　ギュスターさまの白猫《しろねこ》だな!?」

ナインヘルが男を殴《なぐ》る。男が地面に倒《たお》れ込むよりも先にアナベルを抱《だ》き上げて石畳《いしだたみ》を強く蹴《け》った。建物の天辺に飛び乗り、そこを凄《すさ》まじい速さで駆《か》けてゆく。建物と建物の間を跳躍《ちょうやく》し、また駆ける。

「ナインっ、どうしよう！　気づかれたっ！　あいつは絶対ギルドに来る！」

「来たいなら来ればいい。おれが追い払《はら》う。おまえは絶対に渡《わた》さねえ。絶対にな」

ナインヘルは休むことなく飛び、駆ける。茜色《あかねいろ》の空に浮かぶアルカナ大帝《たいてい》の宮殿《きゅうでん》群が見えてくる。岩山が近づく。ゲートの明かりを受けて、ナインヘルがドラゴンギルドの大扉《おおとびら》を開けた。

エントランスホールはいつもと同じ上品なオレンジ色の光に包まれていた。

その一角にはゆったりとしたラウンジが設《しつら》えられていて、リーゼとサリバン、シャハトとバトラーが書類を手に何かを話している。

アナベルを抱きかかえたナインヘルが突然あらわれたことに皆一様に驚いていた。

「わ。ナインヘルが軍服着てる。格好いいなあ。アナベルどうしたの？　具合悪いの？」

サリバンの声に、アナベルはナインヘルの肩《かた》に顔を伏《ふ》せたまま何も言うことができなかった。

身体《からだ》の震えが止まらない。わかる。あいつは絶対ここに来る。もう向かっている。

ナインヘルは呼吸を少しも乱さないで筆頭バトラーに報告した。

「ギュスターの手の者にアナベルを見られた」

「なんだと⁉　なんでそうなった⁉　あれほど注意しろと言っただろうが‼」

激怒《げきど》したリーゼが詰《つ》め寄ってくる。そのとき、脱《だつ》衣室の方からテオが駆けてきた。

「リーゼさん！　表に自動車が何台も……！　ゲートにまで入ってきてます！」

「くっそ……。さっさとアナベルを巣に放《ほう》り込め！——テオ！　ギルド内にいる竜《りゅう》を全機招集しろ！　サーベル佩帯《はいたい》させとけ！」

イエス・サーの声をあげてテオがまた駆けてゆく。

もう駄目だ——自分のせいでドラゴンギルドが脂《あぶら》ぎったギュスターの手に壊《こわ》されてしまう。

この危局に、アナベルはなす術《すべ》もなくただ恐《おそ》れ震えることしかできなかった。

陽《ひ》が完全に落ちて、真っ暗な竜の巣はいつもと変わらず星の海のようになる。

ナインヘルが独りで集めた不思議なものたちが儚《はかな》い光を揺《ゆ》らす中で、アナベルは大窓にぴたりと身を寄せていた。ここからはゲートの端《はし》が少し見えるだけで、ナインヘルたちとギュスターがどこで対峙《たいじ》しているのか知ることができない。

「――熱っ、……」

急に胸のあたりが熱くなって、アナベルは赤い鱗のペンダントが強烈《きょうれつ》な光を放っていることに気づく。急いでシャツから取り出した。

鱗は本当に燃えているように炎《ほのお》の尾《お》を揺らしている。そして視《み》えてくる。強くなった魔女《まじょ》の力が、鱗を通して外の様子を鮮明《せんめい》に映し出す。

余裕《よゆう》の表情でナインヘルが腕《うで》を組み、ドラゴンギルドの大扉にもたれている。そこに迫《せま》りくるあの脂ぎった顔を、アナベルは直視できなかった。

「雑魚《ざこ》ばかりぞろぞろ連れてきやがって。さっさと帰らないとリーゼが切れるぜ？」

「私がここにきた理由はおまえが一番よくわかっているはずだ。私の白猫を引き取りに来た」

「あいにくここには竜しかいない」

「報告があったぞ？　本日四時半過ぎ、ベルガー商業地区で金髪碧眼《きんぱつへきがん》の男がサラマンダーと行動をともにしていたとな！」

「誤報だろ。おれは今日休暇《きゅうか》でずっと巣にいたからな。なんで休みの日におまえの汚《きたね》えツラを見なきゃならないんだ？」

「誤報かどうかは私が確かめる。――中に入れ」

ギュスターが命令し、大勢いる配下から三、四人の男が出てくる。大扉に手を伸《の》ばす。

ジャキンッ、と鋭《するど》い音をさせてナインヘルがサーベルを地面に突《つ》き立てた。

「許可なきギルドへの侵入《しんにゅう》は契約《けいやく》違反《はん》だ。最初にこの扉に触れた人間を殺す」

「ほう。私にそんな口をきいていいのか？　卵がどうなってもいいと？」

「それで脅《おど》しているつもりか？　割りたきゃ割れ。竜母神殺しほどの大罪はこの世界に存在しねえ。代償《だいしょう》はこのアルカナ・グランデ帝国《ていこく》だ」

「なんだと……」

「この大国を灰にするなど、おれには容易《たやす》いことだ。そしておれはおまえを確実に殺す」

その空気は一触即発《いっしょくそくはつ》以外の何ものでもなく、ギュスターの配下は誰《だれ》一人声を出せない。

ナインヘルは高いところからギュスターを見くだす。男の脂ぎった顔が歪《ゆが》む。

ふいに、ガシャン、という鉄の塊《かたまり》の動く音がした。ゲートからあらわれた細身のバトラーが竜たちに指示を出している。竜はゲート内に停《と》まる車を簡単に持ち上げ、敷地《しきち》外へ投げおろす。

「おいおい、おまえら規律を守れ。相変わらず脂っこい男だな。脂を落とすなよ。我が社はみんな綺麗《きれいず》好きなんだ」

「リーゼっ……！」

ギュスターが焦《あせ》りの表情を見せる。ドラゴンギルドの筆頭バトラーが大勢の竜を連れてやってきた。軍服姿の竜たちは次々にサーベルを抜《ぬ》き放つ。サリバンをはじめ、サロメ、シャバトとガーディアン、バーチェスにキュレネー――長軀《ちょうく》の彼らが揃《そろ》うと壁《かべ》のようで、ギュスターの配下たちは明らかに恐怖《きょうふ》していた。

リーゼは片眼鏡の光る瞳《ひとみ》を半開きにして侵入者たちを睨《にら》みつけ、淀《よど》みない早口で言う。

「ギルドに入るときはこの俺の許可を得ろ。俺は誰一人許可してない。これ以上の滞在《たいざい》は認めない。軍法会議に訴《うった》える。おまえもよく知っているだろうが昨今の軍法会議の審判《しんぱん》は我が社に分がある。年寄りのおまえと違《ちが》って、若い法務将校の中にはギルド擁護《ようご》派も多いからな」

「……っ。法務将校どもはおまえが籠絡《ろうらく》しているんだろうが！――この化け物め！」

「なんとでも言え」

完全に劣勢《れっせい》となったギュスターは配下に撤退《てったい》を指示する。そしてナインヘルを睨みつけた。

「卵が欲しくてしかたないおまえが、蠅《はえ》のように我が城を飛びまわっていることは知っているぞ。そんなおまえが虚言《きょげん》とはいえ、卵への執着《しゅうちゃく》を放棄《ほうき》するとはな。そこまでして匿《かくま》いたいものが、この扉の向こうに存在するわけだ」

「……………」

「それがわかっただけでもいい。今日は引いてやろう」

不気味な笑《え》みを浮かべて、ギュスターは去っていった。

そこに残ったのはナインヘルとリーゼ、そして兄弟たち。彼らは途端《とたん》に声を荒くした。

「ナインヘル！　いったい何がどうなってる⁉」

「なぜアナベルのことがギュスターに知れたんだ⁉　何があった？」

兄弟からの詰問《きつもん》にナインヘルは黙《だま》ったままでいる。竜たちが苛立《いらだ》ちを増幅《ぞうふく》させた。

「ギュスターはアナベルがここにいる限り確実にまた来るぞ？」

「アナベルをここに置くのは危険すぎる。今日は偶然《ぐうぜん》この人数が揃っていたが、俺たちが出動中に来られたらバトラーだけではどうしようもない」

竜たちの言うことは正しい。ギュスターは絶対に脅迫《きょうはく》をやめない。ギルド運営に支障がでるほどに、毎日でも大勢の配下を送り込んでくるだろう。おそらくリーゼはアナベルを放り出す。でも、それより前に自分から出て行くべきではないだろうか。

ナインヘルは苛立つ兄弟たちに訴える。

「アナベルは危険なんかじゃねえ。あいつは魔女だ、おれたちを自由へ導く力を持っているんだ。あいつの力を借りて卵さえ奪還《だっかん》すれば、ギュスターなど――」

「おまえはまだそんなありもしないことを……。おまえはいつもそうだ、自分勝手で俺たちのことを考えもしない。なぜわざわざ兄弟やギルドを窮地《きゅうち》に陥《おとし》れるんだ⁉」

「そうだ、俺たちは誰も危険を冒《おか》してまで卵を奪《うば》い返そうなんて思ってない！　おまえの身勝手な行動が竜の一族を死滅《しめつ》に追いやってるとなぜわからない？」

「おまえのせいで平穏《へいおん》は消えた。ただでさえ不穏《ふおん》な毎日が余計険悪になっているんだ！」

怒《いか》りをあらわにする兄弟たちの非難は耳を覆《おお》いたくなるまでに厳しい。それを聞くアナベルは呼吸がままならないほど胸が痛いのに、ナインヘルは少しも怯《ひる》まず意志もぶれさせない。

「一族を死滅に向かわせてるのはおまえらの弱さだろうが！　平穏だと？　腐《くさ》ったことを言いやがる。腰抜《こしぬ》けは黙って見とけ。おれは必ずティアマトーさまを救い出す！」

「黙れ！　いいかげん目を覚ませナインヘル！　ギュスターをこれ以上刺激《しげき》するなっ。本当にティアマトーさまの卵を割られてしまうぞ？　今すぐアナベルを出て行かせろ！」

「ふざけんなっ、そんなこと絶対にさせねえ！」

ガーディアンがつかみかかりナインヘルがそれに応じて、兄弟は取っ組み合って諍《いさか》いだす。巨軀《きょく》の竜がぶつかり合うさまは人間のそれとは比較《ひかく》にならない。ナインヘルがガーディアンの首をつかみ、ガーディアンの大きな手が右頰の仮面に激しく当たる。

ナインヘルが頰《ほお》を覆い痛みに耐《た》えるような動きをした。リーゼが硬《かた》い表情で間に割って入る。

「やめろ！　兄弟で争うことは許さん！」

もう見ていられなかった。言い争う兄弟たちの姿はひどく悲しい。この原因を作ったのは他《ほか》ならぬアナベルだ。心臓がきりきりと痛みだす。

赤い鱗《うろこ》の仮面を押さえるナインヘルに向かって、サリバンが冷酷《れいこく》に言い放った。

「たしかにあの子は凄《すご》くいい子だよ。ぼくも大好き。でもね、ギルドを少しでも脅《おびや》かす存在になるのなら、決して容認《ようにん》はしない。ぼくがいない間に今日みたいなことがあって、リーゼくんに何かあったら、ぼくがきみを殺すから。ナインヘルは知ってるでしょう？　ぼくがギルドをどれだけ大事にしているか。他のみんなもね。きみの勝手はもう通らないよ」

「サリバン……」

「ナインヘル。もう限界なんだ。諦《あきら》めなよ。アナベルを匿うのも、卵を奪還することも」

諭《さと》すサリバンの声はひどく冷たい。その冷徹《れいてつ》さに負けてしまったみたいに、赤い鱗が炎を消した。外の様子はもうわからなくなり、アナベルは鱗をしまってその場に座り込んだ。

竜母神の不死卵《ふしらん》を巡《めぐ》り、一触即発状態で敵対しているナインヘルとギュスター。ただでさえ逼迫《ひっぱく》したその関係は、アナベルのせいで起こった今の諍いで完全に破綻《はたん》した。

追い打ちをかけるみたいに、このままではナインヘルがギルドからも孤立《こりつ》してしまう。

アナベルはここを出て行かなくてはならない。

最初からそういう話だった。リーゼも言っていた。ここにいることがあの男に知れたら終わりだと。その言葉通りだ。知られたから出て行く。当然のことだ。

アナベルはそれを失念していた。ギルドにいるたくさんの竜《りゅう》たちと色々な話をして、一緒《いっしょ》に働いて、受け入れられたなんてひどい勘違《かんちが》いをしていた。

乱暴なだけだと思っていたナインヘルの孤独《こどく》を知り、竜母神を救うことへの決意を知り、ギルドを憎《にく》みながらも人々のために働く真摯《しんし》さを知って、そばにいて力になれたらなどという身の程《ほど》知らずな思いを抱《いだ》いていた。

ドラゴンギルドを出ても、ナインヘルの力にはなれる。

彼が決起し卵を奪い返すとき、そのときにアナベルの魔女《まじょ》の力があればそれでいい。

それまでは、ギルドからもギュスターからも遠く離《はな》れた異国に渡《わた》ろうか――。

大きな音を立てて部屋の扉《とびら》が開かれる。兄弟との諍いの空気がそのまま流れ込んできた。

寝台《しんだい》に腰《こし》をおろすナインヘルの表情はこれ以上ないほどに険しい。立ち上がって近づこうとするアナベルに、荒々《あらあら》しい声が放たれる。

「来るな！　おれに近づくな！」

「どうして、そんな言い方――」

森で出会ったときもそう威嚇《いかく》された。でも今の方がずっとつらくて悲しいのはなぜだろう。

思えばナインヘルが威嚇していたのは本当に最初だけで、あとはアナベルのことを自分のものだと言って放さなかった。

出て行くと決めたばかりなのに、ナインヘルに初めて突き放されて泣きそうになる。

「ナイン……」

すがるように名を呼んでしまう。きつい苛立ちを見せるナインヘルに、それでも近づきたくて足を動かした。手で押さえている赤い鱗の仮面、その下の傷を痛めている。頬の爛《ただ》れに触《ふ》れられることをひどく嫌《きら》うとわかっていても見せてほしかった。

震《ふる》える指を伸《の》ばした途端、竜の大きな手で撥《は》ね返された。その力はとても強く、アナベルの細い身体《からだ》など簡単に突《つ》き飛ばされてしまう。そのまま倒《たお》れて肘《ひじ》を床《ゆか》にぶつけてしまった。

「あ、っ」

骨の鳴る大きな音に、ようやく怒りは途絶《とだ》えたようだった。はっとなってナインヘルが寄ってくる。背中に手をまわして起こしてくれた。

「悪かった。どこを打った？」

「大丈夫《だいじょうぶ》。ナインの方がもっと痛いでしょう……？──お願い、頬の傷を見せて」

そう乞《こ》いながら伸ばした手は、もう振《ふ》り払《はら》われなかった。赤い鱗の仮面をそっと外す。

傷が化膿《かのう》していた。ここに兄弟の大きな手が強く当たったのなら痛みは相当なものだろう。

アナベルは赤い鱗で視《み》た、熱と疼《うず》きに独りで耐えるナインヘルを思い出した。傷口に水をかけていただけのナインヘルは手当てのしかたを知らないみたいだった。

「気持ち悪いだろ。嫌《いや》な臭《にお》いもするからもう離れろ」

「ううん、気持ち悪くないよ。でも凄く痛いでしょう？　僕、魔女の力でこの傷を消したい」

しかしナインヘルは痛みに眉《まゆ》をひそめながらも首を横に振った。

「このままでいい。魔女がおれを生かしてくれた証《あかし》だから、どれだけ痛んでも耐えてみせる」

「ナイン……」

父親の言う通りだった。サラマンダーは、この世界で最も強く美しい炎《ほのお》の竜。

母親を救うために深い孤独に耐え、痛みにも耐えて魔女たちに敬意を払う。そして今もアナベルをギュスターから守ってくれた。

「そしたら手当てをしてもいい？　膿《うみ》を出すときだけ痛いけど……嫌な臭いも痛みも引くよ」

「──わかった。でも次から手当ては必要ねえ。おれが耐えるべき痛みだ」

「うん」

古い薬箱がリピンのベッドの横に転がっているのを見たことがある。アナベルはマホガニー製のローテーブルの下からそれを持ってきた。冷たくて清潔な水も用意する。

寝台に膝《ひざ》を崩《くず》して座り、ナインヘルの頭を乗せる。膿を出すときの激痛にナインヘルは汗《あせ》をかいて呼吸を乱していた。薬を塗《ぬ》り、かたく絞《しぼ》ったガーゼをあてる。ガーゼが温《ぬる》くなるとまた冷たい水に浸《ひた》して絞り、傷口の熱を取り除く。

頰にかからないよう黒髪《くろかみ》を梳《す》いていると、ナインヘルの汗が引いてきた。痛みに眉をひそめることもなくなり、今は呼吸も落ち着いてまぶたを閉じている。

出て行く前にナインヘルの痛みを取り除くことができて本当によかった。

このまま眠《ねむ》るのを待って、ギルドを出る。そう思っているとナインヘルがまぶたを開いた。綺麗《きれい》な金色の瞳《ひとみ》がアナベルの青い瞳を強くとらえてくる。

「あの野郎《やろう》はおれが何度でも追い払う。おまえはおれの巣にいればいい」

「ナインと……この部屋が守ってくれてるって感じたよ。だから怖《こわ》くなかった。ありがとう」

いつからだろう、この人間とは形の異なる瞳に見つめられると胸が高鳴るようになったのは。軍服姿のナインヘルに抑《おさ》えきれないほど惹《ひ》かれてしまって、今も目が離せずにいる。

怖いと思っていたのに、それがいつなくなったのか思い出せない。

ナインヘルが、乱暴なだけの竜ならよかったのに。そしたらもっと出て行きやすかった。

でも乱暴なだけではなかった。アナベルが嫌だと言ったことはせずにいてくれた。

夢の中で大切な話をしたことだって、今は夢ではなかったとちゃんとわかっている。

赤い鱗に映ったナインヘルの過去に胸が痛くなるほど共鳴した。

若い水夫の亡骸《なきがら》を、母親へ帰すために心を砕《くだ》いていたナインヘル。可憐《かれん》な花を手折《たお》ることに躊躇《ちゅうちょ》する大きな手。そこには優《やさ》しさがあった。

夜通し独りで歩く銀色の浜辺《はまべ》。孤独の深淵《しんえん》にいるのに、それを誰《だれ》にも見せようとしない。

魔女の書だって、ナインヘルが守り包んでくれたから、開くことも怖くなかった。

とても大切なことが書かれていて、アナベルだけが運命だと思ってしまった。

アナベルはここを出て行かないといけない。でも、出て行かずに済むならどれだけよかっただろう。

やはり黙《だま》って出て行くのは駄目《だめ》だ。ここにいる間はとても楽しくて幸せだったから、ナインヘルにきちんと伝えようと思った。卵を奪い返すときには必ず力を貸すからと。

「……僕、ここを出て行く。ナインにもみんなにも迷惑《めいわく》をかけられないから。でも――」

「ふざけたこと言うな……！」

ナインヘルが急に起き上がって抱《だ》きしめてくる。長い腕《うで》に込められた力は今までで一番強くて、身体だけではなく心までも痛みだす。

「それはおまえが決めることじゃない！」

「ナイン、聞いて。僕はここを出ても、魔女の力はナインのために――」

「魔女の力なんか関係あるか……！　おまえは何もわかってねえ」

大きな手が後頭部にまわってくる。強引《ごういん》に額を重ねられ、鼻先が触れ合った。

すぐそこにある眦《まなじり》に赤い鱗がくっきりと浮《う》かび上がっている。鋭《するど》い金色の瞳にとらえられた。

「おまえは誰のものか言え！」

「待っ、て……、話を聞いてよ」

「おまえは誰のものなんだ！　早く言え！」

怒《いか》りに任せてナインヘルはそう繰《く》り返す。アナベルはここを出て行かないといけないのに。

指先で触れた右頬の傷が熱を持ちはじめていた。このままではまた痛みに苛《さいな》まれてしまう。

ナインヘルの怒りも痛みも消し去りたい。その想《おも》いひとつでアナベルは唇《くちびる》を動かした。

「……っ。ナイ、ンの──」

ここにいたいけれど、それは許されない。だからナインヘルのものにはなれない。

「最初から全部、はっきりと言え！」

こんなのは駄目だ。アナベルはここを出て行く。ナインヘルのそばを離れていく。

「アナベルは……、ナインヘルの、もの──」

「そうだ、おれのものだ。忘れるな……憶《おぼ》えておけ！　出て行くなんて許さねえ」

また強く抱きしめられて、頬《ほお》が広い肩《かた》にぶつかった。すがるように軍服をぎゅっとつかむ。

ここにいたい。でもそれは許されない。

そばにいたい。でもアナベルがいるとナインヘルがギルドから孤立してしまう。

揺《ゆ》れ惑《まど》うアナベルの心ごと抱いてくれるみたいに、頭と背にまわされた手に力が込められた。

「余計なことは考えるな。おまえはこの巣でおれだけを想って感じてりゃいいんだ」

「ナイン……！」

男との性行為《せいこうい》など絶対にしないと決めていた。それをするぐらいなら死んだ方がましだと。

でもどうしてかナインヘルは受け入れられた。嫌なことは駄目だと言えばせずにいてくれた。孤独の深淵にいるナインヘルが、朝の行為のときだけはそこから浮上《ふじょう》できていると感じて、そう知ってしまえば拒《こば》むことなどできなかった。それがどれだけ激しく濃厚《のうこう》になっても。

行為の最中に、自分が声をあげていたなんて知らなかった。いつの間にかそれに気づけないほど夢中になっていたのかもしれない。そのときすでに心も身体もナインヘルを求めていたということが、今はよくわかる。

でもアナベルはもうここを出て行かないといけない。自分のせいで大切なナインヘルをこれ以上追い詰《つ》めるわけにはいかなかった。

「おれがおまえを守る。ギュスターからも魔物狩《まものが》りからも、アナベルが怖いと思うものすべてから守り抜《ぬ》く。もう泣かせない。おまえになら優しくできるんだ。おまえが喜ぶなら軍服も毎日着るし議会だって出てやる。だからアナベルは何も心配しねえでずっとこの巣にいろ」

決して心の内を誰にも見せなかったナインヘルが確かにそれを伝えてくれる。その言葉のひとつひとつがアナベルの心に沁《し》み渡ってゆく。嬉《うれ》しくても涙《なみだ》が出るなんて初めて知った。

ギュスターも魔物狩りも怖くない。アナベルが怖いのは、自分のせいでナインヘルがドラゴンギルドや兄弟たちから孤立《こりつ》してしまうことだけだった。

「ナイン。ありがとう。もう大丈夫……」

もう充分《じゅうぶん》だった。ナインヘルの強い想いが勇気をくれる。ナインヘルを想う心を縁《よすが》にして、アナベルはちゃんとここを出て行ける。

ナインヘルの広い背中に両手をまわした。そこにある赤い鱗《うろこ》の感触《かんしょく》を、アナベルは指先と心に強く刻み込んだ。

儚《はかな》い光のたゆたう部屋で、アナベルは身支度《みじたく》を終える。

バトラーのテール・コートは街中では目立つので置いていく。代わりにがらくたの中にあったブランケットをもらった。これで今夜は寒さを凌《しの》げる。

薬箱をローテーブルの下にしまい、眠るリピンにそっと触《ふ》れた。彼のベッドの下にはアナベルが預けたあの鍵《かぎ》がある。鍵はそのままでいい。貯金箱から紙幣《しへい》を全部取り出してスラックスのポケットに入れた。

竜《りゅう》の眠る大きな寝台《しんだい》に腰《こし》かける。癖《くせ》のある黒髪を梳き、熱の引いた頬の傷に触れた。

整った鼻梁《びりょう》と薄《うす》い唇。眦や長い腕に浮かぶ赤い鱗。人間とは異なるその感触が好きだった。

ひどく別れがたくて何度も躊躇してしまう。もう長い時間、ずっと寝顔《ねがお》を見つめ続けている。

ナインヘルがアナベルだけにくれた言葉を思い出して、心を奮い立たせた。

このままナインが朝まで目を覚ましませんように。そして目覚めたらきちんと遠征地へ出動しますように――そう強く願いながら、アナベルはナインヘルの額に口づける。

ナインヘルは魔女《まじょ》に眠る魔術《まじゅつ》をかけられてばかりだ。

「ごめんね、ナイン……。ごめん……」

アナベルがいなくなっても、ナインヘルはきっと定刻を守って出動できる。軍服も着る。ここにアナベルがいないと知れば、ギュスターもギルドには手を出さない。ナインヘルが兄弟から責められることはなくなり、ギルドはアナベルのいなかったころの平穏《へいおん》な日々に戻《もど》る。

そうなることを願って部屋を出た。誰にも会わないよう気をつけながら大階段をおりる。

アナベルはドラゴンギルドの大扉《おおとびら》を開き、敷地《しきち》外へと駆《か》けた。

思いを断《た》ち切れなくて振《ふ》り向き、ギルドを仰《あお》ぎ見る。夜も遅《おそ》いのに第三ゲートの誘導灯《ゆうどうとう》がついた。誰が戻ってくるのだろう。どこも怪我《けが》をしていないだろうか。もうギルドを出たというのに、そんなことを気にしてしまう。

感情を殺して生きるしかなかったアナベルに、ドラゴンギルドは自分らしさを取り戻させてくれた。ナインヘルに困らされて泣かされて、でも彼の持つ孤独《こどく》と熱情に心を揺さぶられた。竜やバトラーたちと喋《しゃべ》って笑って、仕事を失敗して怒《おこ》られて、落ち込んだり励《はげ》まされたり、そういった日々がアナベルには掛《か》け替《が》えのない大切なものになっていた。

危険を冒《おか》してまで匿《かくま》ってくれたリーゼに、尊敬してやまない彼に、合わせる顔がない。

二度と戻らないと決意して、馬車で外出したときの道をしっかりと歩いてゆく。

今日の昼過ぎ、馬車でカスティル・クロス駅に向かったときのことを思い出す。

直視するのに勇気が必要なほど、軍服姿のナインヘルは素敵《すてき》だった。腿《もも》の上に座らされ、いやらしいことをぺらぺらと喋るナインヘルにずいぶん慌《あわ》てふためいた。そのくせ口づけを知らなくて、でも一度教えただけですぐに巧《たく》みになった。

振りまわされてばかりだったけど、少しも嫌《いや》じゃなかった。ずっとどきどきとして、カスティル・クロス駅に着くのが早く感じられたほどだった。

あのとき、同じ道を一人で歩くなんて思ってもいなかった。夜風が本当に冷たくて、寂《さび》しさでいっぱいの心には耐《た》えがたい。

深夜のパブで夜明けを待った。柔《やわ》らかなブランケットにはアナベルの好きな竜の匂《にお》いが染《し》みついていて、まぶたを閉じればナインヘルに抱きしめられている錯覚《さっかく》に浸《ひた》ることができた。

街に出て長旅に必要な物を買い揃《そろ》えていると、あっという間に夕暮れが近づく。

今夜も風が冷たい。ナインは寒いのが苦手だけど大丈夫《だいじょうぶ》だろうか――そう思ったとき、アナベルの真横で自動車が停止した。後部座席のドアが開く。

「なっ……!?――!!」

男たちに口を塞《ふさ》がれ腕を拘束《こうそく》されて、アナベルは自動車の中に押し込められた。

この城の臭《にお》いは好きになれない。金と脂《あぶら》と抑圧《よくあつ》の混ざった臭いがして、いつも呼吸がしづらかったことを思い出させる。

「小さな白猫《しろねこ》の分際で長い散歩をしたものだな。自分の家を忘れたわけではあるまい？」

この男は声まで脂分《ふく》を含んでいるようだ。耳孔《じこう》にねっとりとへばりつく、不愉快《ふゆかい》な声。

自動車に押し込められたとき、つんと鼻につくものを嗅《か》がされた。睡眠《すいみん》を誘《さそ》う薬品なのだろうか、一瞬《いっしゅん》だけ意識が遠のいた。

一瞬だと思ったのは錯覚のようだ。まぶたを開くと両腕《りょううで》に引き攣《つ》るような痛みを感じた。両手首が縛《しば》られ、その縄《なわ》は派手な天蓋《てんがい》のついた寝台の手摺《てすり》に繋《つな》がれている。

「な、に……？」

寝台の上、仰向《あおむ》けに寝《ね》かされていた。上体を起こすために曲げようとした膝頭《ひざがしら》を、ギュスターの手が押さえ込んでくる。

「おまえのことは今すぐにでも嬲《なぶ》り殺してやりたい」

「──っ」

「私のもとを離《はな》れただけでも許しがたいというのに、まさかギルドに潜伏《せんぷく》していたとは。しかもあの赤い蠅《はえ》に、っ！……嬲り殺すだけでは気が済まないな。どうしてくれよう」

膝頭を押さえる手がスラックスの上を滑《すべ》りだす。内腿《うちもも》を撫《な》でられ、股座《またぐら》に触れられる。

「おまえの孔《あな》を私のもので開ききってから、老将官どもの相手をさせるのもいい。日ごと違《ちが》う将官を……奴《やつ》らは老いていても精力は凄《すさ》まじいぞ？　いいな。そうしよう──」

「下種《げす》……！」

そのおぞましい思考に吐《は》き気がした。そしてこの男は躊躇《ちゅうちょ》なくそれを実行するだろう。

力の限り脚《あし》をばたつかせて身体《からだ》を捩《ね》じったが少しの抵抗《ていこう》もままならない。股間《こかん》に触れていた手が動き、腹を押し潰《つぶ》す勢いで圧力をかけてくる。

「く、ぅ……っ」

「嫌《いや》なら鍵をよこせ。鍵をよこすなら考えてやってもいい」

どく、と心臓が跳《は》ねた。やはりこの男は鍵を捜《さが》している。おそらくアナベルが鍵を持っているという確証はつかんでいない。それにもかかわらず「鍵」という言葉を出すほどに、あの鍵は代替《だいが》えのきかないもので、ギュスターは相当な焦《あせ》りを感じているということだ。

アナベルは自分でも不思議だった。首輪をつけられていたときはもちろんのこと、ナインヘルがそれを割ってくれた後も、しばらくこの男の恐怖《きょうふ》に精神を拘束されていたのに。

少し触れられただけでも死を望んだほどだったのに、今も恐《おそ》ろしくてしかたないが、どうしてか心を強くしていられる。

「鍵？　そんなもの持ってない」

「嘘《うそ》をつけ！　隠《かく》し持っているだろう！」

シャツを荒々《あらあら》しく暴《あば》かれた。長い間かけて理想通りに育てた、白く細い肢体《したい》に触れようとしたギュスターが手を引っ込め、目を瞠《みは》る。

「な、なんだこれは……！——きさま！　あのサラマンダーと⁉」

アナベルの肌《はだ》には、強い吸引による痣《あざ》、爪《つめ》の跡《あと》、歯形まで——毎日の行為で刻まれる夥《おびただ》しい竜の跡があった。そしてその胸には紅炎《こうえん》を結晶《けっしょう》化させたような鱗のペンダントが光る。

理想の身体を憎《にく》き火竜に奪《うば》われたと知ったギュスターは激昂《げきこう》しスラックスに手をかけた。

「放せっ」

「陶器《とうき》人形と思わせてずいぶん淫乱《いんらん》なようだな！　いいぞ、今すぐ挿《い》れてやる。嫌なら鍵を出せ！　簡単なことだろう？　それともあの顔が半分腐《くさ》った竜を再起不能にしてやろうか！」

ギュスターがその手を下げようとしたとき、赤い鱗が輝《かがや》いた。

目を開けていられないほど強い光を放ち、鱗がサラマンダーの頭の形になって炎《ほのお》を吐く。

「くっ！……なんだっ⁉」

「あ……」

ナインだ――アナベルの強くなった魔女の力が、火竜の力を増幅《ぞうふく》させる。遠く離れていてもナインヘルはアナベルを守ってくれる。心を強くしていられるのは、ナインがいるから――。

炎を吐く火竜のペンダントはギュスターを威嚇《いかく》し、手首を拘束する縄を燃やしてくれた。

起き上がって寝台を飛びおりる。ギュスターに足首をつかまれて、床《ゆか》に倒《たお》れ込んだ。

「や、っ……！」

「ギルドに――竜などに気触《かぶ》れおって！　魔物《まもの》に魂《たましい》でも売ったか！　洗脳しなおしてやる！」

そのとき、がしゃあん、と派手な音を立てて窓ガラスが割れ、炎の塊《かたまり》が飛び込んできた。

その炎がアナベルを攫《さら》う。ギュスターは熱さに慄《おのの》いたが紅炎に包まれるアナベルは少しも熱くないし火傷《やけど》もしない。炎の塊が人の姿に変形してゆく。癖のある黒髪《くろかみ》と同色の角、見上げるほどの長軀《ちょうく》、そしてそこに浮《う》かぶ赤い鱗。

「ナイン⁉」

ナインヘルが咆哮《ほうこう》しながらギュスターの首をつかんで持ち上げた。男の両足が宙を掻《か》き、脂ぎった顔が赤黒くなってゆく。ナインヘルは込める力を強くする。本気で扼殺《やくさつ》するつもりだ。

「だめ！　ナイン！　殺してはだめ！　もう放して！」

アナベルは必死になってナインヘルにしがみつく。腕《うで》に手を添《そ》え、逆立つ鱗《うろこ》を懸命《けんめい》に撫でる。

鋭《するど》い牙《きば》を剝《む》き出しにして、瞳孔《どうこう》の細くなった金色の瞳《ひとみ》で見おろしてきた。

「ナイン。お願いだから……」

竜《りゅう》はもう一度咆哮し、男を床に叩《たた》きつけるようにして落とした。変色した顔に汗《あせ》と脂を滲《にじ》ませながらギュスターが拳銃《けんじゅう》を向けてくる。

「きっ、きさま！　こんなことが許されると思っているのか！」

「アナベルに二度と触《さわ》るな！　次は殺す！」

「やれるものならやってみろ。家畜《かちく》にもなれない滅《ほろ》びの種め！」

どうしてそんな酷《ひど》いことを言えるのだろう。竜が何をしたというのだ。なぜこの男は人間が竜を淘汰《とうた》できると思っているのだろう。

もうここにはいたくない。大切なナインヘルをギュスターなんかにさらしたくない。

自分の意志でギルドを出てきて、不注意で勝手に捕《つか》まったのはアナベルだ。

だから言う資格などない。でもナインヘルの腰《こし》に両腕をまわし、見上げて言った。

「ナイン。もう帰ろう……」

「アナベル」

その言葉にようやく怒《いか》りを抑《おさ》えて、ナインヘルが抱《だ》き上げてくれた。アナベルはその逞《たくま》しい肩《かた》にしっかりと腕をまわす。

主《あるじ》の部屋の騒《さわ》ぎを聞き、男たちが部屋へなだれ込んできた。ナインヘルは窓へ歩いてゆく。

「あの二人を拘束しろ！」

しかし配下たちは炎の竜の威厳《いげん》に動けずにいる。一人躍起《やっき》になるギュスターにナインヘルは冷徹《れいてつ》なまなざしを向けた。

「卵がなければおれたちと対等に渡《わた》り合えないおまえは哀《あわ》れな生き物だ」

「戯《ざ》れ言だな」

「アナベルは鍵《かぎ》を持ってない。持ってるのは、このおれだ」

「なんだと⁉　きさま！　なぜ鍵のことを‼」

ギュスターがあからさまな焦燥《しょうそう》を見せ、ナインヘルは不敵な笑《え》みをこぼす。

「卵はおまえにくれてやる。アナベルは諦《あきら》めろ。鍵は交渉《こうしょう》次第《しだい》だ。アナベルとギルドに二度と近づくな。アナベルに近づけば交渉はしねえ。その場でおまえを殺してやる。おれはいつでも鍵を持ってこの城を襲《おそ》えるんだ。それを頭に叩き込んでおけ！」

「ナイン！　なんてことを！」

そう叫《さけ》んで見つめたナインヘルが「あいつを見ろ」と言ってくる。

怒りに震《ふる》えながら何も言えないギュスターの、脂と汗にまみれ醜《みにく》く歪《ゆが》んだ顔。

それを見たアナベルとナインヘルは確信する。あの鍵は、卵を閉じ込めた部屋の鍵だ。

ギュスターが絶対に奪われてはならないもの、失《な》くしたと知られてはならないもの。

そして、魔女《まじょ》の力を持つアナベルがたったひとつ手にして逃《に》げたもの――竜母神ティアマトーの不死卵《ふしらん》を閉じ込めた部屋の鍵だ。


夜も深くなりドラゴンギルドはしんと静まり返っている。

ナインヘルは岩壁《がんぺき》にまわって大窓から部屋の中へ滑《すべ》り込んだ。

ギュスターと対峙《たいじ》したときはあれだけ心を強くできていたのに、ナインヘルに抱き上げられたときから張っていた糸が切れたみたいに身体が震えだしていた。

それなのに、部屋に入った途端《とたん》ナインヘルはアナベルをがらくただらけの床に放《ほう》り投げた。

「痛っ……」

「どうして巣を出た⁉　なんで下種野郎《やろう》を庇《かば》ったんだ！　おまえが止めなけりゃ殺せてた！」

「庇ってなんかない！　それに殺しては駄目《だめ》だ」

「なんだと？　おまえ、死にたくなるほどの扱《あつか》いを受けながら結局あいつを許すのか！」

見上げたナインヘルは赤い鱗を逆立てて眼《め》を爛々《らんらん》と光らせている。床に座り込む身体はまだ震えていて力が入らなかった。

「ちがう。僕はあいつを許してない。あんな奴のために、ナインが罪人になんて絶対になってほしくない。だから、僕はあいつなんかじゃなく、ナインのことを思って――」

「思ってるならなぜ出て行った⁉」

出て行ったのも、間違《まちが》いなくナインヘルだけを想《おも》ったからこそだ。

同じ竜母神から生まれた兄弟なのに、あんな諍《いさか》いは心が痛んでしかたない。それをもう二度とさせないためには、アナベルが出て行くほかなかった。

「僕がいたらナインがギルドから孤立《こりつ》してしまう。もっと独りになってしまう。そんなの耐《た》えられない。最初からそういう約束だったんだ。ギュスターに見つかったら出て行くって。大丈夫《だいじょうぶ》だよ、ナイン。僕はギルドにいなくても魔女の力をナインのために使うから」

ナインヘルのそばにいたい気持ちを抑えることに苦労しながら、懸命に言葉を繋《つな》げた。

それを聞いたナインヘルは怒りを消して寝台《しんだい》に座る。聞こえてきた声は、ひどく静かだった。

「孤立することなんかなんとも思わねえ。でも、おまえがいなくなった後に残るのは……、からっぽの巣だけだ。底なし沼《ぬま》みたいに、暗くて冷たい――」

「ナイン……！」

その声に含《ふく》まれた強い痛みは、頬《ほお》の傷の痛みなどではない。きつい心の痛みだった。

アナベルは自分はどこまでも浅慮《せんりょ》だと思う。ギルドを出て行くことでナインヘルの孤立を解消できると信じていたのに、反対に彼をより深い孤独《こどく》に陥《おとしい》れていた。

あんなに毎日一緒《いっしょ》にいたのに、泣きそうなほど強く共鳴をしたのに、どうして竜の心の奥底にある想いに気づけなかったのだろう。彼が独りでありませんようにと、そればかりを願いながら、この手でナインヘルを孤独の深淵《しんえん》に突《つ》き落としていたなんて。

「目が覚めたらおまえがいなかった。おれ、は――」

「ナイン！　許して、僕が間違ってた……！」

震える脚《あし》に力を込めて、寝台に座るナインヘルに駆《か》け寄った。抑えがきかなくてその逞しい身体《からだ》にぶつかってしまっても、ナインヘルは強く抱きしめてくれる。

けれどその金色の瞳は、ひどく不安げに揺《ゆ》れていた。そんな瞳なんかさせたくない。

「ごめんね。ナイン。ごめんなさい……」

そう何度も許しを乞《こ》いながら持てる力の限り抱き返すと、毛布の中に連れ込まれた。頭の下にいつも通り逞しい腕が滑り込んでくる。

鼻先が触《ふ》れ合うほど近くで見るナインヘルは、赤い鱗の仮面をしていない。化膿《かのう》した傷は治まっていた。でも今まで見たことのない、苦しくて泣きそうな表情をしている。

「さっき、おまえに酷いことをした。おまえが震えてたのわかってたのに、腹が立って、どうしても優《やさ》しくできなかった」

「ううん。大丈夫。助けにきてくれてありがとう。ナインが来てくれて、凄《すご》く嬉《うれ》しかった」

ナインヘルが額を寄せてくる。同じようにして触れ合わせた。大きな手がアナベルの手を包み込んでくる。そうやって伏《ふ》し目がちに言葉を紡《つむ》ぐ。

「おれは今までずっと、魔女の力なしで闘《たたか》ってきた。ティアマトーさまの卵を囲う魔石《ませき》も、おれが命に代えて壊《こわ》すと決めてるんだ。だから、おれは今まで通りやっていく」

「どうして？　僕、魔女の力が強くなってきてるよ。ナインと一緒にいればもっと強くなる。僕、ティアマトーさまの卵を隠《かく》す魔石を壊したい」

ナインヘルは首を横に振《ふ》った。アナベルの手に唇《くちびる》を押し当てて、綺麗《きれい》な金色の瞳で青い瞳をまっすぐ見つめてくる。

「おれはもう魔女の力なんか要《い》らねえ。アナベルがいればそれでいい。ギルドも絶対に潰《つぶ》さねえ。だからどこにも行くな。おれのそばにいろ」

「ナイン――」

喜びと切なさで心がこんなにも震えるなんて知らなかった。

孤独の深淵にいるのに、それを誰《だれ》にも見せようとしないナインヘル。でも、たしかに伝えてくれた。竜が孤独を言葉にするのはきつい痛みを伴《ともな》うに違《ちが》いない。ナインヘルはその痛みすら耐えて、アナベルだけに伝えてくれた。

追い求め渇望《かつぼう》していた魔女の力よりもアナベル自身を選んでくれたことが、なによりも心を熱く切なくさせる。ずっと望んでいたことを言葉にしてもいいと許された気がした。

「僕も……ナインのそばにいたい」

そう言って右頬《みぎほお》の傷に唇を寄せた。そんなことをしては駄目だとナインヘルが驚《おどろ》く。

「アナベル……」

「僕、この傷が好き。魔女がナインを生かしてくれた証《あかし》を僕も大切にしたい。でも、痛くなったらすぐに言って。もう離《はな》れたりしないから。いつもそばにいて、ナインの痛みを僕がすぐに消すから。だから約束して。痛くなったらすぐに言うって」

ナインヘルが醜いと厭《いと》う爛《ただ》れに口づけることは、アナベルのナインヘルへの強い想いを証明する行為《こうい》だ。それをわかってほしい――アナベルの心からの切望に、ナインヘルはうなずいてくれた。でもその顔はまだとてもつらそうに翳《かげ》っている。

「もう二度とおれのそばから離れるな」

またきつい共鳴がした。涙《なみだ》の気配がするのは、アナベルの心の痛みのせいではない。

「許してナイン。もうどこにも行かないよ。独りにしない。ナインのそばにいる」

泣くのを堪《こら》え、想いを籠《こ》めてそう口にする。

するとナインヘルが小さな声で「おまえに触れたい」とつぶやいた。

訊《き》かなくてもいつもみたいにしてくれたらいいのにと、少し可笑《おか》しくなって、微笑《ほほえ》んで大丈夫だよとうなずく。

唇が重なってくる。舌は入ってこなかった。唇を強く押し当てられたり柔《やわ》く触れられたりしているうちに、まわってきた腕《うで》にぐっと引き寄せられる。竜《りゅう》の力強さは魔女の身体にしっくりと馴染《なじ》む。食《は》み合うだけの口づけも、乱暴さや焦燥のない、とても優しくて甘いものだった。

ナインヘルの、アナベルだけに伝えてくれる不器用な優しさが、アナベルだけに見せてくれる弱さが愛《いと》しくてたまらなかった。

わずかに濡《ぬ》れたアナベルの唇に長い指で触れて、ナインヘルがあの言葉を求めてくる。

「おれだけのものだと、この唇で誓《ちか》え」

「うん。僕はずっとナインだけのもの。だから安心して、もう眠《ねむ》って大丈夫……」

そう心から誓って、眉間《みけん》に消え残る皺《しわ》を指先でそっと拭《ぬぐ》うと、ナインヘルはまぶたを閉じた。

眠りを誘《さそ》うように黒髪《くろかみ》を梳《す》き角を撫《な》でながら、アナベルは竜の巣を見渡《みわた》す。

ナインヘルが独りで集めた、きらきらと光る不思議なものたち。寂《さび》しさだけしかなかったこの風景を、アナベルは今ようやく心から綺麗だと思うことができた。

儚《はかな》い光のたゆたう星の海の底は、二人でいるととても安らかで温かい。ここにナインヘルの孤独はもうないのだと肌《はだ》で感じることができた。

静かな寝息《ねいき》を立てる竜の額に額を重ねる。そして愛しいサラマンダーの名を呼ぶ。

「ナイン。ナインヘル……」

その声に呼応するみたいに、眠っているナインヘルが腕の力を強くした。

痛いほどに抱《だ》きしめられて、アナベルもゆっくりと眠りについた。


眠りは浅く、夜明け前に目が覚めた。寝台から抜《ぬ》け出して、大窓の外に広がる群青色《ぐんじょういろ》の空を見つめながら深い溜《た》め息をつく。アナベルがそうなる理由をわかっているのだろう、ナインへ

ルがそばに来てくれた。後ろからまわってきた竜の長い腕に白い手を添《そ》える。

「色々考えたけど……、僕、やっぱりギルドには戻《もど》らない。ナインとこの部屋で一緒にいられないのはつらいけど、ナインが兄弟のみんなから孤立するのはもっとつらいから」

「それはおまえが決めることじゃねえ。おまえは昨夜、おれのそばを離れないと誓った。約束を破るつもりか？　おれは誰が何を言おうがどうだっていいが、おまえが気にするならあいつらにはおれから言い聞かせる」

「駄目《だめ》だよ、ナインがもっといづらくなる。それに黙《だま》って出て行った僕はギルドのみんなやリーゼさんの厚意《こうい》に背《そむ》くような真似《まね》をしたんだ。だからここには戻らない。ナイン、わかって」

想いが通じ合った今だからこそ、はっきりと言える。勝手な真似はもうしない。アナベルがギルドを去った後も一緒にいられる方法を、ナインヘルとともに考えたい。竜の厚い胸板《むないた》に身を任せて金色の瞳《ひとみ》を見上げた。その願いにナインヘルはちゃんと応《こた》えてくれる。

「おれはどこにいようとおまえを守る。二人でギルドから離れてもかまわねえ」

「そんなの絶対に駄目っ。お願いだからナインはここにいて。他《ほか》の方法を考えよう」

「わかってる。ギルドを抜けはしねえよ。住処《すみか》を変えるだけだ。おれがここを抜けるなんて言ったら、おまえはまた悩《なや》むんだろ。ギルドを離れても今まで通り働く。リーゼと話をつける」

ナインヘルの言葉に迷いはなく、その強さはいつもアナベルに勇気をくれる。震《ふる》える白い手を大きな手で包み込んでくれた。二人を励《はげ》ますように大窓の外が明るくなってくる。

「……うん。ナイン。ありがとう」

　アナベルはもうナインヘルのそばを離れるつもりはない。でも彼にはギルドにいてほしい。何かいい方法は――そう思案を巡《めぐ》らせていると、部屋の扉《とびら》がノックされた。

　こんな早朝に誰が来たのかわからなくて、わずかな不安と緊張《きんちょう》が走る。

「アナベル⁉　戻ってたのか！」

　ナインヘルが開いた扉の向こうにいたのは、竜の兄弟たちだった。部屋の奥に立つアナベルを見つけるなり瞠目《どうもく》して驚きの声を出す。

「今からみんなで捜《さが》しに行こうとしていた。だからナインヘルも来いと言いにきたんだ」

「え……？」

　その声に怒《いか》りは含《ふく》まれていなかった。扉まで歩み寄って見た竜たちは、アナベルと同じくらい元気がない。その巨軀《きょく》の間からリーゼが姿をあらわす。

　彼だけはいつもと同じだった。片眼鏡《かためがね》を光らせ、猫《ねこ》のような瞳で睨《にら》みつけてくる。

「おい。誰が出て行けなんて言った？　俺が言ったら出て行けよ。騒《さわ》ぎになったから出たのか？　どんだけ甘ちゃんなんだ。おまえがしたのはただの業務放棄《ほうき》だろうが！」

　長く広い廊下《ろうか》に怒号《どごう》が響《ひび》く。その恐《おそ》ろしさに身体が一気に強張《こわば》り、声が出せなかった。

　だがアナベルは恐怖《きょうふ》の中に意想外の驚きを覚える。

　ギルドに脅威《きょうい》を与《あた》える自分が去ることは、ギルドにとって喜ばしいことのはずだ。それなのに、本気で怒《おこ》るリーゼは、まるでまだアナベルのことをドラゴンギルドの従業員として見てくれているようだった。恐怖と心のざわめきは隠しようがなくて、震える声をどうにか絞《しぼ》り出す。

「リーゼさんっ。あの、僕は――」

「そんなにうちが気に食わんのなら今すぐ解雇《かいこ》通知を出してやってもいいんだぜ？」

リーゼの怒りは治まる気配がなく、アナベルはただ深く頭を下げることしかできなかった。

するとサリバンを始め、集まっていた竜たちが少しずつ口を開きだした。

「やだなあ解雇なんて思ってもないくせに。リーゼくんだって『アナベルを街中に出す判断をしたのは俺だ』って言ってたじゃない。奴《やつ》に見つかったのはギルドの責任ってことでしょ？」

「アナベルが出て行く必要はない。みんなギュスターの暴挙に心底嫌気《いやけ》がさしてる。でもアナベルが来たからこうなったんじゃないんだ。この苦しい状態は何年も続いてて、でも俺たちはどうにもできずに……その鬱憤《うっぷん》をナインヘルにぶつけてしまったんだ。すまなかった」

「そう。……それに、アナベルがギルドにいないと違和感《いわかん》がある。ぽっかり穴が開いた感じだった。昨日はバトラーたちも大変そうにしてたよ」

思いもよらないその言葉に、アナベルは頭を上げて竜たちを見つめた。彼らがどことなく気落ちしているのはなぜだろう。まだ少し苛立《いらだ》っているリーゼが代弁した。

「こいつらが無駄《むだ》に騒いだだけで、アナベルを出て行かせるのは本意ではなかったということだ。――騒ぐな、恐れるな。それこそ奴の思う壺《つぼ》だ。ギュスターなど何度来てもかまわん。ギルドの従業員は俺が命を懸《か》けて守る。だが勝手に出て行った者を捜すのは俺の仕事ではない。アナベルも竜たちも、余計な仕事を増やすな。こんなくだらないこと二度とするなよ」

戸惑《とまど》いながらも自然と声が出て、アナベルはそこにいた竜たちとともに「イエス・サー」と返事をしていた。そしてようやく安堵《あんど》の表情をした彼らを見て思う。ここで竜たちの力になりたいとひたむきに働いてきたことは間違《まちが》っていなかった。

リーゼは彼らに本音を語らせるために「解雇通知」という言葉を出したのだろう。筆頭バトラーの配慮《はいりょ》と竜たちの思いに胸が熱くなった。

ナインヘルを想《おも》ってギルドに戻らないと決意したことは紛《まぎ》れもない事実だった。

しかしアナベルの心も身体《からだ》も、大切なナインヘルや敬愛するリーゼ、そして竜たちがいるこの場所を――ドラゴンギルドを強く求めている。愚行《ぐこう》と承知のうえではっきりと言葉にした。

「ギュスターのことでみなさんを不安にさせて、勝手なことまでして……申し訳ありません。でも、またここで働かせてください。お願いします！」

そうやって深々と頭を下げる。異議を唱える者はなく、それがギルドの総意だった。

リーゼと竜たちがくれた気持ちに応えたい。また不安に陥《おとしい》れてしまうが、黙っておくことなどできなかった。ナインヘルがちゃんと見守ってくれている。アナベルは拳《こぶし》を握《にぎ》って報告した。

「昨夜……、ギュスターに――誘拐《ゆうかい》、されました。でもナインヘルが助けにきてくれました」

「なんだと！」

皆《みな》その一言に衝撃《しょうげき》を受けてざわめく。リーゼも驚愕《きょうがく》を隠《かく》せないようだった。その中でたった一人、余裕《よゆう》の表情をしているナインヘルが話しだす。

「おれは今、あの野郎《やろう》の最大の弱みを握ってる。それを使ってアナベルとギルドに近づかないと誓わせてきた。奴は二度とギルドには来ねえ」

「どういうことだナインヘル？　ギュスターの弱みとは？」

ナインヘルは片眼鏡を光らせるリーゼとわずかの間睨み合う。そして形の良い唇《くちびる》を開いた。

「おれは、あの野郎の最も大切な鍵《かぎ》を――」

そのとき急にギルドの外が騒がしくなり、アナベルはさっきよりも強い不安を覚えた。営業はまだ始まっておらず、竜《りゅう》の発着による轟音《ごうおん》ではない。違和感のある音――大勢の足音が近づくたびにアナベルの不安も膨《ふく》らんでゆく。リーゼが廊下の先をきっと睨みつけた。

「くそっ、こんなところまで来やがった！」

そう言い終わらないうちに長い廊下の向こうから軍服姿の人間が次々とあらわれて、ギルド内は完全に制された。その恐ろしい光景に戦慄《せんりつ》が走り、アナベルの不安は飽和《ほうわ》状態になる。

最後にあらわれた法務将校が書状を朗々と読み上げた。

「ドラゴンギルド所属の兵士・ナインヘルに、ギュスター城への住居侵入《じゅうきょしんにゅう》罪および誘拐罪の容疑がかかった。今これより連行する。――ナインヘル！　前へ出ろ！」

飽和状態になった不安がばちんと音を立てて弾《はじ》けた。無意識に「ちがう！」と叫《さけ》ぶ。

ギュスターは意趣返《いしゅがえ》しに軍隊を動かしてきた。なんて恐ろしいことをするのだろう。どうすればあの男の横暴と抑圧《よくあつ》を封《ふう》じ込めることができるのか、アナベルにはわからなかった。

「何をする！　おれに触《さわ》るな！」

ナインヘルが暴れる。軍人が十人がかりで竜の長軀《ちょうく》を押さえ込む。アナベルも、ナインヘルを助けようとする兄弟たちも、一人一人が軍人に囲まれて行動を封じられた。異議を申し立てるためにリーゼが法務将校のもとへ駆《か》ける。

「違《ちが》います！　誘拐されたのは僕の方です！　ナインヘルは救出に来てくれただけです！」

そう叫んだが誰《だれ》にも届かなかった。

魔石《ませき》で作られた竜専用の手錠《てじよう》を嵌《は》められた途端《とたん》、ナインヘルの巨軀がぐらついた。

脚《あし》から崩《くず》れ落ち倒《たお》れてゆくそのさまが、まるでスローモーションのようにアナベルの青い瞳《ひとみ》に映る。

「いやだぁっ、ナイン！」

法務将校と話をしていたリーゼが舌打ちをしながら振《ふ》り向く。

「やかましいぞアナベル！　おまえは今日ナインヘル付きではない！　サリバンに付け！」

それを聞いたサリバンが軍人たちを押し退《の》けて近づいてきた。彼らに埋《う》まってしまいそうな小柄《こがら》なアナベルを守るように肩《かた》を抱《だ》いてくれたのに、それを拒《こば》みたくなる。

「アナベル、落ち着いて。リーゼくんはナインヘルを助けるために話をしてるんだよ」

「いやだ、放して、放してくださいっ。ナインが……ナインは悪くない！」

「おいサリバン、早くそいつを黙らせろ！　ここから出せ！　話ができん！」

リーゼの声を受けたサリバンの、その顔つきが一瞬《いっしゅん》で変化した。軍人用の手袋《てぶくろ》をした大きな手に顎《あご》をぐいとつかまれる。指が頬《ほお》に食い込んでくる。冷酷《れいこく》に光る金色の瞳にとらえられた。

「筆頭バトラーの業務命令が聞こえないの？　逆らうと酷《ひど》いお仕置きをするよ。言っとくけど、ぼくはリーゼくんやナインヘルみたいに甘くないから。――ぼくに付きたまえアナベル」

意図的に語気と語調を鋭《するど》くされた。その言葉が脅《おど》しではないことを知る。

「ぼく午後からの出動だよね。それまで相手して？　うんと楽しませてね。退屈《たいくつ》は嫌《きら》いだ」

少しも笑わないサリバンに抱き上げられ、アナベルはその場から強制的に退出させられた。

その姿を一秒でも長くとらえていたいのに、ぐったりとして動かないナインヘルが涙《なみだ》でぼやけて見えなくなる。サリバンが長い廊下の角を曲がって、ナインヘルと離《はな》れ離《ばな》れになった。

「ばかな子……！　アナベルやギルドを守るために自分が犠牲《ぎせい》になるなんて意味ないよ」

カツカツと踵《かかと》を鳴らしてリーゼの執務室《しつむ》へ向かうサリバンはいつになく怒りをあらわにする。

崩れ落ちるナインヘルの姿が目に焼きついて離れない。あんなにも大きくて強いナインヘルが人形みたいに——嫌《いや》だ、今すぐあの魔石を粉々に壊《こわ》したい。

どうあがいてもギュスターからは逃《のが》れられない。鍵を交換《こうかん》条件にされアナベルに手を出せなくなったあの男は、とうとうナインヘルを標的にした。

大切だと、想い合っていると確かめられたのに。独りにしないと約束したばかりなのに。

アナベルはまた自分の手でナインヘルを孤独《こどく》にしてしまった。

黙《だま》ったまま顔を上げないアナベルに、サリバンはいつもの調子に戻《もど》って言った。

「もうっ、困った子ばかりだなあ。お兄さまの手を煩《わずら》わせないでよね」

ドラゴンギルドの執務室は、かつてない量の煙《けむり》に覆《おお》われていた。

立派な黒革《くろかわ》の椅子《いす》に座り、パイプからもくもくと煙を上げるリーゼのこめかみには血管が浮《う》き出ている。招集をかけられた竜の中には咳《せ》き込む者もいた。時折ぎりぎりとパイプを噛《か》む筆頭バトラーに「リーゼくん、パイプ割れちゃうよ？」とサリバンが言う。

「ったく！　どいつもこいつも勝手ばっかしやがって！」

書類が山積みになっている大きな机を挟《はさ》んで、アナベルはリーゼと向かい合って立っていた。

ナインヘルの現状が早く知りたい。そしてリーゼたちに伝えなくてはいけないことがあった。

「あの法務将校とは懇意《こんい》にしている。とりあえず、現時点でナインヘルが軍事裁判にかけられることはない。ただの拘束《こうそく》だ。しかし解放も未定だ。――くそっ、なんで俺の大事な従業員が拘束なんて憂《う》き目に遭《あ》わなきゃならんのだ。しかもギュスターに嵌められてだぞ？　かつてない屈辱《くつじょく》だ。おまえがおとなしくしてりゃあ何も起きなかった話だろうが」

リーゼの怒《いか》りはもっともだった。彼は筆頭バトラーとして竜を守る義務と責任がある。

それにここでリーゼに付いて仕事をして、いかに彼が竜たちを大切にしているか、アナベルはそれを肌《はだ》で感じていたのに。

怒りを抑《おさ》えようとしないリーゼは、だんっ、と机を殴《なぐ》りつけた。

「ナインヘルは完璧《かんぺき》に近づいていたんだ。出動時間を守り、軍服も着た。おまえのためなら議会に出てもいいと俺には言ってたんだぞ。それなのに拘束なんてあるかよ!?」

その剣幕《けんまく》に何も言えないアナベルを気の毒に思ってくれたのか、サリバンが応戦してくれる。

「今のはただの文句だと思うなあ。ナインヘルがそれを全部するようになったのはアナベルが来てからでしょ。この子の貢献《こうけん》は大きいと思うけど。そんなに怒《おこ》らないでよ。せっかくの綺麗《きれい》な顔が台なしだよ?」

またリーゼがガリッとパイプを嚙む。サリバンが肩をすくめた。

「――で? おまえが話したいことって何だ」

「ティアマトーさまの不死卵《ふしらん》のことです。今朝ナインヘルが言ったあの男の弱みのことも」

そう言うと、空気が一瞬で変化した。アナベルは端的《たんてき》に語る。

竜母神の卵は魔石に囲われていること。そしてその鍵をアナベルが持っていることが、あの男の『最大の弱み』であること。ナインヘルがギュスターに『アナベルとギルドに近づかないことを条件に鍵を返すか交渉《こうしょう》する』と言ったために、標的はアナベルからナインヘルに移行し、その結果今日拘束されたこと。

そして、アナベルは魔女《まじょ》であり、ティアマトーの卵を魔石から解放する力を持っていること。

「……………」

「――――」

しばらく誰も何も言わなかった。

リーゼはパイプを置き、まぶたを閉じて思案を始めた。アナベルはなおも語る。

「卵を取り戻すのは夢のまた夢だったと思うんです。でもナインヘルだけは諦《あきら》めずに、長い間一人で卵を奪還《だっかん》することだけを考えて生きてきました。僕は彼のために魔石を壊したいです。

取り戻せる条件はこれ以上ないほど揃《そろ》っています。今は僕のせいで拘束されてしまって……でもいつかナインヘルが行動を起こすとき、兄弟のみなさんに協力してほしいです」

そこにいる竜たちの眼《め》が、変わるのがわかった。

今まで卵の奪還を諦めていた竜たちが、取り戻せる可能性を見出《みいだ》したとアナベルは感じる。

本当に、いつになるかはわからない。決起するのはナインヘルであり、アナベルはそれについていく。そのときに兄弟が加勢してくれたら、必ず不死卵を取り返せる。

まぶたを閉じて話を聞いていたリーゼがぱちっと目を開いた。

「ナインヘルが軍事裁判にかかる予定がない理由がわかったぜ」

「え……？」

「おそらく、ギュスターはナインヘル解放――つまり訴訟《そしょう》取り下げの条件に『アナベルが鍵を持ってギュスター城に帰ること』と要求してくるはずだ。それを拒否《きょひ》すれば軍事裁判だな。しかしそれ以前にアナベルは条件をのみ、鍵を持って戻ってくると奴《やつ》は確信しているはずだ」

たしかにその通りだ。もし、その条件を出されたらアナベルはそれをのむ。

ナインヘルを解放するためなら、何でもできる。

「ギュスターはいつそれを要求してくるでしょうか……」

「明日だろ。あいつが待つと思うか？――明日、我が社は臨時休業かもしれんなあ」

そう言って、リーゼは不敵な笑《え》みを浮かべた。

「アナベルが〝持って出た荷物のすべて〟とともに城へ戻ること。それがサラマンダー解放の条件であると主《あるじ》は申しております」

ギュスターの執事《しつじ》がそれを伝えにきたのは翌日の午後のことだった。

筆頭バトラーは表情ひとつ変えずに淡々《たんたん》と対応する。

「承知しました。アナベル。荷物を忘れずまとめるように」

「はい」

アナベルもまた静かに返事をした。

ナインヘルは現在、軍隊本部にある竜専用の監房《かんぼう》に入れられている。リーゼがそこからの解放時間を確認《かくにん》した。

「弊社《へいしゃ》の従業員はいつの時点で解放されますでしょうか」

「主がアナベルの荷物を確認した時点より訴訟取り下げの手続きを行います」

「承知しました」

アナベルはリーゼにぺこりと挨拶《あいさつ》をして、ドラゴンギルドを出た。

そこに停《と》まっていた自動車五台のうち一台だけ立派なものがあり、その後部座席に座る。

ギュスター城に向けて五台の自動車が出発する。それを見送るリーゼが「さ、どこまで暴《あば》けるかな」とパイプをふかしながら言った。

自動車に揺《ゆ》られるアナベルは一言も喋《しゃべ》らずにリーゼとの打ち合わせを思い出す。

ギュスターの卵隠匿《いんとく》を知っているのはギルド侵害《しんがい》派の人間と、ギルドの従業員だけである。帝国《ていこく》は公式に竜母神の死を発表しており、どれだけギルドが訴《うった》えても、ギュスターは多方面に圧力をかけ白を切り通し、政府や軍法会議も「明確な証拠《しょうこ》なし」と対応しなかった。

しかしアナベルがギュスター城に入ることにより、卵隠匿の証拠をつかめる可能性が出てきた。ギュスターに一言「不死卵は城内にある」と言わせたらギルドの勝ちだ。

たとえ卵隠匿のことを言わなくても、ギュスターがアナベルを凌辱《りょうじょく》しようとする証拠を取るのもいい。それらはすべてリーゼとサリバン、そして法務将校がサリバンの緑色の鱗《うろこ》を通した映像で確認する。

サリバンの緑色の鱗を所持するのはリピン。彼は今、アナベルの上着のポケットにいる。

ギュスターを逮捕《たいほ》できるかはアナベル次第《しだい》ということになる。証拠をつかむまでアナベルの救出へ行けないことをリーゼは危惧《きぐ》していたが、アナベルは平気だった。

証拠を取れるか取れないかは別にして、自分がギュスター城に入ればナインヘルが解放される。アナベルはそれを思うと早く入城してしまいたいほどだった。

移動距離《きょり》は長く、車窓の外には夕闇《ゆうやみ》が迫《せま》っていた。ギュスター城が見えてくる。その最上階にある主の部屋へ通されたアナベルは息を呑《の》んだ。

「おまえのために、部屋を作り替《か》えた。気に入ってくれるといいのだが」

脂《あぶら》ぎった顔を歪《ゆが》め笑うギュスターの、その部屋の窓には鉄格子《てつごうし》が嵌《は》められていた。今通った扉《とびら》にも鉄格子がかけられ、アナベルは脱出経路《だっしゅつ》を完全に失う。

ギュスターは二度にわたるアナベルの脱走《だっそう》に業《ごう》を煮《に》やしたようだった。

「おまえが持って出た荷物をよこせ」

「ティアマトーさまの不死卵を隠《かく》した部屋の鍵《かぎ》のことでよろしいでしょうか」

「そうだっ！　今さら何をほざく！　さっさと出せっ」

アナベルが内ポケットから鍵を出すと、ギュスターが襲《おそ》いかかってくる勢いでそれを奪《うば》った。

「ふふ……、ふはは……、戻《もど》ってきた！　戻ったぞ鍵が！」

ナインヘルは解放されただろうか。一分でも早くあの魔石《ませき》を外してほしい。どこか傷ついているのなら、アナベルの手ですべて癒《い》やしたい。

狂人《きょうじん》のようになって喜ぶギュスターを前に、アナベルはナインヘルのことばかりを想《おも》った。

しかしこの男に喋らせなくてはならない。明確な返事はしないだろうが、反応などでも証拠になればいい。この城で暮らしていたときのように、アナベルは感情を殺して淡々と訊《き》いた。

「ティアマトーさまの卵は、どこに隠されておいでですか」

「ふふ……それを知ってどうする？　鍵の次は卵を持って逃《に》げるつもりか？」

「……っ」

ギュスターが胸倉《むなぐら》をつかんでくる。てかてかと光る顔を間近に寄せてくる。

「きさまのことは簡単に殺さない。充分《じゅうぶん》に生かしてありとあらゆる苦痛を与《あた》えてやろう」

「十四年前……、どうやって、卵を捕獲《ほかく》なさったの、ですか？」

「黙《だま》れ!!」

無表情で質問ばかりをするアナベルに、ギュスターはこめかみに太い血管を浮《う》かばせる。

つかんでいた胸倉を床《ゆか》に叩《たた》きつけるようにされて、アナベルはその場に倒《たお》れ込んだ。

「あっ……！」

ギュスターが馬乗りになってくる。男の全体重が細い身体《からだ》に伸《の》しかかる。リボンタイをほどかれちぎられて、開いた襟《えり》から脂ぎった手が入ってきた。

「く、うっ」

「どうした？　質問は終わりか？　それなら始めさせてもらおう」

感情を殺せていたのはそのときまでだった。ギュスターがポケットから取り出した小瓶《こびん》、その毒々しい青色の淫薬《いんやく》を見たアナベルに戦慄《せんりつ》が走る。

「いやだ！……放せっ、放せ！　いやだぁっ！　ナイン！」

「ばかめ。あの赤い蠅《はえ》はまだ檻《おり》の中だ。そう容易《たやす》く出すはずがなかろう」

「そんな——！……う、ぐ」

肉厚の指に顎《あご》をつかまれ無理矢理《むりやり》口を開けさせられる。ナインヘルがまだ解放されていないことの衝撃《しょうげき》がアナベルに抵抗《ていこう》する力を失《な》くさせた。淫薬の小瓶が傾《かたむ》けられる。

「うわっ!?　なんだこれはっ！」

そのとき、シャーッ！　という威嚇《いかく》とともにほこりの魔物《まもの》がポケットから飛び出した。

リピンはいつもの可愛《かわい》らしい黒目をナインヘルと同じ金色に変えて、牙《きば》を剝《む》き出しにしている。ギュスターに飛びかかって小瓶を奪い、淫薬を床に撒《ま》き散らした。

「リピン！　もう戻ってきてっ。早くそいつから離《はな》れて！」

「このっ、クズ魔物が！」

ギュスターに鷲《わし》づかみにされたリピンは床に叩きつけられ、そのまま動かなくなった。

「ああっ！　リピン、起きて！」

リピンに手を伸ばしたとき、強大な衝撃があって城が大きく揺れた。地震《じしん》と思ったが違《ちが》う。

隕石《いんせき》だ！　火の玉が！　火事だ、水を——城外から聞こえた叫《さけ》び声に、アナベルは確信する。

——ナインだ！

「いったい何ごとだ？」

ギュスターが狼狽《うろた》えている間に赤い鱗のペンダントを取り出した。首にかけられたときは自分で外せなかったリネンの紐《ひも》は、今ナインヘルが切ってくれたとわかる。

鱗を握《にぎ》りしめて「短剣《たんけん》に変われ」と心の中で強く願うと、想像通りの形になった。それをギュスターの腿《もも》に思いきり突《つ》き立て、深く抉《えぐ》る。

「ぐ、あっ——！」

激痛にのたうつギュスターから逃《のが》れ、リピンに駆《か》け寄った。魔物はぐったりして動かない。

「リピン！　目を開けて！　お願いだっ」

リピンを抱《だ》き上げると、その小さな身体にある赤い鱗を通して風景が視《み》えてきた。

大きな魔石の檻だ。その中に入れられたナインヘルが檻を壊《こわ》そうとしている。魔石から黒い雷《かみなり》が生まれ、次々と鱗を割っていく。血が流れ、鉤爪《かぎづめ》にひびが入った。それでもナインヘルは檻を壊すことをやめない。竜では決して打ち克《か》つことのできない魔石を、それでも少しずつ壊していき、世界最強のサラマンダーはそこから脱出を果たした。

そこまでを映し、パキ、と小さな音を立ててリピンの心臓にひびが入った。

「リピン！　いやだっ。――ナイン！　助けて！」

ナインヘルに今すぐここに来てほしい。アナベルはひどく弱くて、もうこれ以上どうしようもなかった。魔女《まじょ》なのにリピンすら守れない。鍵もない。非力な自分を恨《うら》んで、その場に座り込む。喉《のど》から血が出るほどに、サラマンダーの名を叫んだ。

「助けてナイン！――ナインヘル！」

アナベルの声に呼応するみたいに、巨大《きょだい》な炎《ほのお》の塊《かたまり》がギュスターの私室にあらわれた。

炎の塊が壁《かべ》を強打し破壊《はかい》するたびに城全体が大きく震動《しんどう》する。ひびから入り込んだ何本もの炎の尾《お》が生きているみたいに部屋の中を踊《おど》り狂《くる》う。その高熱で鉄格子が歪みはじめた。

炎の煉獄《れんごく》と化した部屋の真ん中でギュスターは熱と激痛と戦慄に悶《もだ》え苦しんでいる。

アナベルは立っていられないほどの震動やあたりを燃やし尽《つ》くす炎さえも愛《いと》しかった。

アナベルのサラマンダーはすぐそこにいる。それがアナベルに勇気をくれる。壁一面が崩落《ほうらく》した。そこに見えたのは、いつだってアナベルの心を強く震《ふる》わせる、あの烈火《れっか》色《いろ》の鱗――。

「ナイン！　ナイン！」

その全身に紅炎《こうえん》を纏《まと》ったナインヘルがアナベルのところへ来てくれた。夢中で駆けてナインヘルにしがみつく。大きな身体に揺れる夥《おびただ》しい炎の尾は熱くない。魔女を守り包んでくれる。

「アナベル……一人で、怖《こわ》い思い、させたな……」

「そんなことない、そんなことないよ。ナインがいるからもう何も怖くない」

ナインヘルは魔石の檻を壊したために鱗が落ち、身体じゅうから血を流していた。

アナベルはそれを躍起《やっき》になって撫《な》でる。撫でたところから少しずつ赤い鱗に輝《かがや》きが増していく。アナベルの全身がサラマンダーの血で染まった。西の森で出会ったあのときのように。

「リピンが死んじゃうよ……どうしようっ」

「ちびはそんなにやわじゃねえ。ポケットに入れとけ。おれが治す」

アナベルはリピンを内ポケットにしまって、ナインヘルの身体を撫で続けた。

するとナインヘルの向こうに広がる空に、竜が群れをなして飛んでくるのが見えた。

「おい！　アナベル！　大丈夫《だいじょうぶ》か!?」

「リーゼさんっ、サリバン！　みんなも……！」

竜に乗って筆頭バトラーも来てくれた。サリバンが「ナインヘルに追い抜《ぬ》かされたあ！」と驚《おどろ》きながら言う。

「他《ほか》の竜たちも全機この城に向かってる！　よくやったアナベル、証拠は充分だ。法務将校からギュスターの居城捜索《そうさく》の許可も得た、このままティアマトーさまの卵を奪還《だっかん》する！」

「はいっ」

「あーっ、あいつ、逃げるつもりだよ！」

サリバンのその声に、アナベルは振《ふ》り向く。すると腿に短剣が刺《さ》さったままのギュスターが這《は》って逃げようとしていた。

俄《にわ》かに怒《いか》りが湧《わ》き立つ。この男は今までそうやって逃げようとしてきた者たちを追い詰《つ》めて弾圧《だんあつ》してきた。弱い者も、強い者すらも卑劣《ひれつ》な方法で捩《ね》じ伏《ふ》せて。

それなのに自分は最初に逃げ出すというのか。怒りに任せてアナベルはギュスターに迫《せま》った。

「待てっ、アナベル！　おまえ、血——」

リーゼがそう制止するのも聞こえずに、せめて鍵だけでも取り返したい一心だった。

「ひ、いぃ……」

「あなたのしてきたことがどれだけ罪深いことなのか、その償《つぐな》いをせずに逃げるのか⁉　絶対に許さない！」

全身を竜《りゅう》の血で染めても死ぬことなく迫りくるアナベルに、ギュスターは恐怖《きょうふ》のあまり泡《あわ》を吹《ふ》いて気絶した。その動かなくなった身体から鍵を抜き取る。

「おい、どうすんだよ、こいつしばらく目を覚まさんぞ？　卵の場所は⁉」

「この部屋にあるんじゃない？　手分けして捜《さが》す？　早くしないと時間ないよ！」

リーゼとサリバンが口々に言う。ナインヘルの強力な炎に包まれたギュスター城は、至るところから黒煙《こくえん》が上がり、窓ガラスの割れる音や壁の崩《くず》れ落ちる音が絶え間なく響《ひび》いていた。

アナベルは首を横に振る。もうこの城に着いたときからずっと声が届いていた。

「ティアマトーさまは地下室です！　ナインを、息子《むすこ》たちのことを呼んでる……！」

しかしこの部屋は城の最上階にあった。今から地下へ行くには相当な時間がかかる。もうこの城はもたない。城内にいる者は他の竜たちによって救出が始まっていた。

「リーゼくん、穴を開けていい？」

「よし、許可する。でかいのぶちかませ」

リーゼの承諾《しょうだく》を得たサリバンが、そのすらりとした綺麗《きれい》な顔を床へ向ける。そして口を開くと、そこから強大な竜巻《たつまき》を吐《は》いた。

風を自在に操《あやつ》るシルフィードが吐き出した竜巻は、轟音《ごうおん》を立てて地下へ通じる大穴を開けた。

「はい、できた。ここからおりたらすぐだよ」

「俺たちは城内の人間を一人残らず避難《ひなん》させて撤退《てったい》する！　ナインヘル、アナベル、おまえたちもさっさと卵を見つけて脱出《だっしゅつ》しろ。もうこの城は崩壊《ほうかい》する、急げっ」

ナインヘルはすでに地下へ続く大穴に入ろうとしていた。それを追うアナベルは、サリバンの背に乗るリーゼに振り向いて言う。

「リーゼさんっ。この城にはたくさんの子供が、ギュスターに連れてこられた子供たちがいるんです。その子たちに嵌《は》められた金の首輪を割っていただけませんか」

「もうサロメが割ったぞ。あいつが子供たち全員を故郷に帰す。――死ぬなよアナベル！」

「はい！」

サリバンが「今の業務命令だからね」と軽快に笑いながら飛んでいった。

アナベルを鉤爪で守りながらナインヘルが地下への大穴を高速で進んでゆく。

「この地下はもうもたねえ。どっちだ？　わかるかアナベル？」

「え、と……、――あっ。こっち！」

地下も崩壊が始まっていて、あたりは地震のように揺《ゆ》れていた。轟音が鳴り響く中、アナベルの耳にひとつの綺麗な音が届く。澄《す》んだ混じり気のない宝石が放っているような音だ。

その音がする部屋に向かってアナベルは駆けた。鍵《かぎ》と同じ鉱石で作られた扉《とびら》がある。

「ナイン！　ここ、この部屋っ」

そう言ってアナベルは鍵を取り出し、扉の錠《じょう》に差し込もうとしたが、手がぶるぶると震えてうまくできない。すると「大丈夫だ」と後ろからナインヘルの鉤爪が伸《の》びてきて、アナベルの震える腕《うで》を支えてくれた。鍵が差し込まれる。錠が開く。

部屋全体も魔石《ませき》でできていた。箱がぽつんと置かれているだけで、それ以外は何もない。

アナベルだけが部屋に入る。箱にも錠がついていたが、同じ鍵を差し込めた。

ガチャリとまわし、箱を開く。

「これが、ティアマトーさまの不死卵《ふしらん》……？」

楕円形《だえんけい》をした灰色の化石みたいなものが入っていた。とても大きくて、アナベルはその化石を両腕《りょううで》で抱いて持ち上げた。

「アナベル！　急げ！　もう飛ぶ！」

「うんっ」

部屋の外で待つナインヘルの背中に乗った瞬間《しゅんかん》、部屋が崩落した。地下道も全体が大きく歪《ゆが》み、もう数秒ももたないようだった。ナインヘルはサリバンが開けた大穴をすばらしい速さで駆け上がる。最上階に着くとそこはもう部屋の形をしていなかった。

ナインヘルが翼《つばさ》を広げて高く飛翔《ひしょう》する。巨大な翼が力強く風を切る音が耳に届く。煌《きら》めく星々が眼前に広がった。冷たい風が頬《ほお》を撫でる。アナベルは不死卵をしっかりと抱《だ》きしめた。

ギュスター城から飛び出したナインヘルは長い首を曲げて城の方へ向く。そして口を大きく開くと、巨大な炎の玉を吐いた。轟音を立てて生じた紅炎の柱が夜空を赤く染める。

サリバンたちが上空で待っていてくれた。ナインヘルが振り向いてアナベルに言う。

「ティアマトーさまのために、願ってやってくれ」

「うん」

アナベルは大きな化石を優《やさ》しく抱きしめる。傷ついた竜の鱗《うろこ》を撫でるみたいに、何度も手を添《そ》える。新しい命が生まれますように。ティアマトーさまの持つすばらしい竜の力が再生されますように――そう心から願うと、アナベルの手の触《ふ》れるところから石が虹色《にじいろ》に輝きだした。

「わぁ……、綺麗だ」

虹色の輝きはたちまち全体に広がり、ティアマトーの不死卵は再生を果たした。こんなに美しいものをアナベルは見たことがない。

「あ……！」

竜母神ティアマトーの不死卵は、七色の光を放ちながら夜の大空に向かって飛んでゆく。

それを息子たちはたしかに見届けた。

「ティアマトーさまは生まれ変わる。近いうち兄弟の卵も見つかる。ありがとう。アナベル」

卵が見えなくなるまで見守っていたナインヘルの横顔は強く、そして優しさに満ちていた。

竜たちはドラゴンギルドへの帰還《きかん》を始める。

ナインヘルの背中に乗るアナベルは振り向き、炎の柱を立てて燃えるギュスター城を見た。

あの城に溜《た》まった酷悪《こくあく》と抑圧《よくあつ》が、鮮烈《せんれつ》な紅炎に浄化《じょうか》されていくようだった。

サラマンダーの炎は三日三晩燃え続け、ギュスター城は跡形《あとかた》もなく消滅《しょうめつ》したという。


みっつのゲートの誘導灯《ゆうどうとう》をつけて、テオたちバトラーが総動員で迎《むか》えてくれた。

洗浄《せんじょう》とオーバーホールを終え、竜たちは各々《おのおの》の巣へ帰っていく。

アナベルは脱衣《だつい》室からエントランスホールへ向かうリーゼを追いかけた。

「リーゼさんっ。あの……ありがとうございました」

いったい何から感謝の気持ちを述べたらいいのかわからないくらい、リーゼには大恩がある。

ぺこりと頭を下げるアナベルに筆頭バトラーは笑った。

「いや、礼を言うのは俺の方だろう。竜たちにとってこれほど喜ばしいことはない。感謝している。今日はもう全機休ませる。おまえも休め」

「はい。でも僕、リーゼさんにお話があって……」

ギュスター城があんなに燃えて罰がないわけがない。またナインヘルが拘束されることにでもなれば、アナベルはそれこそ生きていけなくなる。

それにいつまでここで働かせてもらえるのか不安もあった。

話したいアナベルに対し休みたいリーゼは頭をぼりぼりと掻《か》きながら言った。

「あのなあ。俺は明日、確実に政府に呼び出されるんだよ。お偉方《えらがた》に一日中頭を下げなくてはならん。おまえたちだって明日は俺抜きで現場をまわすんだぞ。きついと思うぜ？　いちゃこくのもほどほどにしてさっさと寝《ね》ろよ。お疲《つか》れさん」

そう言ってリーゼはサリバンの巣に帰っていった。

ナインヘルは寝台《しんだい》に横たわっていたが、アナベルが部屋に戻《もど》ってきたことに気づくとすぐに身体《からだ》を起こした。アナベルも急いで靴《くつ》を脱《ぬ》ぎ、寝台へ上がる。二人の目的は同じだった。

上着の内ポケットからそっとリピンを取り出す。両手で丁寧《ていねい》にくるみ、ナインヘルに見せた。

アナベルの手の中でリピンはぐったりとしていた。いつもは丸い大きな瞳《ひとみ》を、糸のように細くしてまぶたを閉じている。そこには涙《なみだ》の跡《あと》があった。

「リピン。起きて。大丈夫《だいじょうぶ》？」

アナベルがそう言い、ナインヘルがつつくと、小さなほこりの魔物《まもの》はうっすらと目を開けた。

「ナインヘルさま？——ねぇ、ぼく、がんばったよ」

「ああ、視《み》えてたぜ。あんなリピンは初めてだ。魔物っぽかったぞ」

「でもアナベルを守れなくてごめんなさい。ナインヘルさまがいないときはぼくが守るって約束だったのに。役に立たなかったから、ぼく燃やされるの？」

「ばぁか。兄弟を燃やす奴《やつ》がどこにいる。おまえ、いつか竜になるんだろ？」

その言葉に、リピンは小さく、でもたしかにうなずいた。

ナインヘルはうなじから赤い鱗を一枚取り、「ちょっと痛いけど我慢《がまん》しろ」と言って、ほこりでできた身体に鱗を埋《う》める。ひびの入った鱗を抜《ぬ》き取るとき、リピンはきゅっとまぶたを強く閉じて痛みに耐《た》えていた。

そうして新しい心臓を得たリピンはすうすうと眠《ねむ》りだす。

「寝床《ねどこ》に入れといてやれよ。ちびは寝るのが仕事なんだ」

毛糸玉のベッドにそっとリピンを乗せる。小さな魔物は毛糸玉の間にもそもそと埋まっていき、居心地《いごこち》のいい場所で熟睡《じゅくすい》しはじめた。

その様子をしばらく見届けて寝台へ戻るとき、ナインヘルの姿が涙でぼやけた。

「……！　なんで泣くんだよ」

突然《とつぜん》泣きだしたアナベルの手をナインヘルが強く引っ張ってくる。竜《りゅう》の胡坐《あぐら》の上に座り、その逞《たくま》しい胸に顔を押しつけた。困惑《こんわく》しながらもナインヘルは力いっぱい抱きしめてくる。

「どうした。泣くようなことはもう何もねえだろ」

「ごめ……、なんか、ほっとして……」

本当はずっと怖《こわ》かった。弱い者を虐《しいた》げるだけではなく、強く尊い竜や魔物たちをも圧伏《あっぷく》させるあの男が本当に恐《おそ》ろしかった。竜母神を捕獲《ほかく》するなどあってはならない。ナインヘルがあの黒い雷《かみなり》を放つ檻《おり》に入れられている光景は、何度思い出しても胸が抉《えぐ》られる。

それでもナインヘルは本当に強くて、たぶんもう自分が檻で苦しんでいたことも、少しも気にしていない。長い歳月を独りで闘《たたか》い抜き、自由と誇《ほこ》りを取り戻した。

全部終わった。竜を脅《おびや》かす存在はなくなり、ナインヘルが孤独《こどく》の深淵《しんえん》に落ちることは二度とない。そう思うとどうしようもなく泣けてくる。

アナベルの涙に勝てない世界最強のサラマンダーは、やっと思いついたとばかりに言う。

「そうだ。おまえにおれの宝を見せてやる。だからもう泣くな」

「ナインの、宝物？」

「ああ。びっくりするくらい綺麗《きれい》なもんだ。涙も引っ込む」

そう言ってナインヘルは寝台の下をごそごそと探《さぐ》って小さな箱を引っ張り上げる。

「これだ。開けてみろ」

「——うわぁ。綺麗……」

小さな箱を開くと、そこに虹色の鱗が一枚入っていた。それはとても大きくて、ナインヘルの鱗の二倍ほどある。きらきらと輝《かがや》きながら虹色の波紋《はもん》を描《えが》いている鱗からは、美しい生命の源を感じることができた。

「ティアマトーさまの鱗だ。ティアマトーさまは産んだ卵に必ず自分の鱗を入れてくれる。おれたちはそれを抱いて卵の中で大きくなり、孵化《ふか》する」

「素敵《すてき》だなぁ。ギルドにいるみんなは同じ虹色の鱗を持っているんだね。ナインたちより鱗が大きいから、ティアマトーさまって凄《すご》く大きな竜なの？」

「それはわからねえな。おれたちがティアマトーさまに会うことは一度もない」

「え……？」

虹色の鱗の輝きはとても鮮《あざ》やかで、小さな箱をのぞき込むアナベルとナインヘルの瞳も虹色に染まってしまうほどだった。その鱗を大切そうに見つめるナインヘルが言う。

「ティアマトーさまがおれたちの前にあらわれることはねえ。でも、ちゃんと孵化して成体になって、この世界を守れと虹色の鱗をくれるんだ。会えなくても繫《つな》がってる。鱗でも、血でも。声だって聴こえるしな」

それは竜という魔物だけにしかわからない不思議で尊い絆《きずな》。アナベルの好きな、純粋《じゅんすい》で寂《さび》しい竜の習性。会えないのは寂しいけれど、混じり気のない綺麗な心で繫がっている。

「この鱗をおまえにやる。だからもう泣くな」

「ナインの一番大切なものでしょう。そういうのは自分で持っておかないと駄目《だめ》なんだよ」

首を横に振《ふ》るナインヘルはアナベルの頰《ほお》に残った涙を指先で丁寧に拭《ぬぐ》ってくれた。

青い瞳を見つめてくる金色の瞳は、これ以上ないほど優しい。

「おれの大切なものはアナベルだけだ。それ以外なにも要《い》らない。おまえだけでいい」

その純粋でまっすぐな竜の想《おも》いを感受したアナベルの心が、きゅうきゅうと切なく鳴いているみたいだった。

竜は孤独な生き物だと聞いた。執着《しゅうちゃく》し、束縛《そくばく》するとも。ナインヘルにならそうされても大丈夫――否、アナベルはナインヘルにそうされたい。

「この鱗《うろこ》も素敵だけど、僕、やっぱり赤い鱗だけが好き。ナインの鱗だけが欲しい……」

虹色の鱗をそっとしまうと、ナインヘルが「百枚やる」と言いだした。

「一枚だけ欲しいよ、ずっと大切にする」

アナベルは笑ってそう言い、ナインヘルはうなじから赤い鱗を一枚取ってくれる。

鱗に通す紐《ひも》がないかあたりを見ていると、ナインヘルに左手を取られた。

「ナイン？」

「人間は、死ぬまで一緒《いっしょ》にいることを誓《ちか》うとき、左手の薬指に指輪をするんだろう？」

「うん……」

ナインヘルは鱗にふっと息を吹《ふ》きかけてその形を変えた。

赤く煌《きら》めく輪が、アナベルの細い薬指を心地《ここち》よく締《し》めつけてくる。

赤い鱗の指輪は、とても熱い。柔《やわ》く縛《いまし》められたそこがとくとくと脈打っていた。

ほうっと溜《た》め息をつくナインヘルが「綺麗だ……」と指輪の嵌《は》まった白い手に見惚《みと》れる。

そこに何度も口づけて、やたら切なそうに頬をすり寄せてくる。

「ナイ、ン……」

魔女《まじょ》の力のせいなのか、ナインヘルとの共鳴は強くなるばかりで、その切なさがナインヘルのものか自分のものかがわからなくなる。

赤い指輪の嵌まった手で、竜の頬に触《ふ》れた。熱情を宿す金色の瞳が見つめてくる。

その眦《まなじり》にある赤い鱗がたまらなく好きだった。愛《いと》しさを籠《こ》めて指先で撫《な》でると、ナインヘルは眉《まゆ》をひそめて腰《こし》を揺《ゆ》らしてくる。

「……煽《あお》るな。またおまえが壊《こわ》れるまでめちゃくちゃしちまう」

「う、ん……。いい、よ。そうしてほしい……」

そうささやきながら赤く煌めく鱗に口づけた。焦燥《しょうそう》に駆《か》られるナインヘルが二人の着衣を剝《は》いで裸《はだか》にする間も、絶えず左右の眦に唇《くちびる》を押し当てた。

ナインヘルの胡坐の上に座る。わずかに腰を浮《う》かせると尻《しり》の丸みをつかまれて、あわいに竜のペニスが差し込まれた。硬《かた》く濡《ぬ》れた先端《せんたん》で後孔《こうこう》を撫でられると、そこが柔くほころんでくる。

「あ、……んっ。ナイン――」

腰を落とし、ナインヘルを迎《むか》え入れる。長大な陰茎《いんけい》の根元までを呑《の》み込むと、身体が悦《よろこ》びに震《ふる》えだす。逞しい腰を何度も突《つ》き上げながらナインヘルがあの言葉を求めてくる。

「なぁっ、おれのだって言え」

「あっあっ……、――アナベルは……、ナインだけの、ものっ……」

「は、っ……！　おれだけのものだ、おれのアナベル、……アナベル、っ――！」

熱く濃厚《のうこう》な竜の体液を受けながら、アナベルは心から希《こいねが》う。

「ナインも……僕だけの、炎《ほのお》の竜でいて――」

〝ドラゴンギルド、ティアマトーの不死卵《ふしらん》を奪還《だっかん》せり〟――翌日から新聞各社はこぞってこの衝撃的《しょうげき》なニュースを第一面に掲載《けいさい》した。

ギュスターによるティアマトーの不死卵隠匿《いんとく》はアルカナ・グランデ帝国《ていこく》史上最凶《さいきょう》の大罪として本人不在のまま軍事裁判が始まるという。他《ほか》、不自然なほど多くの子供を養っていた理由や、彼らが城で暮らすまでに至った経緯《けいい》など謎《なぞ》は多く残され、裁判は長期化すると見込まれた。

ギュスター城の焼亡《しょうぼう》により、ドラゴンギルドも三か月の営業停止という制裁措置《そち》を受ける。しかし自然異変や天災は時と場所を選ばず、ギルド擁護《ようご》派の議員たちによる申し立てもあって、わずか九日間で営業を再開した。それでも筆頭バトラーは「創立以来の不名誉《ふめいよ》だ」とまたパイプの煙《けむり》を大量にふかしていた。

その間にアナベルは正式なバトラーとしてドラゴンギルドと契約《けいやく》を果たす。

ナインヘルに教えてもらった、ギルドと契約を交《か》わすときに見る〝鮮血《せんけつ》の契約書〟。本来は見るだけだがリーゼが特別に触れることを許してくれた。「おまえの祖母《ばあ》さんたちが遺《のこ》したものだ」という筆頭バトラーの言葉には、魔女たちへの深い敬意が籠められていた。

リピンは相変わらず起きてこない。でもコルク瓶《びん》の中の金平糖が減っているので、アナベルたちの知らない間に起きているのだろう。明日コックに金平糖をもらいにいく。

日没《にちぼつ》が早くなった秋の終わり、午後四時。

アナベルはテール・コート姿で第一ゲートのバルコニーに立っていた。

隣《となり》には軍服姿のサリバン。彼はナインヘルの帰りを待つアナベルに付き合ってくれている。

ナインヘルは昨日申請《しんせい》した私用発着願が受理され、今日は私用で飛んでいた。

少しだけひんやりとした風が吹き、サリバンのきらきらとした三つ編みが揺れる。

「最近さあ、アナベルは可愛《かわい》さに加えてエロティックになってきたよねえ。ナインヘルとのセックスがいいの？　あの子上手にできてる？　あそこも大きいし、お兄さま心配でさ」

「……!!──も、そういうのやめてください。僕が狼狽《うろた》えるのを見て楽しんでいるだけでしょう、サリバンは」

「そんなことないよ、とても重要なことだもの」

ドラゴンギルドで最も美しく端麗《たんれい》な若葉色の竜《りゅう》は、その性格に少々難がある。しかも彼はアナベルが尊敬してやまない筆頭バトラーを〝所有〟していた。なんだか複雑な気持ちになる。

ナインヘルとアナベルがそうであるように、サリバンとリーゼにも寿命《じゅみょう》の隔《へだ》たりがある。

彼らは、それをどう捉《とら》えているのだろう。

「サリバンは……、リーゼさんといつかお別れになるのは寂しくないのですか？　僕はナインを遺して先に逝《ゆ》くことを思うととても悲しくなります」

そう言うとサリバンはその端整《たんせい》な顔ににっこりと笑《え》みを浮かべる。

「人間にとって竜の血は猛毒《もうどく》、涙《なみだ》は薬、精液は永遠の若さの源なんだよね。だからナインヘルとのセックスが重要なんだって、さっき言ったでしょ」

「……？　永遠の若さの源なんて、ただの噂《うわさ》でしょう？」

「アナベルはリーゼくんの年齢《ねんれい》を知らないの？　あの子もう四十八歳だよ」

「えーっ!!　う、嘘《うそ》だぁ……っ!!」

アナベルは驚《おどろ》きのあまりバルコニーから落ちそうになった。サリバンが笑ってそれを支える。

信じられなかった。ずっと同世代と思っていた。

でも、たしかによく考えれば二十代前半でドラゴンギルドを経営しているのはおかしい。

パイプもふかすし、軍服姿のナインヘルに『十五年待った甲斐《かい》があった』と言っていた。

ナインヘルも『あいつは人間だが魔物《まもの》みたいなもんだ』と言っていたことを思い出す。

「で、でもっ、『定められた命を自分たちの戯《たわむ》れで長くしては駄目』って、竜はちゃんとわかってるって……。そうでしょう？」

「そう。戯れで命を延ばしたりはしない」

サリバンは輝《かがや》く金色のまつげを妖《あや》しく揺らして笑う。冷たい風が吹き、一瞬《いっしゅん》ぞっとした。

「ぼくの世界はリーゼくんだけでできてるんだよね。いなくなるって想像しただけで発狂《はっきょう》しちゃう。そんなぼくにはあの子の命を延ばす権利があるんだ」

「………」

「だからアナベルも、ナインヘルに毎日おなかいっぱいになるまで射精してもらうといいよ。そうしたら二十年後も、今日と同じ可愛いアナベルのままだ」

二十年後がとっても楽しみだね――そう言ってサリバンはバルコニーから去っていった。

「やっぱりサリバンってちょっと怖《こわ》い……」

アナベルはバルコニーの手摺《てすり》にもたれ、そう独りつぶやく。

そして心からありがとうと思う。父親が魔力《まりょく》の解放にナインヘルを選んでくれたことを。

父親は亡《な》くなってからも心配していただろう。連れ去られ、死に怯《おび》える奴隷《どれい》みたいな日々。

でももう大丈夫《だいじょうぶ》。アナベルは魔女としてナインヘルとずっと一緒に生きていく。


「お父さん、ありがとう」

太陽が真紅《しんく》の衣《ころも》を身に纏《まと》い、西の空へ沈《しず》んでゆく。

世界中が炎の色に染まる、この時間が好きだ。


「――あ！　ナイン！」

西の空にきらりと光るものが見えて、アナベルは誘導灯《ゆうどうとう》をつける。

それは鮮《あざ》やかに燃える空にあって、なおもひときわ赤く輝くアナベルだけのサラマンダー。

赤い指輪の煌めく手を大きく振《ふ》る。

「お帰りなさい！」

第一ゲートに着陸したナインヘルはバルコニーに前脚《まえあし》を持ってくる。黒く立派な鉤爪《かぎづめ》の間から、丸くて赤い宝石が見えた。

「こいつを迎えに行っていた。ティアマトーさまが、アナベルに託《たく》したいと」

ナインヘルから受け取ったものは、両腕《りょううで》で抱《かか》えてちょうどいい大きさをしていた。

アナベルが優《やさ》しく抱《だ》くと、赤い宝石がとくんとくんと脈打つ。

「サラマンダーの卵だ……！」

うっすらと透《す》けて見える赤い卵の中で、幼生体が目を糸のように細くして眠《ねむ》っている。丸めた身体《からだ》の、その小さな前脚でしっかりと虹色《にじいろ》の鱗を握《にぎ》っていた。

「でもそいつばかりにかまけるなよ。アナベルはおれのバトラーなんだからな」

赤く燃える夕映《ゆうば》えに、アナベルの笑顔が綺麗《きれい》に浮かんだ。

experienced
～経験済み～

終わり、って…？
どうなりますか
言っただろ
所有されるんだよ
執着し束縛される
ぶっ壊れる
犯られるしな
人型だけど
トラゴンに…
リーゼさん…
僕どうすればいいでしょうか…
バトラーに徹するのさ

あとがき

はじめまして。こんにちは。鴇六連《ときむつら》と申します。このたびは『紅炎竜と密約の執事～ドラゴンギルド～』をお手に取っていただき、ありがとうございます。

四冊目を刊行していただきました。あとがきまで辿《たど》り着けてホッと安堵《あんど》しております。

ギルドを調べると「同業組合」とあります。少し意味が異なりますが団結してお金を稼《かせ》ぐところは似ていますし響《ひび》きも格好いいと思い、拙作《せっさく》は〝結社・ドラゴンギルド〟にしました。

そしてこのお話を思いつくことができたのは、とあるモチーフを担当Aさまが示してくださったからです。まさに神の啓示《けいじ》でした。本当にありがとうございます！

そんなAさまから「今作も沖麻実也《おきまみや》先生に描《か》いていただけます」と教えていただいたときは慄《おのの》いてしまいました。……じつはこのお話は沖先生のイラストをじぃーっと見つめながら考えましたなんて、そんな身のほど知らずのことは口が裂《さ》けても言えません。誰《だれ》にも言っていなかったのに、私の邪心《じゃしん》は強すぎてダダ漏《も》れだったということです。うぅ、恥《は》ずかしい。

でも、その生き恥《はじ》が根こそぎ消えるくらいに、ナインヘルは超弩級《ちょうどきゅう》に格好いいのです！

アナベルも可愛《かわい》くて、そりゃ竜《りゅう》たちもメロメロになりますよね！　リピンに魔物《まもの》萌えしました。ちびっこマスコットなのに、男前のナインヘルに似てる……分身ですものね。

そして、この書籍《しょせき》はエクストラ・スペシャル版です‼　私なら漫画《まんが》目当てで買うと断言いたします。眼福です。萌え倒《だお》れ必至です。感激しすぎて言葉になりません！

沖先生、大変お忙《いそが》しい中、本当にありがとうございます。宝物がまたひとつ増えました。いただいたキャラクターイラストによって、ギルドの世界は驚《おどろ》くほど広がりました。イラストの偉力《いりょく》を肌《はだ》で感じられることは、本当に幸せなことだと強く思っています。

何も知らなかったナインヘルに色々と吹《ふ》き込んだのは誰《だれ》なのか、おわかりになりましたか？　きらきら光る三つ編みを揺《ゆ》らす、お兄さまドラゴンです。この兄弟はしばしばパブに繰《く》り出して、お酒を呑《の》みながら「こうしたらもっとあんあん言うよー」「わかった。今夜やる」なんて、兄はよからぬプレイを教え、弟はそれを実行するのです。アナベル危《あや》うし。いや、それ以前にリーゼさんの身体《からだ》は大丈夫《だいじょうぶ》なのでしょうか。彼は今のところ不死身だと思いますが……。

また、この物語を裏で動かしていたのは、アナベルパパだと思っています。「竜に守ってもらうのはいいけど、エッチしていいって言ってないよっ」なんて怒《おこ》ってそうです。パパに対しナインヘルは「甘ぇんだよ。守ると犯《や》るのはセットに決まってんじゃねえか」と言うでしょうね。「も、ほんとやめて二人とも……」と顔を赤くして嘆《なげ》くアナベルの姿が目に浮《う》かびます。

ここまで読んでくださり、本当にありがとうございました！　本書をお手に取ってくださった皆《みな》さまに楽しいひとときを過ごしていただくことが、なによりの励《はげ》みです。

（ブログを開設しました。 http://tokimutsura.blog.fc2.com/ です。よろしければお立ち寄りください。お待ちしております！）

二〇一五年　一月　　鴇　六連

KADOKAWA
RUBY BUNKO

紅炎《こうえん》 竜《りゅう》と密約《みつやく》の執事《しつじ》
~ドラゴンギルド~

鴇《とき》 六連《むつら》

角川ルビー文庫 R158-4　　18949

平成27年3月1日　初版発行

発行者——堀内大示
発行所——株式会社KADOKAWA
東京都千代田区富士見2-13-3
電話(03)3238-8521(営業)
〒102-8177
http://www.kadokawa.co.jp/
編　集——角川書店
東京都千代田区富士見1-8-19
電話(03)3238-8697(編集部)
〒102-8078
印刷所——旭印刷　製本所——BBC
装幀者——鈴木洋介

ISBN978-4-04-102764-6　C0193　定価はカバーに明記してあります。

紅炎竜と
ドラゴンギルド
密約の執事
DRAGON GUILD
パイプをふかしながら見ているリーゼが
「おまえ、けっこう手際いいな」と言ったが、
妙に焦ってしまって答える余裕がなかった。
一旦椅子に座らせて手袋を嵌めさせ、
いつもぼさぼさの髪を整えて軍帽を
かぶらせると、準備が完了した。